Too

Too → PUT
1/18

This book should be returned/renewed by
the latest date shown above. Overdue items
incur charges which prevent self-service
renewals. Please contact the library.

Wandsworth Libraries
24 hour Renewal Hotline
01159 293388
www.wandsworth.gov.uk Wandsworth

L.749A (2.07)

LA PÁGINA RASGADA

novela VERGARA

LA PÁGINA RASGADA

Nieves Hidalgo

VERGARA

Barcelona • Madrid • Bogotá • Buenos Aires • Caracas • México D.F. • Miami • Montevideo • Santiago de Chile

1.ª edición: abril 2012

© Nieves Hidalgo de la Calle, 2012
© Ediciones B, S. A., 2012
   para el sello Vergara
   Consell de Cent 425-427 - 08009 Barcelona (España)
   www.edicionesb.com

Printed in Spain
ISBN: 978-84-15420-09-5
Depósito legal: B. 6.920-2012

Impreso por LIMPERGRAF, S.L.
Mogoda, 29-31 Polígon Can Salvatella
08210 - Barberà del Vallès (Barcelona)

NOTA DE LA AUTORA

Para salvaguardar la intimidad de algunos personajes que aún se mantienen entre nosotros, he optado por dotarles de nueva identidad.

A Emilia, de cuyo coraje
cualquier mujer haría gala

A todos aquellos que me abrieron
su alma para hacerme partícipe de su historia

En especial, a quienes les tocó
vivir ese tiempo

Prólogo

Con paso decidido y el soniquete perpetuo de su muleta, cruzó la calle obviando, como hacía siempre, el claxon de algún que otro vehículo, el chirrido de neumáticos frenando y los exabruptos con que le obsequiaban desde las ventanillas de los coches, y entró en la droguería de Germán, a la que acudía con regularidad.

El dueño, un hombretón de los que a ella le gustaban, moreno y robusto, y al que la bata azul le sentaba como un guante, la atendió con presteza; los tiempos que corrían no eran buenos, siempre traía cuenta hacer la rosca a una honesta pagadora como mi abuela y a la clienta que había en la tienda ya le daba cumplimiento su chaval que, si Dios no lo remediaba, acabaría haciéndose cargo del negocio, por más que de soltura estuviera bastante limitado.

—Buenos días, señora Emilia. ¿Cómo nos encontramos hoy?

—¿Qué adónde voy? No, hijo, hoy no salgo, que tiene pinta de caer chuzos de punta. Anda, que tengo prisa. Dame jabón para la cara. ¡Y papel para el culo! —le gritó, viéndole perderse tras la cortina de la trastienda.

La señora que esperaba respingó y le echó una ojeada desdeñosa por encima del hombro.

—¡Por Dios! ¡Qué ordinariez!

Emilia estaba sorda como una tapia, pero interpretaba divinamente las miradas de la gente y los movimientos de los labios. Muy ufana, colocó su brazo izquierdo en jarras, se apoyó aún más si cabía en la muleta, elevó el mentón y le espetó:

—¿Qué pasa? ¿Usted no usa los rollos? ¿Con qué se limpia entonces el culo, con el *Arriba*?

A cierto tipo de mujer de la posguerra, educada con el *Cara al sol*, el brazo en alto y la misa del domingo, tenía que sorprender tan lenguaraz comentario, pero una andanada al diario del Movimiento socavaba los pilares de la convivencia, era un ultraje que ninguna dama de bien debería tolerar.

Pero así era la abuela: una mujer que no se callaba ni debajo del agua y para quien el resto del mundo no era sino un patio en el que disputar el poco espacio que le correspondía. Le importaba un comino la opinión de la gente y decía lo que se le venía a la boca.

Tenía razones poderosísimas para pensar así. Nunca le regalaron nada y se aupó desde la desgracia a fuerza de un tesón y un coraje que acabaron por hacer de ella un personaje sin escrúpulos. Fue una luchadora, una superviviente que no despreció ni una oportunidad para mantenerse erguida como el junco después de la tormenta, a pesar de que sus avatares personales la doblegaban una y otra vez. Nadie, que yo recuerde, consiguió someter su espíritu rebelde. Como ella misma solía recordar:

—Se trata de sobrevivir y punto.

1

Emilia nació en el otoño de 1892, cuando España celebraba el IV aniversario del descubrimiento de América, en un Madrid de coches de caballos, chulapas y verbenas.

Vino al mundo en el seno de una familia acomodada. Sus hermanos mayores dispusieron de niñera y ella no podía ser menos. Para sus padres supuso una alegría porque, en esa época, dar a luz hijos era signo inequívoco de que la mujer exudaba fertilidad y el hombre buenos espermatozoides. Por otro lado, se debía criar tantos como Dios enviase, hubiera o no para alimentarlos, para darles formación o proporcionarles la suficiente atención. Claro que éste no era el caso de los Larrieta.

Pero el júbilo por su nacimiento no fue compartido por todos. La más pequeña de la familia, hasta entonces princesa de la casa, su hermana Federica, tomó su llegada como una ofensa personal, como una traición de sus progenitores y, sintiéndose destronada por un bulto llorón que sólo berreaba, manchaba los pañales y acaparaba la atención y el tiempo de sus padres, empezó a alimentar una inquina feroz hacia el nuevo miembro del hogar.

—Federica, cuida de tu hermana mientras atiendo a doña Concha —le pedía Isabel, su madre, intentando otorgar a la pequeña cierta responsabilidad por ver si se le iban los celos.

—Sí, madre.

A pasitos cortos, la niña se colocaba junto a la cuna de su hermana con una sonrisa, se acomodaba en una silla y tomaba el sonajero de hojalata. Mientras Isabel le echaba un ojo y atendía a la vez a la vecina, Federica era todo amor, todo risitas ante los gorjeos de la pequeña. Pero al menor descuido, atizaba con el sonajero a Emilia que rompía a llorar a pleno pulmón, porque pulmones tenía la chiquita y de primera clase.

Isabel regresaba a la carrera dejando a la vecina con la palabra en la boca.

—Llora, madre —avisaba compungida Federica, con cara de no haber roto un plato—. ¿Tiene pupa?

—No, cariño, no. Es que es pequeñita y los bebés lloran por cualquier cosa. Anda, sal a jugar un rato, pero con cuidado.

Federica se acompañaba entonces de la muñeca con cabeza de porcelana que su padre le había traído de Valencia, un regalo muy especial —la mayoría de las niñas jugaban con monigotes de trapo—, la dejaba caer en el cochecito de mimbre y hierro, la arropaba de malos modos y salía a la puerta de la casa. Allí se sentaba, callada y mohína, y arrullaba el coche pero con vaivenes cada vez más fuertes, más enrabietados, preguntándose qué había hecho ella mal. Jugar con la muñeca le importaba un comino cuando lo que deseaba era volver adentro y hacer callar de una vez por todas a Emilia. Disfrutaba pegándola cuando nadie se daba cuenta y aprovechaba cualquier oportunidad para dar rienda suelta a la frustración que sentía. Pero unas veces porque no podía burlar a la niñera, otras porque su madre no quitaba ojo a su hermana, el caso es que esas ocasiones no abundaban.

Se le fue haciendo insoportable el sonido desagradable del llanto de la meona que le había arrebatado los mohínes que le dispensaban a ella. Con cada gimoteo, con cada susurro de la voz de su madre intentando calmarla, crecía el odio de Federica.

Porque para ella, prescindir de la atención de su madre apenas suponía nada, pero sentirse relegada por su padre, al que adoraba, aunque no lo veía demasiado porque se pasaba el día trabajando o viajando, sí lo era. No podía entender que él, que desde que podía recordar, la alzaba en brazos en cuanto aparecía por la puerta, prefiriera ahora reírse con las tonterías y gorgoritos de la pequeña que, además, olía a leche agria o a porquería.

—Padre, pero si Emi no habla —se quejaba una y otra vez, obteniendo siempre una caricia que la revolvía el pelo y que parecía ser la única respuesta que su padre podía darle.

Ananías Larrieta adoraba a su hija y al escucharla, seguramente intuía sus celos. A pesar del cansancio con que llegaba procuraba dedicarle algo de tiempo antes de mandarla a la cama; poca cosa, la verdad, eso quedaba para Isabel. Pero amaba a todos sus hijos por igual. La pequeña Emilia le tenía sorbido el seso y Federica era una presumida de cabello negro y rizado y ojos grandes por la que sentía debilidad; los mayores, Domingo y Oliverio, de seis y siete años, eran su orgullo, unos chicos despiertos que perpetuarían su apellido y que, en pocos años, deberían hacerse cargo del próspero negocio familiar: una casa de pompas fúnebres.

Gracias al negocio vivían con holgura y disfrutaban de comodidades que la mayoría ni podía soñar. No era ese trabajo santo de la devoción de Isabel y, por descontado, ella jamás se pasó por allí.

—Mira, Maribel —decía él cuando sacaba el tema—. Mi abuelo y luego mi padre nos lo legaron y yo tengo la obligación de dejárselo a nuestros hijos.

—Podrías dedicarte a otra cosa —le argumentaba—. Me provoca escalofríos pensar que estás todo el día entre cajas de muerto.

A eso, Ananías sólo podía contestar con su risa franca.

Abrazaba a su esposa y bajando la voz para que los chicos no pudieran oírlos, murmuraba:

—Pero yo no lo estoy, paloma mía.

Ella se sonrojaba y palmeaba el brazo que abarcaba su cintura o la mano que buceaba por rincones prohibidos.

—No son horas, los críos están despiertos y esas cosas deben quedar para la intimidad del dormitorio.

Así lo dictaba la moral, así se lo dijo su madre y, lo que era más importante, así lo ordenaba la Santa Madre Iglesia. De modo que Ananías se quedaba con las ganas un día sí y otro también. Ahogaba un suspiro, se retrepaba en su butaca y abría *El Imparcial* para echar un vistazo antes de la hora de la cena. Pero rara vez conseguía leer un artículo completo porque sus ojos se desviaban a cada instante hacia Isabel. No era muy alta, pero tenía ampulosas caderas que habían cobijado a cuatro hijos sanos y fuertes. Y pechugona, como a él le gustaba. De cabello oscuro recogido en un severo moño que a él le encantaba deshacer y ver cómo le caía sobre el rostro, las mejillas sonrosadas, los ojos grandes, los labios carnosos... Ya no era la jovencita que había conocido, pero seguía siendo hermosa y él continuaba enamorado.

La vida hubiera transcurrido plácidamente si la desgracia no se hubiera cebado en ellos. Pero el destino es así de cruel e inmisericorde cuando se desboca sin freno.

Cinco años tenía Federica y con esa edad enloqueció. No se tenía noticias de antecedentes ni en la familia de Isabel ni en la de Ananías. Cavilaban si habría enfermado a causa del nacimiento de Emilia, incapaz de sobreponerse a unos celos enfermizos que la quitaban las ganas de comer y reír. Era apenas una criatura abrazada a un desvarío que ya no la soltó. El caso fue que una tarde lluviosa, entretenidas su madre y la nana estirando por la vivienda la ropa que colgaba secándose al calor de los braseros, el pequeño cerebro de Federica se desbordó. Decidida, se acercó a la caja de costura de su madre y tomó las tijeras. Luego, con toda la audacia de su propia enajenación, se fue directa a la habitación donde dormía Emilia.

Federica falló en su primer intento procurándole apenas un corte en uno de sus bracitos; suficiente, sin embargo, para que los chillidos de la pequeña alertaran a las dos mujeres que salieron a la carrera hacia el cuarto. Llegaron justo a tiempo de evitar una tragedia y consiguieron llevarse de allí a Federica que, echando espuma por la boca, daba patadas y mordiscos como si estuviera poseída.

Ananías se enteró de lo sucedido cuando regresó, después de haber ejercido su derecho al voto aquel 5 de marzo de 1893. Habían sido convocadas Elecciones Generales, y él, como cualquier ciudadano varón mayor de veinticinco años, decidió pasar por las urnas. No era devoto de la monarquía y, para ser sinceros, como solía comentar a su mujer, María Cristina de Habsburgo-Lorena, regente durante la minoría de edad de Alfonso XIII, le importaba un ardite. Pero se atenía a las normas.

Federica murió de un derrame cerebral pocos días después, sumiendo a la familia en la amargura y el desconsuelo.

Isabel, rota por el dolor, tardó meses en recuperarse y su entorno creía que no saldría de la depresión en que cayó al perder a su pequeña. De poco servían las visitas de familiares y amigos, para ella el mundo se había venido abajo. Vistió de luto riguroso y se encerró en sí misma, olvidándose de todos y pasando las horas arrodillada en la iglesia de su parroquia o en el reclinatorio de su habitación. Pero no rezaba, sino que recriminaba. ¿Cómo podía rezar a un Dios que la había arrebatado a su niña? Su fe se desmoronaba y, en su lugar, fue anidando la indiferencia hacia todo aquello que hasta entonces considerara sagrado.

Tampoco Ananías se recobró de semejante golpe. Aparentemente, cargaba con la fuerza de ánimo suficiente para echar sobre sus espaldas aquella muerte, el cuidado de la familia y la convalecencia de una esposa que lo miraba ya como si no quisiera verlo, como si arrojara sobre él la culpa de su vacío. Pero era sólo fachada. La pérdida de Federica le estaba destrozando por dentro y secando sus energías, y también él empezó a olvidarse del sagrado deber de cuidar de sus hijos.

Cada vez pasaba más tiempo en la tienda de pompas fúnebres, hasta el punto de no regresar a dormir al domicilio familiar. Quienes le conocían afirmaban haberle visto vagar por el negocio como un alma en pena, acariciando los féretros blancos y pequeños, iguales al que había elegido para enterrar a Federica.

—Deberías estar más tiempo en casa —le censuró una noche Isabel—. Tus hijos te echan de menos.

—Cuando cuadre. No me salen las cuentas de la tienda.

Isabel sabía de la destreza de su marido para las matemáticas y se extrañó de tan parco comentario. Poco a poco su dolor se había ido mitigando y aunque su corazón seguía sangrando por la herida de su hijita muerta, había ido aceptando que no podía cambiar el destino y que su familia necesitaba de nuevo su atención. Se había distanciado de todos, y sobre todo de su esposo. Era consciente de lo taciturno y perdido que se encontraba, tan distinto al hombre del que se enamoró que apenas le reconocía. Pasó su mano por el cabello oscuro y se agachó para besarle en la coronilla.

—Yo te ayudo, si quieres. —Tampoco para ella eran ajenos los números—. Trae los libros a casa.

Ananías la miró y ella sufrió un sobresalto. Vio sus ojos vacíos, sus cuencas hundidas, y se le encogió el alma. Pero él asintió, se levantó y se marchó a la cama sin una palabra más.

El descuadre que corroía a Ananías eran dos céntimos. Solamente dos céntimos. Isabel no daba crédito a la obsesión de su marido por una cifra tan poco significativa. ¿Qué importancia tenía una cantidad tan reducida? Aun así, repasó una y otra vez las largas filas de números. Se dio por vencida. Alguna partida no debía haber sido bien anotada en el libro de contabilidad, y así se lo hizo saber a su marido.

—Pues tiene que cuadrar —persistía él, empecinado.

Durante días enteros, Larrieta no hizo otra cosa que sumar febrilmente, revisar facturas, borrar y volver a anotar. Su mirada se hacía cada vez más extraviada, más ausente. Isabel empezó a preocuparse de veras y pidió consejo al médico de la familia, que se entrevistó con su marido. Cuando salió de la salita que Ananías utilizaba a veces como despacho, el gesto del doctor era muy serio y evitaba mirar directamente a Isabel.

—¿Le ha recomendado descanso, don Francisco? Yo creo que es lo que le hace falta, está obsesionado.

—No es cuestión de cansancio, Isabel —repuso el facultativo, ajustando las correas de su maletín—. Yo no puedo hacer mucho por tu marido, sólo soy un médico de cabecera. Si quieres seguir mi consejo...

—Lo que sea, doctor.

Francisco Guerra carraspeó y se ajustó la corbata negra que no le abandonaba en señal de luto por su esposa fallecida. Era un hombre grueso, de mejillas sonrosadas, poblado bigote con guías hacia arriba y expresión vivaz; pero en ese momento su rostro se mostraba ceniciento, esquiva su mirada.

—Conozco a un psiquiatra, colega y amigo mío, que...

—¿Psiquiatra?

—Ananías necesita ayuda, Isabel. Creo que se está volviendo loco.

Ella dio un paso atrás, con la cara blanca como la cera, y no pudo pronunciar palabra. ¿Perturbado? ¿Su marido perturbado? Imposible, se dijo negándose a aceptar el dictamen del médico con desesperación. A fin de cuentas, ¿qué podía saber un matasanos de enfermedades mentales, cuando no era más que lo que él mismo decía, un simple médico de cabecera? Impactada y rabiosa a partes iguales, le echó de allí con cajas destempladas. Vio que partía calle abajo, bajo la llovizna, y lo maldijo.

Vana actitud de la que hubo de abjurar no mucho después constatando que, en efecto, su esposo necesitaba ayuda.

Ananías apenas hablaba, no salía de casa, se desentendió del negocio dejando todo en manos de su hombre de confianza, Fulgencio Díez, alguien que ella rechazaba, de nula sintonía personal. Isabel le consideraba mezquino, sin decisión, siempre a la sombra de su marido. De elevada estatura, extremadamente delgado, demacrado, de ojos oscuros y hundidos y calva incipiente que intentaba disimular peinando sus ralos cabellos hacia un lado. De manos largas y huesudas, que no paraba de frotarse y mirada lasciva, que acrecentaba el recelo de Isabel. Eso sí, reconocía que era el tipo ideal para publicitar un producto con un tinte morboso como el que vendían. Porque ¿quién mejor que una figura cadavérica para vender ataúdes?

Era por tanto una situación inaplazable y había que afrontarla.

El psiquiatra que trató a Ananías Larrieta dictaminó que debía ser ingresado en un centro especializado sin demora.

Isabel se rebelaba contra lo que estaba pasando. Trató de ser fuerte, de enfrentarse a una verdad que la sobrepasaba. El mundo no podía ser tan cruel con ella, se decía una y otra vez. No podía haberle arrebatado a su hija y ahora a su marido, el soporte en el que siempre se había apoyado.

—Tenemos que acatar los designios del Altísimo, hija mía, porque Él sabe, mejor que nadie, lo que es bueno para nosotros —la animaba una tarde el sacerdote de la parroquia al que la niñera había llevado a merendar por ver si consolaba a su señora.

—¿Lo que está pasando es bueno para mí y para mis hijos? —rehusó ella—. ¿La muerte de una criatura y el desvarío de mi esposo, es lo mejor? —Su mirada mustia había perdido el brillo de antaño, tenía los ojos hundidos, su aspecto desaliñado gritaba al mundo que estaba al borde de caer, también ella, en el foso del abandono—. ¡Qué sabrá usted!

—Siempre fuiste buena feligresa, Isabel —exhortaba el sacerdote, un sujeto bajo y rechoncho de hirsuta cabellera, mientras iba y venía de las galletas al vino dulce—. No debes olvidar lo que te enseñaron desde niña. Debes someterte a la voluntad de Dios, hija. Rezar mucho. Y seguir haciendo obras de caridad, sobre todo obras de caridad.

—¿Y yo? ¿A quién puedo pedir ayuda, padre? ¿A quién se la pueden pedir mis hijos?

—Dios proveerá, hija. Dios proveerá.

Isabel lo miraba comer y beber y se mordía la lengua. Aún pugnaban en ella los posos de sus creencias religiosas, pero todo cuanto la habían enseñado sobre la fe le parecían ahora frases huecas y sin sentido. Sí, claro, recordaba la historia del santo Job, que lo soportaba todo y seguía bendiciendo a Dios. Pero ella no era santa, sólo era una mujer destrozada a la que la vida le había asestado dos puñaladas consecutivas y que, herida como un jabalí al acecho del cazador, se revolvía furiosa, presta a embestir, aunque fuera tragándose sus lágrimas.

—Te prohíbo que vuelvas a traer a esta casa a semejante botarate —ordenó a la criada cuando el cura se hubo marchado—. ¿Me has entendido, Josefina?

—Pero, señora, él... —protestó la criada, santiguándose ante una salida de tono que envilecía la figura de un pastor de la Iglesia.

—Él sólo sirve para regalar palabras vacías de contenido —zanjó—. Y para pedir, siempre para pedir. Si vuelve a aparecer por aquí, tú y él saldréis a patadas. Ya tengo suficientes problemas.

Josefina se perdió de inmediato en los pasillos de la casa, en busca de la pequeña Emilia, la única que, a su corta edad, era ajena a la lenta pero inexorable decadencia de la familia. La pobre mujer se refugió en la niña haciéndola el centro de sus cuidados. Quería a los Larrieta porque constituían su mundo desde que enviudó, pero a los dos chicos no les había criado ella y apenas los veía excepto cuando salían del internado, y Federica había sido una chiquilla malcriada que nunca le demostró apego; Emilia era, sin embargo, una criatura vivaz y despierta que se pasaba el día riendo y apenas daba qué hacer, la hija que nunca pudo tener.

Las consultas médicas, el tratamiento de Ananías y los gastos ocasionados por el internamiento en una clínica privada, minaban la pequeña fortuna paso a paso. A lo que hubo que sumar la mala gestión en el negocio de Fulgencio Díez.

Una tarde de invierno, próximos a Navidad, cuando los chicos estaban de vacaciones en casa y todos se encontraban reunidos alrededor del brasero del salón, llegó la estocada definitiva para los Larrieta: una orden de embargo.

Isabel pretendió entonces hacerse cargo de la tienda, buscó el modo de pagar a los acreedores desprendiéndose de todo cuanto no fuera de necesidad absoluta, tanto de la casa como del local, incluso subastando los féretros del almacén, todos de primera calidad. Pero fue inútil. Fulgencio había desaparecido con una buena suma de dinero dejando un rastro fatal de facturas por pagar. Estaban en la ruina más absoluta y la única solución pasaba por el embargo del negocio y, lo que era peor, de la casa.

Isabel sólo conservó las pocas joyas que su esposo le había ido regalando en sus aniversarios de boda y tras el nacimiento de los niños. Una mísera fortuna que fue malvendiendo para salir adelante. Todo se vino abajo. Absolutamente todo. Los chicos tuvieron que abandonar el internado, Josefina tuvo que buscarse otra casa en la que servir y la familia se vio obligada a trasladarse a un alquiler en los arrabales de Madrid. Un lugar insalubre y sin luz al que hacía falta una reforma en profundidad, que constaba de un pequeño comedor con cocina y dos habitaciones que daban a un patio interior comunal y sucio.

A Isabel se le daba bien la costura y en un rincón del comedor instaló su pequeño taller y empezó a buscar clientela entre sus antiguos conocidos. No pudo contar con el socorro ni de familiares ni de amigos; en época de penuria, todo nuestro entorno se desvanece, no queda nada.

La venta de sus joyas y veinte horas diarias de duro trabajo, en el que se dejó la vista y las manos, les procuraban lo suficiente para ir tirando. Por su parte, los chavales se ganaban unos céntimos leyendo la prensa diaria en bares y cafetines, en unos tiempos como aquellos en que la mayoría de la población era analfabeta.

Ananías acabó ingresado en el manicomio de Ciempozuelos. Completamente trastornado. Día a día, su percepción de la realidad se iba diluyendo conduciéndole a un declive físico implacable.

—¡Cabrón! ¡Más que cabrón! —se le podía oír a voz en grito mientras hacía bolas con las tiras que arrancaba de su capa y se las lanzaba a la imagen del Cristo que colgaba de la pared de su celda.

A Isabel se le hacía cada vez más difícil ir a visitarle. El dinero que ganaba no daba para gastar en tranvías o coches de caballos, no tenía a quién dejar los niños y se negaba a que sus hijos fueran testigos del deterioro en el que había caído su padre. Así que las visitas se fueron distanciando. Hasta que por fin, una mañana de invierno, la misma en la que se procedía a la disolución de las Cámaras y se convocaban Elecciones Legislativas, les llegó la notificación de su muerte.

2

Corría el año 1905 y Emilia se había convertido en una muchacha alegre y dispuesta que, a sus trece años, ayudaba a su madre en la costura y se encargaba del aseo de la casa y de preparar la comida. Había conseguido aprender las cuatro letras gracias a sus hermanos. Poca cosa, pero lo suficiente como para saber leer y escribir aunque con innumerables faltas ortográficas. En ese tiempo, una privilegiada, si se tenía en cuenta que el analfabetismo pululaba por doquier, sin demasiada diferencia entre clases sociales o zonas geográficas, una lacra que no distinguía a ricos o pobres.

Sus hermanos se habían convertido en unos hombres, tenían trabajo y ayudaban también en casa, así que las cosas parecían irse arreglando poco a poco.

A Emilia no parecía importarle vivir en aquel ambiente sórdido de paredes desnudas y camastros de lana apelmazada, mantas picadas por la polilla y sábanas recosidas una vez y otra, que ni para trapos servían ya, de pobreza incrustada bajo las uñas y la piel, de chinches, de patios comunitarios donde eran frecuentes las trifulcas o un vecino le sobaba la cara a otro hasta el punto que, en alguna ocasión, debió personarse la Guardia Civil para poner orden. Donde los retretes, también comunales y mugrientos, eran nidos de piojos, cucarachas y garrapatas. No había conocido otra cosa y ése era su mundo.

Emilia era una mocita alegre, presta a expresar su humor cantando, a la que gustaba divertirse cuando sus deberes se lo permitían, recogido el cabello en la nuca, tirante y lustroso de brillantina, muy negro en aquel entonces, que llevaba ya zapatos de medio tacón y una sonrisa descarada en la boca con la que incitaba a los hombres, a los que miraba como si les perdonase la vida. La típica chulapona de barrio madrileño vestida de crespón y presumiendo de pericón de brillante colorido. Una muchacha a la que le encantaba subir a los tranvías casi en marcha, reír con los conductores, los aguadores, los serenos y tenía una palabra amable para con los barquilleros que, alguna vez, se lo agradecían obsequiándole con una golosina.

Tardes enteras pasaba desbrozando sonrisas por la pradera en la que se montaba la verbena de San Isidro, flirteando con cualquier joven, gastando bromas, para acabar en El Retiro cortando lilas, tomando chocolate en Casa de Vacas o montando en barca, si la invitaban.

Cuando había algunos céntimos de más, acudía a tomarse un refresco en el Café Gijón donde, con suerte, alguien la dejaba leer *El Heraldo de Madrid*, de ideología liberal, cuyos artículos relataba luego a su madre. Cuando no había dinero, la mayoría de las veces, se conformaba con hacer silbatos con huesos de albaricoque o acericos con papel de periódico para clavar en él sus escasos alfileres de colores. O, simplemente, colgarse en las orejas cerezas de doble rabo a modo de pendientes.

Se ilusionaba deambulando por una ciudad viva y bullente, mirando los coches de caballos. Por un Madrid de pintores clásicos, escritores de barba y bigote, arrabales, tascas con olor a rancio, urinarios públicos donde se daba rienda suelta a vicios reprobables que la policía reprimía cebándose en los homosexuales —maricones sin más por aquel entonces—, y cafés atestados con el humo de los puros confeccionados por las cigarreras —mujeres de armas tomar que hacían frente al primero que se les ponía por delante—. Por un Madrid que crecía de día en día, donde las transformaciones urbanas iban dejando de lado los viejos barrios y las rancias edificaciones para dar paso a las primeras moles de piedra de entidades financieras.

—Emilia, trae agua.

—Voy, madre.

Esa frase se repetía con demasiada frecuencia. Emilia no entendía para qué necesitaba su madre tantos cubos de agua, pero callaba y salía al patio, a la fuente, cargada con el cubo a la cadera y tarareando alguna cancioncilla.

—Niña, cada vez estás más bonita —solía escuchar.

Se volvía, ufana, y dejaba una caída de ojos al chaval de don Andrés, Ginés, que la perseguía día y noche.

—No se ha hecho la miel para la boca del asno —replicaba altanera.

El muchacho, picado en su hombría, se acercaba limpiándose las manos en el desgastado delantal que cubría las zurcidas perneras de sus pantalones. Emilia, a pesar de su edad, destacaba como una onza de oro en medio de una pila de carbón. Usaba vestidos sencillos y nunca la vieron con otro adorno que unos antiguos pendientes de su abuela, de los que su madre nunca quiso desprenderse por ser el único recuerdo material que tenía de ella. Pero lucía repeinada, con un cutis sonrosado, la boca de su madre y los ojos de su padre. Una belleza con aires de reina y lengua vivaz que lo tenía embelesado. Y él, a sus mozos años, empezaba a pensar que ya era hora de echarse novia. Era ebanista, trabajaba por cuenta propia, tenía encargos de señores importantes y algunos ahorrillos, los suficientes como para poder alquilar una de las viviendas que habían quedado vacías en la comunidad. No es que fuera para vivir con holgura, porque el derrumbe de la economía del cereal había llevado los precios de los alimentos a las nubes y España bailaba entre el hambre y la miseria, pero con crisis o sin ella la gente seguía casándose y teniendo hijos.

—Te he hecho una bandeja —decía él.

—¿Una qué?

—Una bandeja. Espera, que te la doy.

Salía a escape hacia su pequeño taller y ella aguardaba. Maldita la falta que podía hacerle una bandeja, cuando lo que necesitaba de verdad era una pieza de percal nuevo. O un kilo de bacalao, en todo caso, que costaba casi un cincuenta por ciento más que a primeros de año, pero la satisfacía ver el entusiasmo que ponía el chico en agasajarla. Siempre podría vender después el regalo y conseguir cebollas o un poco de aceite.

—Es bonita —le decía, pasando la palma de la mano por la superficie de madera satinada donde Ginés había grabado un ramo de flores—. Tengo que reconocer que eres un artista.

—Voy progresando —admitía muy gallito, con las plumas alborotadas por la alabanza—. Y ahorrando cada vez más.

—Mira qué bien.

—Si tú quisieras... —se atascaba y enrojecía, volviendo a limpiarse las manos en el delantal, presa de su inseguridad.

Emilia se fijaba en él. Era un buen mozo. La sacaba una cabeza, lucía una buena mata de pelo cobrizo, un gracioso bigotillo que parecía una fila de hormigas poco poblada, era simpático, atento y trabajador. Y los pequeños detalles que tenía con ella le venían muy bien trocándolos por comida.

—Si yo quisiera... ¿qué? —le incitaba, sabiendo de antemano que volvería a la carga, como siempre.

Él carraspeaba, cada vez más incómodo, bajaba la cabeza y decía:

—Podríamos ser novios.

Ella, sin contestarle, se llegaba hasta la fuente a llenar su cubo elevando en ondas su risa cantarina que él percibía con recelo ensimismado, mientras se le reclamaba desde el otro lado del patio:

—¿Vienes ya, muchacho? —preguntaba su padre—. Como no lleguemos a tiempo de ver jugar a Lizárraga, te muelo a palos.

—Ya voy, padre.

—Siempre babeando tras esa mocosa —refunfuñaba el vejete, regresando al interior de su vivienda.

—¡Emilia! —la llamaban a ella.

—¡Ya voy, madre, ya voy! Anda, quítate las briznas del pelo y vete al fútbol, que te están esperando.

—Por ti soy capaz de perderme incluso la final de la Copa del Rey, Emi.

—A ti no te funciona la cabeza —bromeaba ella, cargando el cubo a la cadera y alejándose con un contoneo que lo volvía loco.

—¿Sabes si va a venir tu hermano Domingo? —preguntaba él a gritos antes de que ella entrara en su casa.

—Ya debe de estar en el campo. Si sigues ahí parado llegarás tarde y tu padre te va a forrar. Adiós, pimpollo.

3

Isabel se había vuelto una mujer huraña. Como tantas y tantas otras, vestía de luto riguroso por su hija Federica y por su marido, una tradición ancestral de aquella España doliente cuyas raíces se hundían profundamente en la cuenca mediterránea occidental.

El trabajo agotador, las preocupaciones, la carga de tres hijos y la soledad, que se filtraba por cada poro de su piel como una mala fiebre, habían hecho de ella una persona amargada. Perdió todo el sentido de proximidad encerrándose en sí misma, hosca, carente de humor, renuente a la menor caricia.

El tiempo pasaba inexorablemente y ella se había perdido en ese otro en el que vivía arropada por el amor de su marido, un entorno protector y una vivienda digna.

A su alrededor sólo veía pobreza y privaciones. ¿Cuándo fue la última vez que se había podido comprar tela para confeccionarse un vestido? ¿Cuánto hacía que Emilia llevaba ropas usadas sin que pudiera conseguírselas nuevas, mocita como era y presumida? Clavaba los ojos, abatidos de fijarlos en las puntadas, en el último encargo y deseaba, más que nada en el mundo, poder lucir un vestido igual.

Se había convertido en una virtuosa de la aguja y gracias a su habilidad comían todos los días —a decir verdad, la mayoría—. Pero se reconcomía imaginando su creación en el cuerpo de la señorita que le había hecho el favor de encargárselo. Le había mandado recado por medio de Elvira, la esposa de don Olegario, el de la carbonería de la esquina, donde ella compraba y pedía fiado cada dos por tres. Elvira se codeaba con gente pudiente, de esa que vestía bien, que usaba coche y olía a perfume extranjero. De cuando en cuando, hablaba de su buen hacer a su círculo de amistades, se corría la voz y hacía que algunas señoronas se interesaban en su trabajo. Eso sí, era ella la que debía desplazarse —le pagaban el tranvía— a una de esas casas señoriales de la calle de Serrano donde el mármol del portal brillaba como los espejos y las alfombras cubrían un suelo que daba apuro pisar y que para Isabel estaba vedado. Para gentes como ella había una escalera de servicios cuyos tablones crujían al paso de sus piernas cansadas, y puertas traseras que abrían criadas de traje negro y cofia blanca, muy estiradas ellas por servir en casas de bien.

—¿Qué desea? —preguntaban, mirando de arriba abajo su raído abrigo de paño, con remiendos en codos y solapas.

—Me mandó llamar la señora de Méndez —respondía, avergonzada y tendiéndole la nota recibida—. Soy la modista.

A Isabel, que había disfrutado de una vida mejor, aquellas elevaciones de cejas con las que recibían casi siempre el nombre de su oficio, seguramente pensando que si de veras era modista bien podría haberse confeccionado un abrigo mejor, la hundían en el desaliento y la vergüenza. Bajaba la vista, apretaba la bolsa de tela donde se apiñaban alfileres, hilo, metro y otros utensilios de trabajo, y asentía al escuchar:

—Avisaré a la señora, a ver si puede recibirla.

Se pasaba toda la tarde probando costosas telas sobre cuerpos de dama sobradamente dotados de grasa, cuya cháchara parecía tener por objeto hacerla saber lo importante que era su marido —un ilustre abogado—, o lo bien situados que estaban sus hijos —un ingeniero o un médico—, o la pomposa boda que estaban preparando para su hija, Purita, con un chico de una excelente familia de Pamplona que heredaría la fábrica de embutidos de su padre. La buena señora era poco más que un florero que suplía con el verbo de su ostentación la nulidad existencial de su vida hueca.

Isabel asentía, clavaba un alfiler, volvía a asentir e hilvanaba, pero nunca respondía. Sólo guardaba silencio y trabajaba lo mejor que podía y lo más rápido posible para salir de allí y regresar al mundo al que ahora pertenecía.

La mayoría de las veces ni siquiera la obsequiaban con una bebida caliente en pleno invierno, aunque sus dedos cubiertos de sabañones delataran los efectos del frío y la penuria, o un vaso de limonada cuando el sol derretía la llanura mesetaria.

Cuando acababa, recogía sus cosas y guardaba la tela en una bolsa limpia, con mimo exquisito, prometiendo que tendría cuidado con ella y que volvería a realizar una prueba dos días después. Aceptaba como adelanto el gasto que ocasionaba el trayecto y se despedía después de dar mil veces las gracias a la señora de la casa.

Y regresaba a su barrio, al infierno de calles oscuras y estrechas, de tascas apestadas de humo y suciedad con olor a fritanga y vino barato, tiendas donde se fiaba, callejones con orines donde putas de cuerpos avejentados practicaban el oficio más antiguo del mundo y a las que, de tanto encontrar cada día, acabó saludando e incluso conociendo.

—Isabelita, ¿ya de vuelta? —le preguntaba alguna mientras soportaba el manoseo del cliente de turno que bregaba abarcando redondeces—. ¿Ha habido suerte hoy?

—Un vestido de fiesta —contestaba ella con mirada huidiza para no ver la exhibición de piernas enfundadas en medias surcadas de carreras.

—Cualquier día te voy a encargar uno para mí, cuando estos cabrones aflojen bien el bolsillo. ¡Vamos, coño, Paco, ponte a la faena, que no tengo todo el día! —Apremiaba al usuario que Isabel había reconocido como el peluquero del barrio—. No, si hoy te voy a tener que cobrar doble, por lento.

—Hasta luego, Encarna —se despedía de la prostituta, apretando contra su pecho la bolsa que representaba su sustento, la costosa tela para el vestido de la señora de la calle de Serrano.

—Con Dios, chata. ¡Paco, acaba de una puta vez o te dejo a medias!

Isabel aceleraba el paso y se perdía doblando la esquina. No es que se avergonzara de hablar con Encarna, ni mucho menos. Cuando su esposo vivía, ella había prestado su colaboración a la parroquia para erradicar la prostitución en la zona y había contribuido económicamente para ayudar a las más necesitadas. Siempre pensó que esas mujeres merecían todo su respeto porque no eran sino almas descarnadas, esclavas del alquiler de sus cuerpos al refugio de cualquier portal, artistas forzadas de un sexo rápido, porque de algo tenían que vivir y, en numerosas ocasiones, dar de comer a sus hijos, entregas abnegadas que iban minando sus fuerzas y su espíritu.

Pero lo que más temía Isabel, viuda de Larrieta, era quedarse sola. Mucho más que vivir en lugares escasos de higiene, en vecindario de putas y chulos.

Su hijo mayor, Domingo, buscaba ya una habitación de alquiler para independizarse porque se había echado novia. Aún no se la había presentado, pero ella sabía, lo había adivinado viéndole ponerse los fines de semana su mejor camisa —remendada por los faldones— y su mejor traje —desgastado en las solapas y los codos—, perfumándose después el oscuro cabello con agua de colonia de Álvarez Gómez guardada como un tesoro en el pequeño arcón que tenía a los pies de la cama, porque era un regalo de la chica, dependienta en una perfumería del centro de Madrid.

Oliverio, el menor, tampoco tardaría en abandonarla. Aquél picaba más alto, y salía con una mujer dos años mayor que él que peinaba por las casas. A ésta sí que la conocía Isabel y no le gustaba para su hijo: alta, delgada como un junco, de cabello claro, con pecas, gesto siempre desabrido y pocas palabras. Pero ¿quién era ella para decir nada? Cada cual debía buscarse la vida lo mejor que pudiera y labrarse un futuro en aquella España que se caía a pedazos.

Posiblemente, el temor a quedarse sin el amparo de sus hijos, hacía que Isabel centrara todos sus esfuerzos en que la pequeña, Emilia, no anduviese tonteando con chicos. Procuraba mantenerla atareada todo el día. Por eso, si no tenía otra labor que hacer, la pedía una y otra vez que llenara el cubo de la fuente del patio, con el pretexto de la limpieza. Entonces llovía, no como ahora, y malgastar el agua no era problema. Mientras Emilia iba y venía a la fuente no tenía tiempo para perderlo con las amigas y acudir a bailes o verbenas. Necesitaba aferrarse a ella y lo hizo con uñas y dientes.

Fue una de esas tardes, entre viaje y viaje al centro del patio, cuando Emilia resbaló y se torció un tobillo.

El intenso dolor arrancó lágrimas a la muchacha, que fue incapaz de incorporarse. A su alrededor se congregaron varias vecinas que acabaron avisando a su madre. Fue Ginés quien, solícito, la tomó en brazos para llevarla dentro y dejarla sobre la cama. Al accidente no se le dio mayor importancia y las vecinas recomendaron a Isabel mil y un remedios para bajarle la inflamación y el dolor.

—Compresas de agua fría —decía doña Evarista, que vivía al final de la escalera, una zaragozana gruesa como un tonel, de rostro surcado por venillas rojizas que delataban su pasión por la bebida.

—¡No diga tonterías, por Dios! —protestaba doña Angustias, a quien se consideraba una autoridad en remedios caseros, vaya usted a saber por qué si apenas daba para leer un prospecto a trompicones—. Lo que hay que poner es un emplasto de vinagre.

—En todo caso, vinagre frío, ¿no? Y si no hay vinagre, pues vino.

—Usted sería capaz de recetar vino incluso para resucitar a Nuestro Señor Jesucristo, doña Evarista.

—Pues mire usted: a lo mejor así lo hubiera hecho antes del tercer día.

—¡Qué barbaridad! —exclamaba la otra, persignándose.

Era el clásico choque de dos mujeres que servían de comodilla a la vecindad. Una, atea declarada; la otra, santurrona de misa diaria. Aunque en el fondo, dos seres próximos, bien dispuestos al auxilio comunal que no dudaban en prestarse patatas o cebollas.

Entonces, los vecindarios no eran colmenas donde la gente vive sin conocer siquiera al de la puerta de al lado y a lo más que se llega es a dar los buenos días por la escalera o en el ascensor, por eso de la buena educación. En ese tiempo los vecinos hablaban, se prestaban utensilios, se contaban sus cosas, se ofrecían para reparar los desperfectos en casa ajena, según su profesión. Se ayudaban. Las mujeres solían sentarse a coser en los patios o en la puerta de las casas donde vigilaban a los chiquillos y, de tanto en cuanto, veían pasar algún automóvil. Los hombres se encontraban en la taberna de la esquina para discutir de fútbol, de la Casa Real, de la República, que tenía que llegar porque España estaba de vergüenza; de la última faena de toros, o de la actriz de moda, un auténtico jamón, con permiso de la prójima.

—¿Y qué me decís de la leche? —metía baza entre asta y asta don Benito, que era cerrajero y según decían había conseguido abrir la caja de un banco cuando era joven, por lo que le cayeron seis años de penal—. El artículo del *ABC* lo deja muy clarito: nos quieren envenenar.

—¿Te refieres al artículo de Sánchez Pastor? —preguntaba el padre de Ginés, el enamorado de la abuela—. Me lo han leído en Casa Valiña, ya sabéis, la botillería de la calle Mayor. Yo creo que es una exageración.

—De exageración nada.

—Si tú lo dices...

—Ese tío no tiene pelos en la lengua, dice lo que piensa y lleva más razón que un santo. Lecheros, carniceros y tenderos de comestibles se están poniendo las botas vendiendo género averiado, como dice él, y aquí no se mueve ni la puta de bastos.

—¡Alto ahí! —clamaba entonces don Cosme—. Benito, por mí puedes poner en el ojo del huracán a los lecheros y a los carniceros, pero, ¡ojo!, que yo tengo una tienda. ¡Y no consiento que nadie dude de mí!

—No me refería a ti, Cosme.

—Por si acaso.

—Mi mujer compra en tu tienda desde siempre y sabemos que eres honrado. Tanto, que sé de buena tinta que ni siquiera mezclas las judías de un año con otro.

—¡Ni a las judías ni a la madre que me parió!

Entonces se hacía notar don Pedro, que estuvo en la guerra de Cuba, para apaciguar los ánimos cambiando de tercio.

—¿Os habéis enterado de que el fiscal que lleva el crimen de Gilbuena pide la pena de muerte?

—A ése le colgaba yo de los huevos —no dudaba Cosme, cargado de razón.

—¿Al fiscal?

—No, hombre, no. Al asesino.

—Algún testigo dice que fue por amoríos que lo mataron a tiros, pero el fiscal asegura que ha sido por resentimientos políticos.

—Tampoco sería de extrañar. Y es que aquí acaba por liarse una gorda, señores, porque ya está bien de tanto mamoneo con la puta monarquía.

—Alfonso es rey por la gracia de Dios —terciaba Benito, estirando el cuello con firmeza. Poco, porque lo tenía corto, pero haciéndose notar.

—¡Y tú eres gilipollas por la misma gracia!

Y ya se liaba otra vez, como cada tarde.

Remedios caseros o no, Emilia no mejoraba. Al dolor cada vez más intenso de su pie se le fue añadiendo una tumefacción violácea que disparó la alarma familiar. Se la hospitalizó deprisa y corriendo, pero el destino ya había escrito con renglones torcidos su nombre: gangrena.

Se le practicó una primera intervención y cortaron por el tobillo. En una segunda, lo hicieron a la altura de la rodilla. El médico aseguró que no habían tenido otro remedio porque la infección se había extendido.

—Madre, ¿puede usted rascarme el pie? —pidió Emilia al volver en sí tras horas de sedación, con la espontaneidad de quien era ajena a su desgracia.

Isabel, desmadejada su alma y bloqueada su garganta, se acercó a la cama y atusó el cabello de su hija. ¿Cómo iba a explicarle a su mocita que acababan de amputarle media pierna?

—Madre, me duele la rodilla.

—Tranquila, Emi, no es nada, se te pasará dentro de un momento. Llamaré a la enfermera para que te dé un calmante.

—Me duele mucho.

—Vuelvo ahora mismo.

La enfermera de guardia, una muchacha joven que apenas llevaba unos días en el hospital, revisó el vendaje y le proporcionó un sedante que la sumió en el sueño. A media noche, los dolores eran tan intensos que Emilia despertó en un grito. Su madre volvió a llamar a la sanitaria y ésta, alarmada, acudió al médico de guardia.

—Quiero un quirófano ahora mismo —le dijo a la joven—. ¡Muévase, enfermera, coño, que es urgente!

Emilia se desmayó mientras su camilla era arrastrada a lo largo del pasillo. Isabel, en un mar de lágrimas, pretendía entrar con ella, pero no se lo permitieron. Aguardó entre sollozos incontenibles en un pasillo que alguna vez fue blanco, largo, aséptico, de ventanales opacos hacia los que volvía la vista y a los que antes habían mirado miles de ojos cargados de esperanza o hundidos por el desánimo, bajo los cuales anidaban asientos de madera cuyo respaldo era la pared misma, estación de espera de una palabra de aliento que a veces no llegaba, o de unas palmaditas médicas que permitían regresar a la fe. Paredes desnudas, como su propia vida, donde se leían nombres escritos a carboncillo y algún corazón grabado a punta de navaja con las iniciales del enamorado y su amada.

Sentándose y levantándose a cada minuto, pasaban entre sus dedos, doloridos del trajín de la costura, las cuentas del rosario que, dijera lo que dijese, seguía siendo para ella el único eslabón a una fe que proclamaba extinguida, pero que no lo estaba del todo.

Horas después, el viento de la desdicha sopló con saña sobre ella.

—Lo lamento, señora.

—¿Y mi hija? ¿Qué han hecho con mi hija?

—Está bien, tranquilícese. Hemos vuelto a cortar... más arriba, pero ya no hay peligro. Era eso o perderla.

Aquélla no fue la última vez que entró en quirófano. Había muerto una chica de la misma edad y el cirujano propuso a la bisabuela un trasplante tras conseguir el visto bueno de los padres de la difunta, algo absolutamente inusual en aquellos tiempos en que la ciencia chocaba con las tinieblas de la superstición. Isabel no se opuso, ¿cómo negarse? Aun a riesgo del peligro que entrañaba por aquel entonces, con medios técnicos muy limitados y la sombra del fracaso pendiendo amenazadora, era una luz al final del túnel. ¿Cabía otra opción? Los sueños de la niña se habían roto para siempre y a los ojos de Isabel, cualquier mejora sería una bendición.

No fue así. El cuerpo de Emilia rechazó el implante.

Trece años y coja de por vida.

4

A partir de entonces hubo de valerse de una muleta de madera cuyo chirriar la acompañó siempre.

Se podría imaginar que una desgracia así, a tan temprana edad, afectaría al carácter de Emilia. Sin embargo, lejos de enclaustrarse en casa, como parecía lo propio, se acicalaba y, burlando la vigilancia de su madre cuando podía, se escabullía para ir al baile.

Y en abril de 1910, cuando el rey Alfonso XIII dio el piquetazo de salida al derribo del primer edificio sobre el que se comentaba la acometida a la puesta en marcha de la Gran Vía, allí estaba ella. Seguía estando viva y eso era lo que le importaba; el hecho de carecer de un miembro no iba a mermar su sed de correrías.

A todas luces, su mutilación no disminuyó su capacidad para atraer a los hombres. Guapísima y risueña, morena y garbosa, seguía disponiendo de un cortejo de admiradores. No se amilanaba a la hora del baile y los muchachos se la disputaban.

Ciertamente, su cuerpo limitado albergaba un espíritu bravo, de los de «armas tomar».

—Yo tenía entonces un par de cojones —solía decir ella con la vista perdida, abrazando los recuerdos.

En efecto, así debía ser: coja y todo hubo tres hombres en su vida, de modo que es imposible no dar crédito a su coraje.

Uno a uno, Emilia fue testigo de la demolición de los cientos de edificios que se expropiaron para dar cauce a la arteria más importante de Madrid, del montaje de canales de agua y luz, el acoplamiento de farolas de gas, la inauguración de la estación de metro de Gran Vía... Del progreso.

La capital no dejaba de crecer al tiempo que Europa se desangraba en el conflicto de la Primera Guerra Mundial, en la que España no intervino. El 7 de agosto de 1914 el periódico *La Gaceta* publicó el decreto del Gobierno por el que se daba carta de naturaleza a la neutralidad española. La piel de toro no era sino un país a la deriva, con un ejército moribundo y atrasado, sin apenas flota naval, de economía raquítica y arcas esquilmadas. Los países que tomaron parte en la contienda no tenían interés en que España se sumara a la guerra y para una parcela importante de la sociedad española, la preocupación era la subsistencia diaria, por más que política y diplomáticamente, los problemas se centraran en Gibraltar y Marruecos.

Ajenos sólo en parte a las hostilidades exteriores y a los diez millones de bajas que causó la colisión de intereses y la estupidez humana, los españoles se iban enterando de los horrores de la guerra y sus daños colaterales por los periódicos. En uno de ellos, los alemanes hundieron una nave comercial y España lloró la pérdida de uno de sus más virtuosos compositores, Enrique Granados, víctima del torpedo de un submarino que partió en dos el barco en el que viajaba con su esposa. El final de las beligerancias, sin embargo, contribuyó al despegue económico español. Los europeos necesitaban alimentos, armas, carbón... La industria textil, la minería y la construcción naval, entre otras, empezaron a despegar.

La guerra, en cualquier caso, traería funestas consecuencias sanitarias. Un brote de gripe, que se extendió por todo el mundo causando casi 300.000 muertos, alcanzó a España. Entre ellos, el otrora enamorado de Emilia, Ginés, recién regresado de Francia adonde se desplazó para conocer a los padres de la mujer con la que se había casado y de donde regresó viudo —ella fue otra de las víctimas— y muy enfermo. La intensidad de los transportes y el movimiento de excombatientes hicieron que la enfermedad se expandiera de forma inusitada.

A pesar de que se aconsejó a Emilia no acercarse al hospital donde Ginés estaba ingresado, desoyó hasta las súplicas de su madre y del propio padre del enfermo, compró unos dulces, tomó un tranvía y se presentó en el sanatorio.

El lugar era un ir y venir de batas, estetoscopio al cuello y cofias almidonadas, con camillas incluso en el pasillo de entrada. Esperó a que buscaran en la interminable lista de infectados y, acompañada por el soniquete de su muleta, se dirigió a la sala indicada en busca de su amigo y vecino.

El recinto, en la segunda planta, la impactó.

Decenas de camas metálicas pintadas de blanco sucio, bajo las cuales sobresalían orinales desconchados, muchos de los cuales no habían sido vaciados, se alineaban a modo de cuartel, albergando cuerpos gimientes cubiertos por sábanas arrugadas. La mortecina luz del atardecer que se filtraba por los ventanales, el resplandor de unas pocas bombillas sucias y un olor intenso a humanidad viciada, conferían al lugar el aspecto de una morgue.

Haciendo oídos sordos a los susurros y las quejas, al ajetreo de médicos o enfermeras y a la ola de muerte que parecía propagarse con cada tos, se fue acercando al número de la cama de Ginés.

Parecía dormido, respiraba con dificultad y a los pies de su cama la recibieron las heces de su bacinilla. Emilia la empujó hacia atrás antes de llamar la atención del enfermo.

—Hola, pimpollo.

Unos ojos enfebrecidos se abrieron para clavarse en ella.

Brillaban con el destello turbio de un mal que se lo estaba llevando por delante. Eran unos iris a los que habían truncado sus ilusiones y su vida, que han visto el horror en primera persona, a los que ya no les importaba si la guadaña llegaría esa tarde o a la mañana siguiente. Eran la otra cara de aquellos que la miraron con tintes de sana lujuria y se encandilaban con su buen humor y su garbo. Tan ausentes y desvaídos que a ella le costó continuar con la sonrisa en la boca.

—Emi —susurró una voz lejana, que parecía estarse marchando. Un brazo macilento y flaco asomó por debajo de las sábanas y una mano huesuda amagó con estrechar la de su amada de adolescencia, pero se detuvo a tiempo, retirándose bajo la gastada manta.

—¿Cómo te encuentras?

—Muerto.

Emilia apoyó su muleta junto al cabecero, dejó los dulces en la mesilla, arrimó un apolillado taburete y se acomodó en él, haciéndose con la mano de Ginés que no tuvo energía para resistirse, tomando entre sus dedos aquellos otros que, tiempo atrás, crearon maravillas de pedazos de madera. Tenía la piel caliente y viscosa y ella se sobrepuso al impulso de soltarlo. Con un gesto pícaro en los labios, dijo:

—Siempre tan pesimista. Tienes redaños suficientes como para salir de ésta, así que no me vengas con zarandajas. No irás a rendirte ahora, sólo para despreciarme los bollos. Son de los que siempre te han gustado, ya sabes, «pelotas de fraile».

Lo que pudo haber sido una carcajada no pasó de una tos quebrada que sacudió el pecho del enfermo. Emilia siempre llamaba así a unos bollos redondos rellenos de crema.

—No cambiarás nunca. Gracias.

Se aproximó una enfermera y tendió a mi abuela una mascarilla al tiempo que indicaba:

—Ya tenemos suficientes afectados. Póngase esto.

La abuela miró esa especie de trapo blanco con cintas, olvidó a la otra y volvió a centrar su atención en Ginés.

—Guárdelo para otro, parece que andan escasos.

—Le digo que tiene que ponérsela.

—Y yo le digo que no. Atienda a sus obligaciones, no se preocupe por mí.

—¡Oiga usted...!

—¿Quiere largarse de una vez? —La increpó Emilia con cara de pocos amigos—. Este fulano se me está declarando y usted no hace más que incordiar, señorita. ¡Hala, hala, largo de aquí, mujer, y dedíquese a otros pacientes! Y cuando puedan, se llevan ustedes el orinal.

La enfermera cuadró los hombros, enrojeció y se guardó de golpe la mascarilla en el bolsillo de su uniforme. Luego se alejó muy erguida.

Entonces sí. Entonces Ginés inició una carcajada que ahogó un golpe de tos.

—Harías bien en hacer caso, hay riesgo real de contagio.

—Tranquilo, no pasa nada, ya sabes que tengo mala sangre.

—Y mala leche.

—Eso también. Digo yo que cuando mi hermana quiso acabar conmigo debió salvarme el mismísimo Diablo, y algo debió de pegárseme.

—Emi, ha muerto mucha gente.

—Lo sé. Fíjate que hasta dice *El Heraldo* que la ha palmado el príncipe de Suecia... Esa gente no tiene aguante. Pero tú te vas a curar y a mí no me va a atacar ese puto virus.

Y así fue. No pudo con ella.

Ginés moría a la mañana siguiente.

Eso sí, lo hizo con la boca llena de crema de «pelota de fraile» y un rictus en los labios que se diría que tuvo que ver con la visita del día anterior.

5

Emilia había pasado la treintena y su madre se había convertido en una sombra que sólo cosía y apenas hablaba. Fue en aquel tiempo cuando conoció al hombre al que amó hasta el fin de sus días, al que no olvidó nunca y quien cargó sobre sus hombros el lastre de una personalidad tan compleja.

Alejandro era un tipo muy apuesto, alto y moreno, de grandes ojos azules, que se dedicaba a la construcción. Se conocieron en enero de 1928, justo el día en que un toro destinado al matadero de Legazpi se escapó y sembró el pánico y la algarabía, a partes iguales, en la recién estrenada Gran Vía.

—¡Fíjate, fíjate, Amalia! —achuchaba a la amiga con la que había ido a entregar una confección a la calle de Caballero de Gracia—. Va como loco el animal.

—¡Emilia, por Dios, no te acerques tanto!

—Quiero verlo bien.

—¡Que no te acerques, por Dios!

—Calla, cagona —reía ella, haciéndose hueco entre la maraña de curiosos que jaleaban al toro.

Consiguió colocarse en una posición privilegiada para seguir las idas y venidas del animal, más asustado que los viandantes, al abrigo de una farola. Los chiquillos corrían a la estela de las faldas de sus madres, los pitos de los guardias sonaban por doquier, los vendedores recogían sus mercancías, muchas de ellas pisoteadas, injuriando al bicho y, sobre todo, a las autoridades por no poner orden en un desatino que al día siguiente sería portada de periódicos.

El revuelo fue mayúsculo, plagado de tensión e histeria colectiva, en tanto jóvenes inconscientes citaban al toro sin valorar las consecuencias de su temeridad.

—Emilia, por tu madre —rogaba Amalia, tirando de su mantón. Pero ella se estaba divirtiendo y, terca como era, no quería apearse del burro.

—Calla, mujer, y mira a ese valiente que le está toreando con un abrigo. ¡Ooooooooolé!

—¡Emilia!

El bizarro caballero que se había quitado el gabán y daba pases en medio de la calle no era otro que Diego Mazquiarán *Fortuna*, un matador profesional que paseaba por allí y lanzó un capote, nunca mejor dicho, a las angustiadas autoridades que se veían superadas por la marea de curiosos y temían cualquier desgracia.

Fortuna entretuvo al astado hasta que el dueño de una cercana tienda de regalos le entregó un estoque. Entre «vivas» y «olés» acabó dando muerte al pobre toro. Entonces se montó el caos. Unos querían palmearle la espalda, otros subirle a hombros. La gente empujaba para acercarse al torero y, en una de ésas, alguien golpeó la muleta de Emilia desplazándola. Ella quiso sujetarse a la farola, pero los empellones de la masa hicieron que cayera sobre la rodilla y se soltara de Amalia, de quien la separaron. Envuelta en una ola de júbilo popular que pedía, pañuelos al aire, oreja y rabo para el maestro, se encontró en el suelo sin que nadie reparara en ella, expuesta a ser pisoteada. Se había golpeado la cabeza con la farola y el aturdimiento y la algarabía alejaron toda proximidad de la voz de su amiga, que seguía llamándola.

Alguien la sujetó de la cintura, la puso en pie y la arrastró hacia el abrigo del edificio que alojaba Radio Madrid. Lejos de agradecer al parroquiano que la sacara del tumulto, Emilia le propinó una sonora bofetada en cuanto se encontraron a salvo. En su afán por sacarla de allí, había bajado la mano más de lo prudente. Y ella no aguantaba ni una. En realidad no aguantaba ni media.

—¡Toca el culo a tu madre, desgraciado! —le escupió, apoyándose en la pared, huérfana de su muleta.

Él no respondió, sólo se pasó el dorso de la mano por la mejilla y se la quedó mirando. Se fijó en su cabello negro despeinado, sus grandes ojos grandes, oscuros, su boca plena.

—De nada, señora —dijo, irónico, observando el aspecto desaliñado de la mujer a la que acababa de salvar.

—¡Emilia, por todos los santos! —Amalia, acelerada, llegó hasta ellos, muleta en ristre. Sólo entonces advirtió él que estaba imposibilitada—. ¡Estás loca! ¡Pero loca de atar! A quién se le ocurre ponerse casi debajo de los cuernos. Me has dado un susto de muerte.

—Pues ya ves que no ha pasado nada.

—Gracias a este buen hombre —porfió su amiga, evaluando al benefactor desde la coronilla a los pies, diciéndose que era un buen mozo—. Gracias, caballero. Anda, mujer, vayámonos de aquí, que no gano para disgustos contigo.

Emilia se ajustó la muleta bajo el brazo, recolocó su peinado al tiento, inevitablemente revuelto por las horquillas perdidas en el alboroto, se caló el mantón sobre los hombros para cubrir el busto que él no dejaba de observar, y echó una ojeada al individuo que aún se rascaba la mejilla. Era guapo el condenado. Y sonreía de un modo que derretía cualquier reserva. Entonces, admitió que había sido una grosera y dijo:

—Bueno, pues gracias, mocetón.

Se tomó del brazo de Amalia y, dejando atrás el barullo sin preocuparse ya de si a Fortuna le daban o no una oreja o la Cruz de Beneficencia, como así acabó siendo, echaron a andar. Pero lanzando de vez en cuando un vistazo por encima del hombro, por ver si su defensor las seguía.

—Nos pisa los talones —le dijo a su amiga con un atisbo de sonrisa en los labios—. No te vuelvas, descarada, que va a pensar que estamos porfiando.

—Es guapo.

—Y sobón. Con eso de levantarme me ha plantado la mano en el trasero.

—Mujer... Habrá sido sin querer.

—Pues el sopapo que le he dado yo ha sido queriendo.

—Mira que eres burra, Emilia. Pobre hombre.

—A mí sólo me toca el culo quien yo quiero. Y punto en boca.

—Que sí, mujer, que sí. Tienes un carácter...

Bastante después, ya alejadas de la zona, pasaron por delante de una de las múltiples tabernas que salpicaban la capital. En la puerta, un cartel con toda la chispa del ingenio rezaba así: «El camello es el animal que más resiste sin beber. No seas camello.» A Emilia le hizo gracia la agudeza publicitaria.

—Me apetece una zarzaparrilla. ¿Qué tal si entramos?

—¿Solas? —Se azaró Amalia, que nunca, pero nunca, se había atrevido a hacer semejante cosa, ella que era de férreas y muy recias costumbres—. ¡Ni loca!

—Mira que eres sosa.

—Y tú mira que eres insolente. ¿Seguro que cuando te quitaron la pierna, no se llevaron también algún tornillo? Si mi marido se entera, me muele las costillas.

—Tu marido es idiota, no sé qué le viste. ¿Qué tiene de malo refrescarnos la garganta? —rebatió Emilia, a quien no molestaba en absoluto que hicieran referencia a su cojera.

—Ahí no hay más que borrachos hablando de toros.

—Me gustan los toros.

—A ti lo que te gusta es saltarte todo «a la torera», que no es lo mismo.

—Lo que pasa es que me encienden ciertas niñerías. Estás

chapada a la antigua, Amalia. ¡Que vivimos en el siglo XX, a ver si te enteras, y dentro de poco todo va a cambiar!

—Aquí no cambia nada. Los pobres seguiremos siendo pobres y los ricos, pues ricos. Y las mujeres tenemos que seguir guardando la honra.

—Por entrar a beber una zarzaparrilla no vamos a perderla.

—Por si las moscas.

—Vives en el pasado, hija. Pues que sepas que se dice por ahí que la cosa está que arde y que no es de extrañar que se monte la Marimorena cualquier día. Mi hermano Domingo asegura que está al caer la República.

—¡Calla, que nos van a oír! Lo que faltaba para completar la faena, que acabemos en el cuartelillo por rojas. Además, ¿tú no eras partidaria de Primo de Rivera? Entonces, ¿qué me estás contando?

—Yo no soy partidaria de nadie. Te cuento lo que hay. Que la gente está harta de todo. Yo soy coja, Amalia, pero es que tú pareces sorda, guapa. Te digo que se va a montar la de Dios es Cristo. Los obreros están empezando a rebelarse, y con razón. Y si ésos sacan los pies del tiesto...

—Pánico me da pensar en eso.

—Tú es que no tienes sangre en las venas.

—Tengo horchata, ¡no te jode!

Entre dimes y diretes, se habían olvidado del palomo que las seguía hasta que escucharon una voz sobre sus nucas.

—Señoras, ¿me permiten invitarlas a un refresco?

Ambas se volvieron. Allí estaba él, con su sonrisa burlona y su buena planta, aun a pesar de vestir pantalones remendados, su chaqueta gastada que le quedaba corta y unas viejas alpargatas de esparto. Una gorra de visera ladeada cubría su abundante cabello, confiriéndole un halo de rebeldía que a Emilia le encantó.

—Desde luego que no —repuso Amalia, muy tiesa.

—Desde luego que sí —replicó Emilia, mirándole de frente.

—Es que no he podido evitar escucharlas —dijo él, echando un vistazo a su alrededor—. La calle no es el mejor lugar para ciertas conversaciones, podría crearles problemas.

—Al que se atreva a causarlos, le parto la muleta en la cabeza.

—Ya me he dado cuenta de su genio, ya —respondió él, llevando su mano a la mejilla.

—¿Cómo te llamas, guaperas?

—Alejandro.

—Emilia —se presentó ella, soltándose de su amiga y tendiéndole la mano libre que él estrechó entre las suyas—. Ella es Amalia, una buena compañera.

Así empezó todo.

Su actitud frente a los hombres, desinhibida y resuelta, favorecía comentarios que fluctuaban entre conmiserativos y descalificadores. Se había ganado el término de ser una «viva la Virgen» que flirteaba descaradamente con ellos, pero no en el sentido de ser casquivana o fresca, sino que los tentaba sin intención de tomar a ninguno en serio.

Se confundían.

Ella no era ya una mocita, hacía años que había dejado atrás la edad de tontear y, seguramente, de encontrar a alguien con quien compartir su vida. Un achuchón en el baile o un beso robado estaban bien para ella, aunque su cuerpo pleno demandaba más. Pero conocía de sobra sus limitaciones. ¿Quién iba a querer casarse con una mujer a la que le faltaba una pierna? Si bien era cierto que Emilia sola llevaba su casa, cuidaba de su madre —que se iba marchitando a ojos vista, consumida de soledad—, y atendía a sus hermanos y cuñadas cuando se dignaban aparecer de visita por el cuchitril que tenían por vivienda, nunca se vendería. El que la quisiera debería aceptarla sin más, y ella sabía que ningún hombre que buscara esposa la tendría por candidata, aunque no perdía la esperanza.

Por eso, las atenciones de Alejandro, al que parecía no importar en absoluto su anomalía, empezaron a minar sus defensas morales.

Desde aquella tarde en que aceptó, un poco a regañadientes, que él la acompañara hasta casa, era frecuente encontrarle al caer la tarde apostado en la calle, esperando por si ella salía al patio comunal. Entonces se acercaba, con esa sonrisa suya tan de palomo enamorado que no ve más que por los ojos de su amada, charlaban un rato y la invitaba a pasear y, en ocasiones, a tomar un refresco.

—¿Qué es lo que quieres de mí? —le preguntó una noche, cuando ya se despedían.

Alejandro se la quedó mirando. No respondió de inmediato, pero la tomó de la cintura pegándola a su cuerpo.

Él olía a colonia barata mezclada con efluvios de polvo de obra. Nunca le había dicho a Emilia cómo se ganaba la vida, aunque ella se lo imaginaba porque en los surcos de la piel de sus manos, fuertes y varoniles, y bajo sus uñas, rastros de pintura y yeso lo delataban. No podía negar su condición humilde, pero nunca dejaba de presentarse aseado y perfumado.

—¿No te lo he dejado claro después de todo este tiempo, Emi? Me gustas mucho.

—Y tú a mí, pero no es base suficiente para pasar más allá de una amistad que dura ya más de dos años.

—Yo no quiero tu amistad, sino mucho más.

—No soy una mujer completa.

—¡No digas estupideces! No quiero volver a oír nada de tu cojera. ¿Por qué te menosprecias? Eres más mujer que muchas que conozco, mucho más incluso que... —quedó callado, fijos sus ojos en ella y tragó saliva.

—¿Qué quién?

—Que la mayoría —repuso sin prisas, un tanto mohíno.

—¿Te casarías conmigo a pesar de mi edad y mi muleta?

Se lo preguntó a bocajarro. La sutileza nunca fue una de las virtudes de Emilia.

No encontró duda en su mirada, nada que la indujera a pensar que él la rondaba solamente por conseguir sus favores, algo que, por otra parte, salvo algún beso furtivo, no le había concedido.

—Sí —contestó al fin—. Me casaré contigo, pero debes darme tiempo.

—¿Cuánto tiempo, Alejandro? Ya no soy una niña, no me engaño, ambos rondamos los cuarenta. Además, deberías cargar con mi madre, ya sabes que no puedo abandonarla. Mis hermanos tienen su vida y dan por sentado que siempre cuidaré de ella, así que no quieren saber nada.

—Tu madre no es el problema, Emi. El problema es que... —dudó ahora y desvió los ojos hacia la pareja de guardias civiles que rondaba, fusil al hombro—. La República está al caer y yo me debo a ella.

Emilia se quedó sin habla. ¿Alejandro metido de lleno en aquel fregado? ¿Su Alejandro inmerso en la locura de esos hombres y mujeres que hacían propaganda para sustituir la monarquía y enarbolaban la bandera tricolor por calles y plazas? Se le hizo un nudo en las tripas.

Mucho se hablaba de los asesinados en callejones por defender los ideales que preconizaban los republicanos. Su relevo lo tomaban otros, pero los muertos nunca volvían. Los carteles pegados en las fachadas pidiendo la muerte para los rojos, eran demasiado elocuentes como para ignorar el estado de unos ánimos sobreexcitados, próximos a la explosión. ¿Y él se metía en política? Hasta entonces, nunca se había pronunciado sobre el asunto, nunca dijo qué pensaba sobre el Gobierno de España, parecía más interesado en aferrarse a un trabajo más o menos digno y en su cortejo. No, nunca habían hablado de ese tema.

—Estás loco —le dijo, haciendo ademán de entrar en el patio.

Él la detuvo sujetándola del brazo y la encaró.

—Vamos a ganar, Emilia —argumentó convencido—. Las

urnas cambiarán este país, ya lo verás. Y yo quiero estar con los ganadores.

—¿Qué harán esos ganadores sino seguir estrujando al pueblo del que viven, aunque enarbolando otra bandera y acaso otros principios? ¿Van a regalarme el pan? ¿Van a conseguir que mi madre no se deje los ojos y la vida cosiendo? ¿Que no me los deje yo? ¿O que me desaparezcan los sabañones en los dedos de tanto lavar con agua fría la ropa de los señoritos? ¿Van a hacer posible algo de eso? —Se calentaba por momentos y era peligrosa cuando se encendía—. ¡No seas necio!

—La República hará iguales a todos los españoles, los curas no seguirán metiendo las narices en la política, habrá una única Cámara que representará al pueblo...

—... habrá expropiaciones, reparto de riqueza, libertad y hasta el divorcio —le cortó ella para apropiarse de la perorata de unos principios democráticos que ya se sabía de memoria, porque los republicanos se habían ocupado de que llegaran a todo el mundo repartiendo panfletos.

—¡Y el voto para la mujer! —apostilló él, con énfasis, pero sin levantar la voz porque los del tricornio miraban hacia ellos—. Emilia, esto no es para discutirlo aquí.

—Ni aquí, ni en ninguna parte. No me vas a hacer comulgar con ruedas de molino, porque yo, por no comulgar, ni me trago la hostia, fíjate lo que te digo.

Alejandro no encontraba el modo de convencerla.

No es que Emilia no deseara un cambio, no. Lo deseaba como tantos otros, pero le daba terror lo que pudiera suceder después de las represalias de los monárquicos, del poder establecido o de los caciques que ya instigaban a sus trabajadores, sobre todo en provincias. Su madre y ella se las arreglaban mal que bien cosiendo y lavando para gente pudiente, así que si se modificaba el orden social, ¿de qué iban a comer?

Él entendía sus reservas, pero aceptaba que había un precio que pagar porque estaba convencido de que sin lucha no hay libertad.

Suspiró, cansado del trabajo y de bregar con aquella mujer a la que amaba, pero que era terca como una mula. De haber querido ella, habría dado alas a un estupendo cabecilla con madera de líder para encarar los cambios que se avecinaban.

—Vendré mañana, ya es tarde y tu madre te estará esperando.

—Puedes ahorrarte el viaje.

—Vendré mañana —mantuvo él. De reojo, observó a la Benemérita alejándose calle abajo, engullidos por la oscuridad que acentuaba el vacío de luz de sendas farolas apagadas a base de pedradas. Se inclinó y la besó. Emilia no respondió a la caricia, como otras veces y él acabó marchándose cabizbajo y decepcionado.

6

Alejandro había alquilado una habitación en la calle del Pez, antigua Fuente del Cura, muy cerca de la Corredera Baja y del palacio de los Bauer, un rancio caserón del siglo XVII.

Aquella tarde pidió permiso al patrón para ausentarse de la obra en la que se dejaba la espalda y el alma a diario desde hacía meses, argumentando una visita al médico. Por descontado, se le restaría de su paga semanal las horas perdidas, pero a él le importaba mucho más poner las cosas en claro con Emilia que los míseros céntimos. Sabía que se jugaba su futuro a todo o nada, pero ya había tomado una decisión.

Para ella se trataba de una cita más, como otras anteriores, deambulando alrededor de vetustos edificios revestidos de pasado, de los que el vulgo fabulaba sobre fiestas y boato con el esplendor de otros tiempos que ya no volverían. O para tomar un chocolate con bollos y pasear por San Bernardo. A veces, para leer algún poema de Rafael Alberti al que Alejandro admiraba por haber tomado parte en revueltas estudiantiles y apoyar la República. Sus pocos estudios limitaban la comprensión de su obra, pero para él era casi una obligación seguirla.

Pero esa tarde no hubo libros, era otra la intención de Alejandro.

Cuando Emilia se encontró frente a un portal oscuro y sucio, al fondo del cual se abría una escalera desvencijada, se volvió hacia él. Sabía, porque era coja pero no tonta, que en aquellos portales con olor a rancio y a veces a orines, se alquilaban habitaciones a parejas. Sin papeles. La policía lo sabía también, pero hacían la vista gorda porque se llevaban, bajo cuerda, un porcentaje de casas y pensiones. Al fin y al cabo, en alguna parte tenían que liberar sus instintos los solteros y hacer su trabajo las putas, porque la autoridad no iba a acabar con la vieja máxima que decía que la jodienda no tiene enmienda.

No preguntó nada, sólo miró a la cara del hombre al que amaba. Tampoco hizo falta que él dijera palabra. Ella adivinó simplemente que había llegado el momento. Lo había deseado y lo temía a la vez.

Apoyó todo el peso de su cuerpo en la muleta, se echó el mantón por la cabeza y dijo:

—¡Qué demonios! Alguna vez tengo que quitar las telarañas de ahí abajo, digo yo, y dar una alegría al cuerpo. ¿En qué piso?

—En el primero —indicó él, con una determinación que remitía en proporción inversa a la decisión de ella.

Emilia no esperó a que él cediera el paso, lo apartó con el codo y se encaminó escaleras arriba. Los que la conocían y afirmaban que tenía más arranque que los batallones de la guerra de Cuba, estaban en lo cierto.

El ruido acompasado del palo que la ayudaba a mantenerse en equilibrio acompañó la silenciosa subida de la pareja hasta el piso. Él se paró en la última puerta de un rellano en sombras por el que habían desfilado miles de prostitutas e individuos desesperados por olvidar sus penurias durante un rato entre muslos ajados y labios pintados de carmín barato. Un rellano de paredes desconchadas donde el olor a pobreza se mezclaba con el del sexo barato, sueños rotos, cebolla cocida y col medio podrida, pero que aún servía para llenar la boca de muchos desgraciados.

En la puerta, un rectángulo de cartón sujeto a la madera carcomida por clavos roñosos rezaba: PENSIÓN. Así, sin nombre.

Aplicó Emilia sus nudillos sobre la puerta con Alejandro a su espalda estrujándose las manos como un adolescente acobardado, cediendo una iniciativa de la que debía ser abanderado.

Les abrió una mujer rolliza, de baja estatura, con ojeras que hacían aún más pronunciadas la escasa luz amarillenta que proyectaba una bombilla colgando de un cable pelado. Echó un vistazo a la coja plantada en el vano de la puerta y estiró su cuello hasta ver al mozo que la acompañaba, al que reconoció como el que había alquilado una habitación aquella misma tarde. Se hizo a un lado y los dejó pasar.

—La segunda puerta —dijo a modo de saludo—. Hay sábanas limpias y una toalla. Si quieren algo de beber, no va en el precio.

—No es necesario, gracias —repuso Emilia dirigiéndose resuelta hacia la habitación, azorada hasta el rojo carmesí, ahora sí, por aceptar ante extraños el lance sexual al que acudía.

Era un cuartucho sórdido. Una cama cubierta por una colcha de color indefinido, una mesilla con cenicero, un aguamanil desconchado que en otros tiempos debió de ser azul, al lado del cual colgaba la toalla, y un armario grande y oscuro.

A Emilia se le cayó el alma a los pies, pero no lo demostró. Desde luego nunca imaginó entregarse por primera vez a un hombre en un lugar tan triste y miserable, sin ápice de calidez. Pero era todo a lo que podía aspirar, a los pobres no les quedaban opciones.

—Al menos tiene una ventana —comentó, acercándose a los visillos de encaje desgastado por tantas lavadas, que desprendían olor a sosa. Los descorrió y echó un vistazo al exterior.

Abajo, barquilleros, meloneros, vendedores de miel y busconas, se disputaban espacio y parroquianos. Hasta ellos llegó el tañido lejano de alguna campana de iglesia, amortiguado por la bulla que subía de la cantina de enfrente y la voz monocorde de la castañera de la esquina.

—¡Calentitas! ¡Las tengo calentitas! —pregonaba, dando vueltas a los frutos sobre una chapa agujereada dispuesta sobre un brasero.

Se envaró al contacto de las manos de Alejandro en su cintura y su boca, caliente y húmeda, besándola en el cuello. Cerró los visillos y se volvió. Lo que vio en sus ojos claros fue un mar de sentimientos encontrados: temor, quizás aflicción y, sobre todo, apetito. Y una chispa de amor. Fue ese destello de cariño lo que la hizo soltar la muleta y echarse en sus brazos. Posiblemente se estaba confundiendo, acaso él se marcharía después y no volvería a verlo una vez seducida, tal vez su mundo estaba a punto de derrumbarse. Pero necesitaba esas migajas de proximidad más que el aire, aún sin viciar, de un Madrid tan lejano ya. Estaba en la mitad de su vida y, por primera vez, iba a yacer con un hombre porque también ella tenía derecho a ser feliz por unas horas, a volar lo más alto posible de la penuria, la estrechez y el derrumbe de una madre acabada física y mentalmente.

Alejandro la fue desnudando lentamente, como si ambos tuvieran todo el tiempo del mundo, como si abajo no trajinaran pelandruscas que no mucho después ocuparían la misma habitación, cuerpos apremiados por la miseria y la necesidad.

Él fue apilando a los pies de la cama su mantón, la blusa blanca a rayas que lucía aquella tarde, regalo de una señorita a la que lavaba la ropa —porque estaba pasada de moda—, y su falda de percal marrón. Ella sólo pareció un tanto incómoda cuando mostró ante él su raída ropa interior y el muñón que siempre llevaba cubierto por un trozo de media que anudaba con cintas para cubrir las cicatrices.

—Limpia como los chorros del oro, como ves —le porfió para darse valor—, pero remendada.

En ese entonces era impensable pasar cuando uno quisiera por la tienda y encargar calzones, camisetas nuevas o lencería. Eran otros tiempos. No había un jodido real para esas bobadas, ambos lo sabían. Lo poco que había era para subsistir llevándose algo a la boca.

—Estás preciosa aun con remiendos —musitó Alejandro al tiempo que se desnudaba.

—Seguro que sí. También tú estás guapísimo con los tuyos.

Era un comentario mordaz que ponía de manifiesto su falta de medios, pero que ambos se tomaron a broma. Por descontado que a Alejandro no le importó su miserable ropa. Cómo iba a importarle tan nimio detalle cuando él llevaba unos calzoncillos también recosidos.

Durante un momento largo, tenso, en el que sólo escucharon el retumbar de sus propios corazones, en el que sólo sintieron la apremiante necesidad por el otro, en el que sólo les importó demostrar lo mucho que se necesitaban, no pudieron más que mirarse en silencio. Luego, los ojos de Alejandro se pasearon por el cabello de Emilia, la forma perfecta de sus hombros, sus pechos desnudos, ya no los de una mujer joven pero aún apetecibles y orgullosos, como toda ella. En su estrecha cintura, sus anchas caderas y su única pero bien formada pierna.

Ella, con un brillo de anticipación en los suyos, escondiendo la vergüenza, apreció el cuerpo masculino de prietas carnes que se le mostraba sin pudor, demostrando cuánto la deseaba.

Alejandro se acercó casi con miedo. Ansiaba tenerla desnuda entre sus brazos, pero estaba azorado como un principiante, temía no dar la talla ante una mujer que se le presentaba con osadía, que se le estaba comiendo con los ojos. A un par de pasos, se frenó.

Fue Emilia la que acortó distancias, la que le envolvió en un abrazo cálido que hablaba de amor y entrega, de pasión contenida durante mucho tiempo, de un deseo tan fuerte como el suyo propio.

Teniendo de fondo el rugido de un motor y el soniquete de campanas lejanas, se besaron. Fue un beso distinto a los que se habían dado hasta entonces, caricias escondidas en callejones o cines de barrio, rápidas muestras de su amor cuando se despedían por las noches. Fue un beso diferente, sí, porque implicaba una entrega total.

Un frenesí desbordado les envolvió. Sus manos buscaron la carne del otro, se acariciaron, estudiaron sus cuerpos sin dejar que sus labios se separasen, se adoraron sin palabras, respiraron sus mutuos alientos. Querían dar y recibir, esclavizarse en un amor tan fiero que les hacía daño, salir vencedores y vencidos a la vez, ser dueño y esclavo del otro.

Alejandro la tomó en brazos para llevarla a la cama. Una vez allí, sobre la colcha, sin molestarse siquiera en abrir el embozo, comenzó a besarla por todo el cuerpo, le invadía un afán casi violento por sentirla. La necesitaba como nunca había necesitado a una mujer.

Y Emilia le acompañó en esa sublime locura que les arropaba besándole a su vez, maravillándose con el tacto de sus músculos y el poder que emanaban sus caricias. Él parecía no poder demorar más el momento de tomarla, y ella no quería que lo aplazara. Sentía su sangre bullir, ensordeciéndole su bombeo en las sienes, lo quería dentro de ella. Si aquello era un sueño, no quería despertar.

Cayó la noche sobre la ciudad.

Fuera, ya no se escuchaba una voz, el bullicio de la tarde dio paso a la calma de almas recogidas en sus hogares y al monótono sonido del chuzo del sereno golpeando en la calle mientras hacía su ronda.

Pero ellos, ajenos a todo, seguían allí, abrigados ahora bajo las mantas, abrazados, sin hablar, sin pensar, sólo sintiéndose.

Esos encuentros se repitieron más veces, siempre en la

misma pensión, siempre en el mismo cuarto, siempre con las voces de fondo de la castañera, arropados ya por la República. Y Emilia, ilusionada como una jovencita, empezó a hacerse el ajuar con el que toda mujer soñaba, arañando céntimos, quitándoselos incluso de la comida.

7

España había cambiado de la noche a la mañana. Las elecciones municipales del 12 de abril supusieron un descalabro para la Corona. En las capitales de provincia los republicanos consiguieron la mayoría de los concejales; en Madrid triplicaron a los monárquicos, porque allí había muchos exaltados, y en Barcelona el número fue aún mayor, según informaron los periódicos. Alfonso XIII estaba desacreditado, el pueblo quería el cambio, se precipitaban las dimisiones políticas y aumentaba la preocupación por la seguridad del monarca, que partió al exilio casi de inmediato.

Mientras la nación se debatía entre el futuro que representaba la República para unos y la incertidumbre para otros, Emilia consumía sus jornadas apegada a sus costuras, en el cuidado de su madre que se iba convirtiendo en un fantasma, idas y venidas al lavadero y los brazos de Alejandro.

Curiosa y arriesgada, acompañaba a su hombre a la Gran Vía, donde las gentes se manifestaban al grito de «Viva la República», lanzaban los hombres sus gorras al aire y las mujeres enarbolaban sus mantones.

Las banderas, el vocerío exaltado de quienes afrontaban

el reto de una nueva España más libre e igualitaria constituían para ella un acicate, sobre todo por el peligro que suponía acudir a ese tipo de aglomeraciones con una muleta. Podía haber acabado pisoteada, pero eso, lejos de acobardarla, le daba bríos.

A pesar del clamor popular, del colorido de las insignias del nuevo régimen y de los besos de Alejandro en plena calle, contagiados por la alegría que les rodeaba, Emilia tenía el presentimiento de que algo estaba a punto de derrumbarse. El virus de lo que vendría más tarde se estaba incubando.

No tardó en conocer el nuevo revés que le daba la vida. Alejandro estaba casado y tenía dos hijas.

Poco después de instaurarse la República y con ella el divorcio, él confesó a Emilia su verdadera condición, asegurando que ya había iniciado los trámites para ser un hombre libre.

El mundo se le cayó encima. El amor había llegado tarde a su vida, pero había llegado, y para Emilia, Alejandro era parte de sus planes, de un futuro que ahora, escuchándole, se rompía en mil pedazos.

Entendió de golpe aquellos silencios de él, aquellas miradas ausentes cuando ella estaba pletórica de felicidad, aquellas frases a medias que parecía no saber nunca cómo terminar. Sí, ahora lo comprendía todo.

Lo amaba. Pero Emilia tenía sus principios y ésos no pasaban ni por el abandono de una esposa legal, ni por el de unas criaturas. Desmembrada por dentro, le dijo lo que pensaba, se despidió de él y no volvió a verlo nunca más.

«Hasta que la muerte me lo arrebató minutos después de casarnos *in articulo mortis*», repetiría Emilia a sus familiares y conocidos los años siguientes, por lo general acompañando la frase de un profundo suspiro, como si quisiera cauterizar los rasguños del alma, acaso más por sí misma que por el propio Alejandro.

Según la historia que ella forjó y mantuvo siempre, Alejandro había sufrido un accidente de trabajo. Un andamio se vino abajo hiriéndolo de muerte.

Pero la realidad había sido otra.

Poco tiempo después de romper con Alejandro, Emilia comenzó a encontrarse mal.

Un tumor había anidado en su vientre, y el diagnóstico de los doctores del hospital de San Carlos era desesperanzador. La enfermedad avanzaba, inexorable, y su suerte parecía echada.

Lo que ocurrió después confirma el dicho de —al menos a veces— Dios aprieta pero no ahoga.

Por fortuna, recién acabada su carrera de medicina, un joven licenciado dio un paso al frente y se ofreció a operar. El catedrático especialista, que no quería mancharse las manos ante un cuadro de enorme riesgo que podría poner en peligro su prestigio profesional, le alertó del peligro que conllevaba: el paciente tenía muchas posibilidades de morir en el quirófano. Pero el joven médico, con el consentimiento de Emilia, se arriesgó. Nada se perdía por intentarlo.

A la espera de que el tumor creciera lo suficiente para operar, a Emilia le administraron pastillas contra el dolor a base de opio. A ella le importaba ya poco vivir o morir, sus ilusiones habían desaparecido.

Finalmente, al abrirle el vientre, el joven cirujano encontró un habitante inesperado: adherido al tumor, había un feto.

Se cuenta que el facultativo separó el feto —que era del sexo femenino—, lo mantuvo en incubadora hasta extirpar el tumor y lo reubicó otra vez en el cuerpo de Emilia. El éxito del joven médico le llevó a conseguir la cátedra y un extraordinario reconocimiento, todo un logro en los anales del hospital.

Para esos tiempos, suena a una odisea increíble, un prodigio médico que hoy se podría poner en duda... Verdad o exageración, la hazaña pasó a formar parte indisoluble de la leyenda familiar y personal de Emilia.

Lo único que le faltaba en aquel entonces era un embarazo: coja, con una madre prematuramente envejecida de la que cuidar y con un bebé a cuestas.

Si ya lo pasaban mal, una nueva boca que alimentar representaba un grave problema, por mucho que se diga que un hijo es una bendición y que los niños vienen con un pan debajo del brazo. En aquellos tiempos, los hijos llegaban con una carga de ilusión familiar, como siempre ha sido, pero en la mayoría de los casos sin apenas futuro, que los padres labrarían a golpe de privaciones, esfuerzo sin tregua y, en ocasiones, a costa del sustento.

Emilia no se había dado cuenta de que estaba embarazada porque no tuvo ninguna falta. Es más, la regla, aunque no dolorosa sí abundante, se le había presentado puntualmente todos los meses que duró el embarazo.

Mientras tanto, *El Heraldo de Madrid* se consolidaba como diario republicano de mayor tirada, los pudientes compraban en los almacenes Madrid-París de la Gran Vía y los pobres sólo asomaban sus macilentos rostros a los escaparates, las tascas continuaban sirviendo su vino rancio y sus zarzaparrillas, y en el medio político se intentaba consolidar un gobierno que no tuvo continuidad, echando al traste lo que no fue más que un espejismo de libertad.

En esos tiempos grises y convulsos vino al mundo la niña de Emilia, a la que llamó María del Mar. Lejos de ser la adorada hija del hombre que amaba, la pequeña se convirtió en la herida que sangraba cada vez que la miraba.

El espíritu de Emilia se quebró, la invadió la desesperanza, escondió su corazón tras un blindaje para evitar que volvieran a dañarlo. Nunca volvió a ser la misma. De las cenizas de un amor prohibido para ella renació una mujer amargada, mordaz, casi virulenta y maliciosa. Continuó cuidando de su madre y del ser al que había dado vida, pero desde la distancia afectiva, como una obligación, sin permitirse volver a demostrar cariño porque el asqueroso mundo le había arrebatado lo que más quería.

Así vivió, revestida de un caparazón de ironía y desprecio, sin demostrar apego a nadie, hasta que pasaron los años y tuvo una nieta a la que abrió de nuevo su alma y narró, tarde a tarde, al lado del brasero, su vida y sus recuerdos...

8

—A mí me era indiferente lo que estaba sucediendo en España, hija. Vamos, que me importaba una mierda la Ley de Divorcio, la Guardia de Asalto y el follón que se organizó en Carabanchel. No estaba yo para gilipolleces —decía muy seria, dale que dale al ganchillo, atenta al juego de la aguja.

Para entonces, yo era una adolescente en quien mi abuela volcaba sus reflexiones y añoranzas, y ella había perdido el oído.

Amante de los libros desde temprana edad, yo había leído algunas cosas de ese tiempo al que ella hacía referencia —no en el colegio, sino en alguno de los tomos que mi padre guardaba celosamente en un gastado y añorado baúl que tenía a los pies de su cama, junto a sus amadas novelas de Zane Grey—. Pero era mucho más interesante conocer esos años desde el punto de vista de la abuela. Y mucho más ameno.

—Todos creían que con la República iban a estar atados los perros con longaniza. Ni Azaña pudo imponerse a la resistencia de los militares —decía con aires de entendida, sacando a colación con frecuencia el nombre del político, del que hablaba como si hubieran desayunado juntos—. Ocupó la cartera de Guerra, ¿sabes? —Yo asentía, pendiente de sus palabras—. Tampoco pudo Largo Caballero, que no mejoró sustancialmente el asunto del trabajo, por mucho que se hablara de ello en los diarios.

—¿Por qué no prosperó?

—Sí, claro que eran dos. ¡Qué pregunta más tonta!

—Digo, que ¿por qué no salió bien eso de la República, abuela? —le repetía, con la fe de quien se topa con un muro.

—Pues por los curas, digo yo que sería. Menudo cabreo tenían los de la sotana. Pensaban que se iban a quedar sin iglesias en las que pasar el cepillo. Por los militares, que se enfrentaban a reformas que podían hacerles perder privilegios. Por los anarquistas, que valoraban poco los avances del Gobierno y querían aún más libertad. ¡Qué sé yo! El pueblo siempre quiere cambios, pero mandan los que mandan y al final... ¡todos jodidos!

—¿Y lo de Carabanchel?

—¿Qué?

—Lo que me contabas de Carabanchel. ¿Qué pasó?

—No, claro que no fui yo, tu madre tenía meses. ¡A qué coño iba yo a presentarme en un desfile! Haces unas preguntas muy raras.

—Que me digas lo que sucedió, abuela —mientras charlaba con ella tenía la nariz metida en un tazón de malta, el único café que se tomaba en casa del pobre, con tan poca azúcar que el potingue resultaba más amargo que el día en que te cateaban un examen de matemáticas.

—¡Ah! Pues habla claro, coño. ¿Qué iba a suceder? Que casi salieron a hostias. Decían que uno de esos que lucían uniforme del ejército aburrió al personal con un discurso y acabó gritando «*Viva España*», callándose como un puta lo de «*Viva la República*».

—¿Es que era obligación decirlo?

—¡Qué va a ser en el Retiro! —Se enfurruñaba ella creyendo que le tomaba el pelo—. ¿No te digo que fue en Carabanchel, criatura? ¡Que pareces sorda!

—Abuela, la que estás sorda como un tabique eres tú —me enfrentaba a ella, harta ya de gritar, de aguantar los cachetes de mi madre cada vez que elevaba la voz y pasaba por mi lado, y de los bufidos de mi padre conminándome a ayudar a hacer la cena.

—¡Señor, Señor! —Le oía despacharse a modo de oración aunque sólo pisó una iglesia para casarse, bautizarnos a mi hermana y a mí y llevarnos a la Primera Comunión—. ¡En vez de sorda, tenía que haberse quedado muda!

—¿Sorda? —se enfurecía entonces la abuela, que esta vez sí había oído, dejando a un lado la labor de ganchillo—. ¡Yo no estoy sorda! —era algo que nunca quiso reconocer—. Ya quisierais vosotros tener mi oído, que me entero de todo. ¿Sabes lo que venía diciendo un paisano en el autobús, ayer, cuando volvía yo de visitar a Alfonsina? Pues que Franco era un cabestro. Le puso de hoja perejil.

Ni quiero pensar en los decibelios que tendría que haber alcanzado la voz del arriesgado individuo para que la abuela se enterase del supuesto comentario. Mentía como una bellaca, pero todo le servía con tal de quedar encima, como el aceite.

—Claro. Y luego se lo llevaron esposado a la Dirección General de Seguridad —le gritaba mi padre, ya exaltado.

—¿Que me vas a llevar a la Dirección General de Seguridad? —se encabritaba ella, escuchando campanas de nuevo, sin saber a qué iglesia pertenecían; aprestándose a la batalla dialéctica, única arma que podía blandir contra mi padre, y contra todos; aunque sabíamos que lo que de verdad le hubiera gustado era atizarle con algo más contundente que sus frases hirientes, porque se llevaban como el perro y el gato—. ¡Tú eres el que debería acabar en Sol, por vago e indecente! ¡Y por cabrón!

Mi padre, un bendito donde los hubiera, acababa escupiendo tacos muy gordos entre dientes para evitar que yo escuchara, empeño baldío porque los escuchaba de todos modos, soltaba la cuchara con la que estaba removiendo el pisto y se iba a su habitación, cerrando de un portazo. Mi madre, entre dos fuegos, musitaba:

—Siempre igual, Dios mío, siempre igual.

Y la abuela, vanidosa por haber conseguido sacarle de sus casillas —para ella suponía un plus de satisfacción que le daba alas—, volvía a enredarse con el ganchillo, confeccionando el paño que iba a regalarle a la portera.

—Pues como te iba diciendo, Nuria...

Y del alboroto de Carabanchel pasaba a otros acontecimientos, con su voz medio ronca que intercalaba con palabras gruesas, para desagrado de mi madre y diversión mía. Sucesos de esa etapa de su vida aliñados con los avatares de la Segunda República y lo mal que lo pasó.

Por mi parte, al hilo de sus narraciones fui atesorando en mi vocabulario algún que otro término soez que se compensaba con creces con las dosis de historia que iba aprendiendo, más que en el aula del colegio de monjas al que asistía, o en los libros que había por casa. Con ella viví las esperanzas y angustias de una España convulsa en la que unos ensalzaban la bendita República y otros maquinaban para que todo volviera a ser como antes, es decir los ricos, muy pocos, haciendo acopio de dinero y dominando a una mayoría de españolitos que tan sólo amasaban ilusiones de un futuro más prometedor, que se acartonaban en el fondo de un armario con olor a olvido y decepción.

Supe entonces que sus dos hermanos, casados ya, acabaron por cerrar los ojos a las penurias de mi abuela, a cargo de su anciana madre y de una hija pequeña. Sin embargo, ella nunca les recriminó nada.

—Tenían sus problemas y una familia propia que mantener. Lo que nunca le perdoné a mi hermano Oliverio fue el desprecio con que me despachó, ya en plena guerra, cuando fui a pedirle algo con lo que dar de comer a tu bisabuela —se le endurecían las facciones al recordarlo—. ¿Sabes lo que me dijo, el muy bestia? «Como no quieras que te dé una pistola para pegarle dos tiros...» Si sería desgraciado. Él, que siempre fue el ojito derecho de mi madre. Eso sí, murió rabiando, el muy cabrón. Ni más ni menos que lo que se merecía. Así esté ahora en las calderas de Pedro Botero.

Después de maldecirle se callaba y sus ojos, amarillentos por el paso de los años y tanta miseria como habían visto, volaban hacia la ventana a capturar un rayo de sol, porque la abuela odiaba el frío —en eso nos parecíamos—, como si el calor pudiera renovar la energía de sus huesos fatigados.

—Domingo se portó mejor. Cada semana, cuando cobraba, me daba un duro.

—Pues no es que fuera mucho.

—No, no tenía chucho. Para tener perro estaban los tiempos.

—No hablo de perros, abuela —me acercaba a su oído para no gritar—. Que no me parece mucho dinero.

—¡Ay, hija, qué sabrás tú! ¡Qué sabrás! Ahora los chicos tenéis de todo y pensáis que todo el monte es orégano. En la guerra cinco pesetas constituían la diferencia entre morirnos de hambre o tener un caldo para echarnos al coleto. Claro que no era mucho, pero Domingo tenía bocas que mantener y su sueldo era el único que entraba en la casa, porque su mujer enfermó y perdió el empleo. Eso sí, las pasábamos canutas para alimentarnos las tres, pero no había más. Ni tu hermana ni tú tenéis idea de lo que es el hambre de verdad, niña, aunque a tus padres tampoco les fue bien.

Siempre nos hablaban de ello, pero yo nunca tuve conciencia de las privaciones por las que pasaron mis padres. Ya de mayor, sí me enteré. Supe que mi madre se levantaba al alba, preparaba un cuarto de kilo de boquerones a mi padre (que luego él metía en una barra de pan, única comida hasta que volvía a casa de noche, después de matarse en el tajo), y a las brasas de la escasa lumbre cosía hasta que se le quedaban entumecidos los dedos. Después, me acercaba al colegio con mi hermana en brazos, echaba a andar bajo el frío o la lluvia hasta la calle Barquillo (de un extremo a otro de Madrid), para hacerse cargo de las perneras de algún pantalón o un siete en alguna camisa, y regresaba andando de nuevo a casa, donde cosía o remandaba la prenda y vuelta empezar.

—No tuvimos más remedio que comprar la Sigma —escuchaba yo a mi madre—. 250 pesetas nos costó. No quería arriesgarme a que tu hermana cogiera una pulmonía durante el invierno y con tu abuela no podía dejarla porque se marchaba a la calle y no aparecía hasta la noche la mayoría de los días. La pagamos a plazos.

—Hiciste muy bien, mamá —la animaba yo.

—Me gustó nada más verla —se recreaba echando una mirada a la máquina de coser que le permitió ganarse la vida durante años, y que continúa en casa como un trofeo. No la he utilizado desde hace años, ¿para qué, si ahora toda la ropa se compra hecha? —No dejaba de ser un trasto ocupando parte del saloncito, por el que sin duda le darían un buen dinero tasándola de mueble antiguo, pero nunca quiso deshacerse de ella porque formaba parte de su pasado—. Cuando el encargado de la tienda me la mostró, la quise de inmediato. Nunca antes había ambicionado nada hasta que se cruzó en mi vida la máquina de coser. Claro que, para comprarla, tuve que ir con tu padre: no podía sacar nada a plazos sin la firma del marido.

—¡Qué cosa tan absurda!

—Absurda o no, así era.

Tengo que decir que yo nací feminista. No en el sentido de contraposición al hombre, sino de las que se tienen por una igual, con los mismos derechos y obligaciones. Ni comulgué ni lo haré nunca con las imposiciones del varón, y mucho menos con frases como «Las mujeres nunca descubren nada; les falta, desde luego, el talento creador, reservado por Dios para inteligencias varoniles; nosotras no podemos hacer nada más que interpretar, mejor o peor, lo que los hombres nos dan hecho», disparada con trabuco por Pilar Primo de Rivera. Tampoco iban conmigo los principios que difundía la puñetera *Revista de la Sección Femenina*: «La vida de toda mujer, a pesar de cuanto ella quiera simular —o disimular— no es más que un eterno deseo de encontrar a quien someterse.» Y ya no digo nada de esa otra que nos enseñaban en el Bachillerato y que me hacía subirme por las paredes: «Cuando estéis casadas, pondréis en la tarjeta vuestro nombre propio, vuestro primer apellido y después la partícula "de", seguida del apellido de vuestro marido. Esta fórmula es agradable (y escasa de miras, y humillante, y asquerosamente sumisa, decía yo), puesto que no perdemos la personalidad, sino que somos Carmen García, que pertenece al señor Marín, o sea, Carmen García de Marín.»

En este punto de la conversación, cuando salía el tema de la igualdad, se me subía el tono de voz, sin poder remediarlo. Y mi abuela, con un par de redaños, me apoyaba.

Yo entendía que transitábamos aún por los albores del derecho femenino, pero no que mi madre pareciera aceptarlo mansamente, porque, además, mi padre nunca fue un machista, más bien todo lo contrario. Cuando se entablaba este tipo de discusiones, casi siempre en la sobremesa, ella intentaba que, tanto mi hermana como yo, dejáramos de polemizar con mi padre. Era él quien, acariciándole el brazo, decía:

—Deja a las chicas. Que discutan. Tienen derecho a tener sus propias opiniones.

—A veces sólo había una manzana de postre —me contó una vez mi madre, cuando le pregunté sobre los comentarios de la abuela sobre el hambre que se pasaba—. Ninguno decía quererla, pero todos la deseábamos y, al final, se cortaba en cuatro partes. Eran tiempos muy duros, hija. Tu padre, que ya sabes que el único vicio que tiene es el del tabaco, se iba a trabajar con dos Celtas, porque no había más.

—Ahora entiendo lo de la sartén —repuse yo, con la presión de la culpa golpeándome en el pecho, recordando una noche, cuando era pequeña—. Ahora sí que lo entiendo.

Escuchándola hablar, casi avergonzada, comprendí el monumental cabreo al que llevé a mi padre en esa ocasión.

Yo jugaba, como cría que era, con cualquier cosa que tenía a mano. Esa noche convertí la escoba en mi montura y cabalgaba por la casa a galope tendido, imaginándome un caballero medieval o el vaquero dispuesto a terminar con todos los malvados del mundo.

—Nuria, párate ya —me advertía mi madre, y seguía cosiendo. Lo hacía hasta tarde, hasta que el frío se adueñaba del comedor porque se había terminado el cisco del brasero, obligándonos a meternos en la cama—, que vas a romper algo.

Cualquier criatura vive para el juego y suele hacer caso omiso de los avisos hasta que el desastre es inevitable. Y yo lo provoqué, sin ser consciente. En una de esas idas y venidas jaleando a mi caballo, golpeé el mango de la sartén que crepitaba sobre un fogón de hierro, que ahora no son más que piezas de museo pero que entonces estaban presentes en todos los hogares. Se volcó la sartén y su contenido, que acabaron en el suelo de la cocina. Tuve suerte de no quemarme porque, como me gritó mi abuela, cucharón en ristre, a mí me veía siempre la Virgen Santísima, la de los Remedios, Santa Bárbara Bendita y el Ángel de la Guarda, todos a la vez. ¡No se me olvidará la cólera de mi padre!

Aquella noche, no cenamos.

9

Siguiendo en su historia, me contaba que la autonomía de Cataluña y la reforma agraria alentaba los demonios de unos poderes firmemente establecidos. La vieja oligarquía, los terratenientes, los militares y los conservadores más significados maniobraban para bloquear las iniciativas republicanas. Aun así, la República decidió sobre dos asuntos de gran trascendencia que levantaron ampollas y agrandaron el abismo social con que se pretendía afrontar el futuro del país: cualquier medida que supusiera una modificación de la estructura política dominante.

Panfletos a favor y en contra del rey ausente, carteles que impregnaban las calles con el ideario de la derecha y de la izquierda, el órdago catalán —nombrando a Francesc Macià como presidente de la Generalitat— atizaban la pugna interna de los partidos notoriamente alejados de las preocupaciones de los ciudadanos de a pie, para los que su primera inquietud eran las necesidades básicas. Así lo veía la abuela.

Me parece percibir, cuando recuerdo esas charlas con ella, el Madrid de olor a canela y vainilla que desprendían las cestas de los barquilleros en sus idas y venidas por las verbenas, grabadas en mi imaginario infantil y, aunque hoy día seguimos viéndoles por la explanada principal del parque del Retiro, nada es igual. Los niños de ahora, como hicieron nuestros abuelos, nuestros padres e incluso nosotros mismos, ya no corren hacia el barquillero extasiados por el ruido monótono de la carraca al girar la rueda, en espera de la golosina. Ya no se cruzan las criadas con los soldados tratando de hilvanar alguna charla picarona o de amoríos con ellas, interrumpidos por chicuelos que piden unos céntimos para comprar la oblea al barquillero y luego continuar jugando al clavo o al pañuelo, a la peonza o a las chapas.

La abuela, encaramada en el pasado, recreaba hombres taciturnos vestidos con levita, guantes y gorra, cargados con la pértiga con que se encendían las farolas de aceite o petróleo de las calles principales, desaparecidos en 1930.

Dice Ángel del Río López, en *Viejos oficios de Madrid*, que un tal Pedro Vidal, farolero de toda la vida, lloró como un niño dando su último adiós a las farolas del paseo del Cisne.

—En el año 32 se comenzó a ensayar con gas para seguir alumbrando la noche madrileña, siempre despierta y bullente. En ese tiempo, Nuria, Madrid era más castizo y romántico. Era una ciudad de citas bajo el reloj de la Puerta del Sol, de tascas, de aperitivo fácil, caña espumosa, claras rubias y vino rancio y oscuro...

—Eso sigue igual, abuela.

—Como un huevo a una castaña —respondía—. Ahora la tasca de El Abuelo no hace las gambas como antes. Anda, que alguna ración ya me he tomado yo.

La nostalgia invadía a mi abuela hablando de los raíles de tranvía que cruzaban los empedrados sinuosos de las calles Montera y Cuatro Caminos —y digo empedrados, no la capa de asfalto negro que se convierte en masa pegajosa cuando aprieta el calor en Madrid.

—¡Menudos líos se montaban entonces en los tranvías! A veces, hasta había puñaladas. Lo que te cuento, hija, lo que te cuento. Puñaladas. Los conductores, como era lógico, se negaban a arrancar hasta que el pasaje no se calmaba y sólo conseguían que aumentara el jaleo. A más de un conductor o cobrador le sobaron el morro por ponerse chulo.

—¿Y por qué se ponían chulos?

—Pues porque era su obligación. A ver quién, si no, ponía orden. Los del tricornio sólo acudían cuando rajaban a alguno. Golfillos de todo pelaje se colgaban en las jardineras para no pagar los céntimos del billete. Reían y se jugaban el cuello, los muy gilipollas, con el tranvía circulando.

—Ahora lo hacen algunos entre vagón y vagón del metro.

—Más de uno tuvo un percance. Me acuerdo de un accidente, hace mucho, era yo una mocita de veinte años. Mi amiga Amalia y yo lo vimos. ¿Te lo he contado alguna vez?

—No.

—Se estropearon los frenos de uno de aquellos cacharros que bajaba por la calle Argensola. Provocó la muerte de una persona y bastantes heridos, pero pudo ser una tragedia. Con todo y con eso, los tranvías seguían siendo románticos, formaban parte de un paisaje muy madrileño y castizo —afirmaba, sonriente.

Tenía razón. Yo misma recuerdo el último recorrido de uno de estos queridos tranvías. Eran incómodos, renqueantes y lentos, pero cuando los retiraron de circulación, y sólo entonces, se los echó de menos, como si algo muy nuestro hubiese muerto para siempre en aras de la modernidad y de los autobuses de gasolina que ya ensuciaban el ambiente de la capital con sus tubos de escape, vomitando monóxido de carbono envuelto en celofán de progreso. Años más tarde se reintentó su puesta en funcionamiento, pero la idea ya no resultó. Los raíles desaparecieron bajo capas de asfalto, la maquinaria se desguazó excepto algún coche que se salvó como pieza de museo a visitantes del futuro: a los viejos, que habían sido jóvenes y podían rememorarlos; a los jóvenes, a quienes el automóvil taponaba la visión del pasado.

Encerrados entre cuatro paredes no sólo quedaron los tranvías como esqueletos varados, sino el traqueteo de sus ejes sobre el que seres variopintos rodaban a diario, ánimas que permanecen aletargadas en su interior como fantasmas del ayer.

—Los tranvieros tuvieron que colgar sus batas azules y sus gorras de visera —suspiraba la abuela—. La imagen de romanticismo de Madrid se evaporó con ellos, Nuria.

La abuela no sólo conoció a tranvieros, sino a barberos, sacamuelas y sangradores —que frecuentemente ofrecían los tres servicios a la vez—. Pero también a charlatanes y vendedoras de periódicos de toquilla negra y mirada ausente, a organilleros que paseaban su instrumento musical a golpe de palanca, y a rosquilleros ambulantes, vendedores de miel y conserjes del Teatro Apolo.

Saltaban sus relatos de una fecha a otra, avanzaban o retrocedían en el tiempo según le venían los recuerdos, sin seguir el calendario. Tan pronto me narraba lo que sucedió después de la Guerra Civil, como lo que había vivido cuando era niña. Yo memorizaba sus batallas y las anotaba, dando por sentado la dificultad de ponerlas después en orden cronológico.

—¿Qué apuntas? —me preguntaba.

—Lo que me cuentas.

—¿Para qué?

—Alguna vez escribiré tu historia —bromeaba yo.

Ella se reía con ganas y decía:

—Anota, anota entonces. Pon ahí que en 1909, cuando yo era una chiquilla, se abrió al público la Gran Peluquería de Vallejo y el negocio fue de tal calibre que su dueño se inventó bonos para diez servicios.

—Ahora también se lleva eso de los bonos —le decía yo, porque no me parecía nada del otro mundo y ella lo contaba como si hubiera sido el descubrimiento de América.

—Ahora es más caro.

—Todo es más caro, abuela, eso que me cuentas pasó hace siglos.

—Eso es verdad, todo ha subido. ¿Sabes lo que costaban esos bonos entonces? Cuatro pesetas para las señoritas. Allí iba a cortarse el pelo lo mejor de Madrid. También iban a despiojarse, claro. O a embadurnarse de lociones que traían del extranjero. O sea, de Rusia.

Cuando llegábamos a ese punto, y salía Rusia a relucir, yo sabía que lo mejor era no sacarla de su error. Porque para mi abuela sólo existían dos puntos cardinales: Madrid y Rusia. Todo lo que estuviese alejado del centro de la capital más de cien kilómetros, aunque ella ignoraba qué distancia era ésa, ya entraba en territorio ruso.

Era muy normal que al hablarle, por ejemplo, de una pastilla para el dolor de cabeza fabricada en Francia, preguntara:

—¿Dónde está eso? ¿Más allá de Rusia?

No sé yo qué obsesión tenía mi abuela con ese país que tal vez quedó grabado en su mente a cuenta de los nacionales y los rojos, que decían que estaban inducidos por los rusos. No había forma de hacerle entender que España era Grande —además de Una y Libre, como se acuñó en el Régimen— y que existían otros muchos países además del nuestro y la Rusia comunista.

Mi abuela Emilia tampoco entendía qué era el mar. Nunca llegó a verlo.

Una tarde, estando todos reunidos alrededor de la mesa camilla bajo cuyas faldas chasqueaban las brasas provocándonos cabritillas en las piernas, mi padre, en tono de chanza, le dijo que habían secado el mar de Cádiz.

—¡Qué lástima! —fue su respuesta afectada.

A saber lo que imaginaba mi abuela que era tan vasta extensión de agua. Algo más grande que el Manzanares, su única referencia comparable, pero de ahí no pasaba.

Eso sí, de idiomas estaba al tanto. Me hacía caer en un torrente de carcajadas la simplicidad con que lo daba por sentado. Cuando de eso hablaba yo aprendía francés en el colegio.

—Mi hermano, el mayor, Domingo, estuvo en Francia, más allá de Rusia. Al regresar, me enseñó algunas palabras en francés —me sonreía jactanciosa—, a saber: cuchara, *cucharé*, cuchillo, *cuchillé*, tenedor, *tenedoré*.

Y así un largo etcétera que abarcaba casi todos los utensilios de cocina. Sencillo y directo, francés a su medida.

Yo intentaba no reírme, lo juro, pero era imposible acallar la burbujeante sensación que se iba formando en mi garganta ante el acopio de mutilaciones con que asesinaba la lengua de nuestros vecinos en su ingenua necedad.

Conoció a chulos de pañuelo al cuello, camisa inmaculadamente planchada y almidonada y pantalones a cuadros, con el eterno pitillo de caldo colgando de la comisura de los labios. A pillos y a cigarreras, a traperos, a humildes modistillas que rezaban por un novio y que acudían, año tras año, a san Antonio para rogarle que les diera la fortuna de encontrar uno que fuera trabajador y buena persona.

Tal desfile de personajes que yo veía casi ancestrales, me llamaba poderosamente la atención, pero reconozco que tenía debilidad por las lavanderas y, una y otra vez, la instaba a que contara sus vivencias, porque también ella se ganó la vida con ese trabajo y hablando de ello parecía revivir.

En mi ignorancia, me costaba imaginar a mujeres frotando, enjabonando y enjuagando sábanas, por poner un ejemplo, destrozándose la espalda en los pilones y cuarteando sus manos de frío, ahora que los electrodomésticos eran mobiliario común en cualquier casa.

—La mayoría de ellas eran muy humildes. Viudas o madres de familia numerosa, de tantos hijos como llegaban porque entonces los anticonceptivos no se conocían, pendientes de unos céntimos tan necesarios como el aire que respiraban.

Antes de nacer la abuela, el trabajo de lavandera era durísimo, pero a su entender mejoró bastante cuando construyeron el asilo junto a la Glorieta de San Vicente.

—Se trataba de acoger a los chiquillos de las trabajadoras mientras ellas se dejaban los riñones en el Manzanares y tendían al sol ropas de cama y mesa, o camisas de la gente acomodada pero también largos calzoncillos remendados y llenos de «ventilaciones» —le salía una risa condescendiente—. El edificio quedó destruido durante la guerra, pero en el 46 volvió a levantarse entre las calles de Pontones e Imperial. De todos modos, el gremio de las lavanderas se fue extinguiendo, víctima de los avances técnicos, de modo que el local fue destinado a otros usos. ¡Se han perdido tantas cosas en este país, Nuria! Sobre todo durante la guerra.

10

1936. Estalla la guerra civil en España.

La más dramática guerra que cualquier país puede librar, fratricida y cruel, que en nuestro caso enfrentó a padres e hijos con un rastro de odio que aún perdura.

—Más de medio millón de muertos y un país destrozado, hija —se lamentaba la abuela.

Yo había leído que los asesinatos de un teniente de la Guardia de Asalto y del derechista José Calvo Sotelo, ambos en un intervalo de pocas horas, precipitaron los acontecimientos.

—El 18 de julio —continuaba ella—, el Gobierno tuvo conocimiento de que varias guarniciones se estaban rebelando a las órdenes del general Francisco Franco Bahamonde, o sea, el Caudillo. Ya era comandante en jefe en Marruecos y estaba casado con Carmen Polo. Franco encabezó la sublevación desde el otro lado del estrecho. Poco a poco se le fueron adhiriendo fuerzas militares y el Gobierno de Burgos le designó, el 1 de octubre del 36, jefe del Gobierno del Estado español, con plenos poderes e investido con el título de Generalísimo de los ejércitos. El país se sumergió entonces en una espiral sangrienta.

Ella evocaba tales sucesos con todo lujo de detalles porque, según me decía, aún resonaba en sus oídos el estampido de las bombas. Que si la zona republicana, que si la nacional, los rojos y los azules, los buenos y los malos o viceversa, dependiendo del bando en el que cada cual se encontrase atrapado durante la contienda.

Me hablaba de una España dividida, del Gabinete liderado por Giralt, de la CNT —Confederación Nacional del Trabajo— de tendencia anarco-sindicalista, de las milicias que se paseaban portando banderas republicanas, montando en coches y camiones y lanzando proclamas a la unión y en contra de los fascistas opresores.

Eran tiempos en los que también se activó la ayuda exterior a nuestro país, materializada con efectivos humanos. Las Brigadas Internacionales apoyaban a la España republicana, cuyo exponente máximo fueron los 12.000 soldados canadienses de los que se dijo —y cito textualmente— «crearon la unidad militar más auténtica de la historia de Canadá: el batallón Mackencie-Papineau de la 15ª Brigada Internacional del Ejército Republicano Español, los "Mac-Paps"». Por contra, tropas alemanas e italianas lucharon por el bando de la España nacionalista.

—Familias enteras quedaron divididas. Padres, hijos, hermanos. Menos mal que los míos se quedaron en Madrid.

A mí seguía intrigándome sobremanera su relación con el hombre que engendró a mi madre y, entre información y chascarrillos, trataba de abordar el tema con prudencia, porque ya me había dado cuenta de que la abuela no deseaba hablar de un asunto tan espinoso.

—¿Hubo algún conocido vuestro que estuvo en el otro bando?

—Pues claro, hija, muchos. ¿No te acabo de decir que unos quedaron en zona nacional y otros en zona roja? Aquello fue terrible.

—¿Y Alejandro?

Se volvía presurosa hacia la ventana, como asustada. Fijaba sus cansados ojos en ella y luego me miraba con el ceño fruncido.

Intentar mantener una conversación normal con mi abuela cuando se hacía la distraída era como escalar el Everest a pelo. A veces me desestabilizaba.

—Vamos, cuenta.

—Anda, tráeme un vaso de agua, que me tienes la boca seca, so cotilla. —Mientras yo hacía lo solicitado la escuchaba renegar entre dientes—. Esta chica cada vez es más impertinente, debe de ser la educación que le dan las monjas. ¡Valiente juventud! ¡Otra guerra os haría yo pasar para que anduvieseis listas!

Bebía, se secaba los labios con uno de los pañuelitos que ella misma se bordaba y siempre llevaba guardado en la manga del vestido y preguntaba:

—¿Por dónde estábamos?

—Por los bandos —le recordé, sabiendo que no me hablaría de Alejandro. Se hacía la tonta muy bien, cuando le convenía.

—Ah, sí. —Movía la cabeza y recordaba—. Al principio, las leches empezaron en el norte. Oímos decir que el pueblo de... de... Bueno, no recuerdo cómo se llama, pero está pintado en un cuadro muy raro. Una vez me enseñaron un dibujo; aunque si eso es un cuadro que venga Dios y lo vea.

—Es el *Guernica*. De Picasso.

—Sí que era un fiasco hija, sí. Pintura, la de Romero de Torres y no esa cosa.

—Vale —me rendía incondicionalmente.

—Como te iba diciendo: que lo bombardearon. Nos íbamos enterando por los diarios que caían en nuestras manos, siempre tarde, días después de que hubiera sucedido. Y otras veces por el boca a boca, porque hasta los periódicos se usaban para calentarse en las noches frías. Ya ves lo buenos que son para el resfriado.

Asentía yo, no me quedaba otra. Cada vez que pillaba un

catarro, mi abuela me daba unas friegas de aguarrás antes de embalarme en papel de periódico, como si fuera a enviarme en valija diplomática, luego me ponía una camiseta gruesa y me obligaba a guardar cama. No sé si era el calor del papel o la maldita camiseta que picaba como mil demonios, el caso era que a la mañana siguiente el resfriado remitía. La abuela conocía mil y un remedios de andar por casa, los aplicaba, y no dejaba que nadie dudara de sus beneficios curativos.

—Creo recordar que fue en abril. Sí, en abril del 37, cuando tu madre cumplía años. Dos meses más tarde tomaron Bilbao, luego Santander y Gijón.

—La guerra, entonces, quedaba lejos de Madrid.

—Lejos, no, que casi la tocábamos con la punta de los dedos. Lejos, Rusia, desde donde se decía que venían las órdenes para los republicanos.

—Eso es verdad, Rusia está más lejos —le seguía la corriente.

—Los republicanos la montaron gorda en Guadalajara. Y en Brunete, sobre todo en Brunete. Allí sí que hubo hostias.

—¡Mamá, por favor! —se sulfuraba mi madre oyendo sus lindezas.

Pero como mi abuela estaba «teniente», como ella misma admitía —sólo ante mí—, y su oído era como una pared de ladrillo visto, seguía a lo suyo.

—A algunos de mis vecinos les dieron el paseíllo. Una extraña excursión de la que no volvió ninguno. Ni siquiera el chaval de don Pedro, el que estuvo en la guerra de Cuba, Cirilo se llamaba, el pobre. Lo denunciaron, vinieron a por él y se lo llevaron sin explicaciones. Nunca más volvimos a verlo. Había mucho hijoputa en aquel entonces, Nuria, pero mucho, mucho. Cualquier resentido podía denunciar al vecino con el que no se llevaba bien tachándole de rojo y ¡hala, a tomar por el culo! No podías fiarte ni de Cristo.

—¡¡¡Mamá!!!

11

A través de la mejor amiga de la abuela, Amalia —que por ese tiempo venía a casa un día sí y día no, acompañada por su hija y su yerno (que ésa es otra historia), con el único propósito de merendar de balde, porque la abuela sería una persona difícil pero con las amistades se comportaba espléndidamente—, me enteré de lo sucedido con don Cosme, el tendero republicano, y don Benito, aquel de quien la abuela contaba que era más de Franco que los requetés.

Al parecer, fue una gélida noche de invierno, tan cruda que se habían formado carámbanos en las cornisas y el agua del pilón del patio se convirtió en hielo. La vecindad cocinaba lo poco que podía añadir a los pucheros y las volutas de humo de las chimeneas se mezclaban en el aire con partículas polvorientas del último bombardeo. Ni siquiera quedaba cisco en los braseros. Escaseaba todo excepto los sueños que anhelaban el fin de la guerra.

—Don Benito atravesó el patio renqueando, congestionado a pesar del intenso frío —contaba Amalia—. Los que le vieron pasar afirmaban después que parecía que huyese de algo, pero nadie quería problemas y escondieron tras los visillos unas conciencias que se desentendían de lo que pudiera pasarle a un individuo con el que la mayoría no se llevaba demasiado bien, porque era de derechas y en aquella parcela de Madrid todos iban con los republicanos. Decían los vecinos de tu abuela que era como tener una víbora bajo el trasero porque, como pájaro de mal agüero, les advertía una y otra vez que las tropas de Franco acabarían por tomar Madrid y entonces ya verían lo que iba a pasar.

Don Cosme escuchó que llamaban a su puerta. Extrañado por lo tarde que era, se levantó de la mesa con la cena en la boca. Su esposa lo detuvo sujetándole de la manga.

—No abras.

Honorina era una mujer baja, siempre vestida de negro, de gesto adusto y cabello encanecido prematuramente. Antaño había sido una buena moza, pero el miedo la había convertido en un cadáver, en una persona huidiza y desconfiada, como a tantos otros. Hermética y muy poco dada a confraternizar con los vecinos, huía siempre de corrillos y cotilleos. Ella nunca atendía el mostrador de la tienda de ultramarinos que les daba de comer, pero controlaba que su esposo no fiase más de lo debido, así que tampoco era santo de devoción del vecindario.

—¿Por qué no voy a abrir, mujer?

—No sabes quién es, éstas no son horas.

—¡Y tanto que no! Pero si no abro, no lo sabré en toda la noche —repuso él.

Apenas accionó la llave, el corpachón de Benito se le vino encima.

—¡Cierra!

Tomó asiento ante la mirada atónita de Honorina tratando de recuperar el resuello, mientras Cosme, asustado, atrancaba la puerta.

—¿Qué te pasa?

—¿Has cerrado?

—Sí, he cerrado.

Benito se sirvió un poco de agua y bebió con ansia. Después, recuperando un poco el sosiego, dejó caer la noticia sin andarse por las ramas:

—Vienen a por ti, Cosme.

Honorina dejó escapar un grito ahogado y el dueño de la casa se quedó blanco como el papel.

—¿Me has oído, coño? Vienen a por ti, acabo de enterarme mientras jugaba al mus en la taberna de Antonio.

Republicano como era, Cosme sabía —como sabían todos— que Benito alternaba con los fascistas, algunos de los cuales barrían la ciudad en una caza de rojos. De inmediato pensó en tantos otros conocidos a los que habían sacado de sus casas a plena luz del día o en medio de la noche. Se le hizo un nudo en la garganta y se derrumbó en una silla con los ojos espantados fijos en la cara del vecino.

—¡Dios mío...! —sollozó, buscando a tientas la mano de su esposa, con el pánico bloqueando cada una de sus células.

—¡No me jodas, Cosme! —Bufó Benito—. No has rezado en tu puñetera vida, tú y yo lo sabemos. ¿Y ahora te acuerdas de Dios? Vamos, muévete, coge una muda limpia y salgamos de aquí.

Honorina saltó hacia él como una loba.

—¿Dónde quieres llevarlo, pedazo de cabrón? —Se le plantó dispuesta a defender a su marido—. ¡Malditos sean todos los putos camisas negras...!

—¡Baja la voz o te la bajo yo! —le advirtió—. Cosme, tenemos que irnos ya, deben estar a punto de llegar. ¡Levanta el culo de ahí, joder!

Cosme no reaccionaba. Lo que tanto había temido estaba a punto de materializarse. Antes de empezar la contienda no dudó en defender sus ideales con orgullo, pero las tornas habían cambiado; ahora los falangistas mandaban y en el barrio se sabía que él formó parte de la milicia del bando contrario. Por tanto, era carne de cañón para cualquier chivatazo. Tenía la soga al cuello. Era un decir, porque no se ahorcaba a los rojos, se les ponía ante un paredón y se disparaba. Ésta era la única línea de pensamiento que le bloqueaba, aunque el foco de su temor era su esposa: le horrorizaba dejarla sola y que tomaran venganza en ella.

—¡Cosme, espabila! —Benito ya tiraba de su brazo.

A duras penas se puso en pie con ojos vidriosos y un tapón en el pecho que le ahogaba. Echó un vistazo a su mujer que, cuchillo en ristre, parecía decidida a acometer con tal de protegerlo.

—Deja eso, Honorina —dijo al fin—. De poco sirve un cuchillo de cocina frente a fusiles y pistolas.

—¡Si tienen cojones, que entren por esa puerta! —respondió ella—. Juro por mis muertos que a más de uno me lo llevo por delante antes de que te pongan una mano encima.

Probablemente fue el parlamento más largo que Benito la oyese nunca, y su decisión le provocó un ramalazo de admiración.

—No te preocupes, voy a esconderle —la tranquilizó Benito.

—Tú lo que quieres es entregarlo y llevarte los honores, que siempre les has lamido el culo.

—Te equivocas. Es verdad que tu marido y yo hemos discutido muchas veces a cuenta de la política, pero es mi amigo. Vas a tardar un tiempo en volver a verlo, Honorina, habrá que esperar a que todo se calme, pero te juro por Dios que lo pondré a salvo.

—¿Dónde? —Lloraba ella ya, abatida y resignada.

—Es mejor que no lo sepas. En zona segura. Esta misma noche salimos para allá.

Benito cumplió su promesa.

Más allá de las salidas de tono y los exabruptos con que aderezaban sus partidas de mus y sus tertulias, se fue alimentando en ellos la raíz de una amistad hosca, nunca confesada, un lazo invisible que anudó el espíritu de dos humanidades nobles, a espaldas de banderas y colores, rompiendo la barrera del odio.

Cosme tardó cuatro largos años en regresar a Madrid.

12

Mi inquisidora mente adolescente se interesó de inmediato por este capítulo que Amalia rescató del archivo de su memoria.

—Cosme habló de ese episodio de su vida sólo a los íntimos, ya de vuelta en Madrid —acabó de relatarme la abuela Emilia—. Si la Honorina llega a enterarse de que le puso los cuernos cuando estaba lejos de Madrid, con lo que era ella, lo hubiera matado a pesar de haberle estado llorando cuatro años.

Benito tenía familia en un pueblo palentino casi en los límites de la provincia de Santander. Un lugar tranquilo, relativamente aislado, donde los paisanos se preocupaban más de sembrar sus patatas y echar de comer al ganado que de los avatares de una guerra civil que les quedaba lejana.

Una vega circundada de montañas era alimentada por el discurrir del Pisuerga. El verde y ocre de la tierra se fundía con un azul sin mácula durante el verano. Allí no existía la prisa, ondulaba el trigo y los jilgueros entonaban sus trinos alegran-

do las mañanas de los labradores que, azada en ristre, arrancaban a la tierra el fruto de sus esfuerzos.

Un paisaje idílico a salvaguardia de las bombas, de los grupos republicanos, de los temidos falangistas enarbolando la
bandera con el águila nacional en busca de rojos a los que fu-
silar.

Había sus más y sus menos, como en todos los sitios. Que
si Venancio, *el Escobilla* —al que conocían así por barrer
siempre para su casa—, había corrido el mojón de la tierra de
la Barrunta apropiándose de lo que no era suyo; que si Encarna, la molinera, había sacudido a su marido, el Carapalo,
por haber llegado borracho como una cuba a casa, lo que
solía hacer un día sí y otro también; que si Fulgencio, *el Moro*
—porque había estado en África—, no dejaba agua para que
se regaran las fincas colindantes; que si Junípera —la Ojosde-
pitiminí— había confesado a una vecina más cotilla aún que
ella, la Cotorra, que su hijo, el Tocinos, había dejado embarazada a una muchacha de la capital...

—¿Qué culpa tiene mi chico? Todas esas señoritingas de
Madrid son unas guarras —le defendía Junípera, muy tiesa ella,
que había sobreprotegido al mamarracho de su hijo cuando
todo el pueblo sabía que era un puerco por el que se podrían
haber sacado más jamones que de los cerdos de Genaro *el
Chispas*, llamado así por ser el manitas eléctrico del pueblo.

—Di que sí, hija, di que sí —le daba la razón la vecina, a
quien interesaba estar a bien con ella porque el marido de la
otra, el Pichafloja, le administraba las tierras sin más obligación
que entregarle algunos kilos de patatas o legumbres, proveer-
le de leña en el invierno o, tal vez, arreglarle la cerca que se
había venido abajo con la última nevada.

—Guarras, más que guarras —insistía la madre del muchacho, enfrascada en un paño que bordaba para la capilla del
pueblo a la que acudían los buenos católicos y no los degene-
rados que daban alas a la República y los anarquistas—. Mujeres sin moral, que se creen más listas que las de los pueblos,

más importantes por vivir en Madrid, más inteligentes que nadie porque han ido a la escuela, que ya quisiera yo saber qué es lo que aprenden en la capital, vamos, porque decencia, lo que se dice decencia, deben enseñarles poca.

—Como la chica de la Verraca, la Sole, que estuvo tres años allí y mira cómo ha vuelto.

—Pues hecha una descocada.

—Se rumorea que anda tras los pantalones de Borito, el mayor de Pepe.

—¡No me digas! —Abría Junípera unos ojos como platos; bueno, si eso era posible porque de joven le dio un no sé qué a la vista y se le quedaron como pulgas—. ¡Con lo buen mozo que es el muchacho! Ése podría tener a la mujer que quisiera con la estampa que gasta. Salió a su abuelo en buena planta.

—Pues le persigue, te lo digo yo.

—Ya puede ir con cuidado Borito si no quiere acabar casado con esa indecente, que yo creo que hasta fuma. Si no se anda listo, la Sole le regala una tripa por menos que canta el gallo y claro, tan formal como es, no le quedará otra que cargar con el mochuelo.

—Y Pepe, su padre, tocándose el haba.

—Como se la ha tocado siempre —suspiraba Junípera—, que por algo le pusieron el mote de Zángano. A ése le importa poco lo que haga su hijo con tal que ahueque el ala y ponga casa propia.

—¿Y con qué va a ponerla, si vive de su caridad? Ya podría haberle cedido el terruño de la Vega Arriba, total, si él no puede ya ni con los calzoncillos y al muchacho le serviría para independizarse.

—Es ruin, por eso se niega a desprenderse de ninguna tierra. Igual piensa que se las van a meter en la caja el día en que estire la pata, que como siga bebiendo al ritmo que va no será a mucho tardar.

—Eso puedes jurarlo.

—Pero, si lo piensas bien, casi es mejor que no suelte ni

una semilla, porque si la Sole pesca al mozo, se quedaría con todo, esa muerta de hambre. Seguro que es anarquista.

—Seguro.

—Y fuma.

—Ya me lo has dicho.

—Gasta medias de cristal, que yo las he visto colgadas de la cuerda de su corral. ¿Para qué coño quiere medias de cristal aquí, la muy zascandil? ¿Para ir a la cochiquera?

—¡Hija, qué dispendio! De cristal nada menos.

—Lo que te digo. A saber qué chulo se las habrá regalado, porque si su madre no le ha mandado nunca un real a Madrid, ya me contarás tú...

—¡Qué vergüenza! De tal palo, tal astilla. Aun así, la Verraca no se merece ser señalada con el dedo. Mira, a pesar de los pesares, aunque es verdad que la pillaron con las faldas subidas y las bragas bajadas en el cementerio, acabó por casarse con el Floro, y ha sido una buena esposa.

—Que siempre ha asistido a misa.

—Y que canta en el coro.

—Eso también.

Cosme, envuelto por el olor cálido de la paja sobre la que se tumbaba para acercar la oreja al portón que daba a la calleja, escuchaba esas conversaciones añorando las propias, allá en Madrid: tertulias de taberna y chato de vino tinto o copa de sol y sombra, de partida de mus o dominó, cercados por el humo de los cigarros que se metía en los ojos y dejaba en la ropa un aroma rancio de tugurio poco ventilado mezclado con el de los arenques que Fuencisla, la bodeguera, envolvía en papel de periódico y aplastaba entre los cercos y las hojas de las puertas.

Allí, en aquel pajar, callado y alerta, temiendo a cada instante que apareciesen buscándole para un viaje sin retorno, echaba de menos a sus amigos y dolía como un tumor infectado la ausencia de su esposa, de cuyo recuerdo vivía para no enloquecer.

Y recordaba cómo había llegado a ese pueblo.

La carreta en la que había viajado durante días lo había dejado tiempo atrás junto a un puente, a dos kilómetros del pueblo. Nevaba. Aterido de frío, agotado y famélico, con un atillo bajo el brazo en el que apenas pesaban las escasas pertenencias que tuvo tiempo de cargar antes de escapar como un conejo asustado, y unas zapatillas de esparto cuarteadas que se empaparon al poco de empezar a andar, había recorrido la vega cubierta por un manto blanco a través de linderos, evitando el camino para no topar con cualquier presencia delatora. Ya en el pueblo, a su llamada a una puerta de madera carcomida, respondió un lugareño de gesto adusto. El fulano, con un pitillo de «caldo» entre los dientes, lo miró de arriba abajo cuando preguntó por Armando Cuesta. Sin una palabra, le señaló una de las casas, cerca de la plaza. Y allí encontró al hombre al que Benito le enviaba y a quien confiaba su mísera vida.

Le subía un regusto amargo al echar la vista atrás, encuadrada en la silueta de un tipo de unos treinta y cinco años, alto, moreno, guapo el condenado, de profunda mirada clara... vistiendo una sotana tan recosida que no admitía un remiendo más. Se había quedado de una pieza. ¡Un cura! ¡El cabrón de Benito le había mandado a un cura! No tenía fuerzas para dar la vuelta ni tenía adónde ir, a lo que se sumó el tufillo de un guiso que enaguó su boca y volteó su estómago, así que le tendió la nota, arrugada y húmeda, que su vecino y amigo garabateara instantes antes de su despedida.

El cura le hizo pasar, echó un vistazo al exterior y cerró. Con un gesto le invitó a tomar asiento y Cosme se dejó caer en un tajuco, cerca de la lumbre que caldeaba una cocina amplia y descuidada, donde hervía un caldero. Sin quitar ojo al sacerdote, Cosme calentó sus manos al fuego mientras éste leía:

«Armando, el ombre que te da esta nota es mi amigo. Se llama Cosme. Es rojo. Su vida corre peligro. Allúdale. Te quiere tu tío Benito que no te olbida.»

Armando arrugó el papel entre sus largos dedos y lo arrojó al fuego. El bueno de su tío, siempre poniendo delante la moral «es mi amigo» y luego las circunstancias «es rojo». Empujó con el pie otro taburete para sentarse junto a Cosme y apoyando los antebrazos en las rodillas abiertas lo miró fijamente.

—¿Cómo estamos de hambre? —preguntó. Sin esperar respuesta sacó un plato y una cuchara de la alacena y, destapando el caldero, sirvió una generosa ración de patatas en las que bailaba algún que otro trozo de carne. Luego volvió a sentarse y le observó mientras comía.

Cosme no hablaba, sólo comía. Acabó en un santiamén. Le devolvió el plato y el sacerdote lo dejó en la pila.

—Si ve que le pongo en peligro, me iré. Ante todo, le agradezco el alimento.

—¿Quién no corre peligro en estos tiempos? —replicó el joven cura.

Cosme insistió.

—Yo no quisiera, pad... —se atrevió a mirar aquellos ojos limpios, azules como un cielo de verano— que...

—Puedes llamarme Armando, si se te atraganta otro tratamiento.

—Lo siento —bajó la vista, avergonzado—, pero no puedo llamarle padre, ni por edad ni por principios.

—No tienes que justificarte. —Se incorporó con agilidad—. Debes de estar cansado. ¿Te ha visto alguien? —Cosme le respondió que el vecino que le indicara la casa—. Mal asunto. Por esta noche puedo ofrecerte cama, pero mañana todo el pueblo sabrá que estás aquí —suavizó su fruncido ceño con un dedo—. Bueno, ya pensaré en algo, ahora debes reponer fuerzas.

El clérigo prendió una vela en la mecha que había sobre la

mesa camilla —único mueble de la cocina junto con tres taburetes— y dijo:

—Sígueme.

Subieron una escalera. De las paredes colgaban un par de cazos de bronce muy brillantes y varias estampas de la Virgen. Armando abrió una puerta para adentrarse en una habitación. La mortecina luz de la vela permitió a Cosme situarse en una pieza pequeña, humildemente amueblada de cama, mesilla y un reclinatorio. Sobre el cabecero, otra estampa cuyo color había diluido el tiempo, esta vez del Sagrado Corazón.

—A los pies tienes un orinal, por si precisas usarlo —colocó la vela en una palmatoria—. Queda con Dios, Cosme.

Clareaba cuando el cura irrumpió en el cuarto. Cosme ya estaba levantado y atisbaba por entre los apolillados visillos que cubrían la estrecha ventana que daba a la plaza, vigilante, temeroso y, sobre todo, confundido, con unas ojeras infinitas fruto de una noche de insomnio que el miedo había ampliado a cada sonido que percibiera.

El padre Cuesta lanzó unos pantalones, una camisa y una chaqueta sobre la cama.

—Cámbiate.

Cosme no hizo preguntas, simplemente se desnudó. Cuando el cura vio el lamentable estado de su ropa interior cambió de idea.

—Mejor quítate todo. Te subiré agua caliente. ¿Desde cuándo no te bañas?

—Desde que escapé de Madrid.

—Se nota.

Desapareció en la planta baja y regresó al rato con un caldero humeante, un trozo de jabón de sosa y una toalla. Sin esperar a que Cosme empezara a asearse, se puso la ropa de éste encima de la sotana y se caló un sombrero de ala ancha. Cosme no entendía nada, pero no se atrevía a preguntar.

—Quédate aquí. No abras la ventana. No hagas ruido. Volveré lo antes posible.

Intrigado, vio que el sacerdote desaparecía una vez más. Al poco, asomándose a los agujeros de los visillos, descubrió una destartalada carreta tirada por una mula y conducida por una figura envuelta en una manta. El cura, vestido con sus ropas, saltó a la parte trasera y emprendieron camino.

Fue más tarde cuando Cosme se enteró de la artimaña de don Armando: había salido de la aldea como si fuera él, la carreta regresó con un único pasajero, el cochero, y él volvió a la casa por una calleja trasera, al anochecer. Para todos, Cosme había sido únicamente un viajero de paso que había tenido a bien llevarle una carta y un paquete de su tío Benito y que después había seguido su camino.

—No puedo dejar que sepan que estás aquí —le dijo—. Corren tiempos revueltos y en esta aldea, aunque aislada, no estamos libres de malquereres.

—Debería marcharme.

—¿Adónde? No llegarías ni al río. En el pueblo somos pocos habitantes, pero más de uno te delataría. Tienen miedo, y es natural con lo que está cayendo en España. No. Tú te quedas aquí. Pero evita acercarte a las ventanas. Ven conmigo.

Abrió una puerta que había al final del angosto pasillo. Daba a una escalera más estrecha aún, oscura y empinada.

—Lleva al pajar. Si yo no estoy y alguien se acercara a la casa, sube de inmediato y escóndete. Y no te muevas de allí hasta que te avise. Tengo cinco aldeas que atender y no puedo estar siempre aquí. Prométeme que harás lo que te pido, por tu bien y el mío.

—Pero... si tengo necesidad de... de...

—Usa el orinal, para eso lo inventaron. No pongas esa cara, hombre, he atendido a enfermos que me han vomitado encima, no voy a asustarme por limpiar un perico más o menos.

A Cosme todo aquel asunto le acobardaba. Por varias razones. Nadie se acostumbraba a estar encerrado, sin saber hasta cuándo, dependiendo de un extraño que se presta a limpiar tus propias heces si fuera menester y, lo que era más turbador porque rompía su esquema moral, jamás había confiado en las sotanas y lo que representaban. Él era ateo, lo había sido incluso cuando el cura del barrio le echara el agua bendita en la cabeza. Sin embargo, estaba enteramente en manos de un sacerdote. Era una contradicción de doble vía: para él, que se veía forzado a hacer a un lado sus principios, y para el cura, que asumía el peligro de velar por un rojo. ¡Condenado fuese Benito! ¡En la que le había metido para salvarle el pellejo!

Aquella misma noche conoció a Paca.

Él le estaba contando episodios de su vida al cura, en voz muy baja, cuando escucharon el chirrido de la puerta de entrada al corral. Cosme dio un brinco y su mirada, extraviada por el miedo, se cruzó con la del padre Cuesta, que se llevó un dedo a los labios demandando silencio. Segundos después sonaron golpes de llamada. Dos distanciados, dos seguidos. Armando esbozó una sonrisa, le pidió calma por señas y se fue a abrir.

La mujer entró renegando. Apenas echó un vistazo al invitado, dejó sobre la trébede la manta con la que se cubría y el paquete que llevaba bajo el brazo, y alargó las manos hacia la lumbre, frotándoselas sobre las llamas.

—Hace una noche de mil diablos.

—Paca...

—De mil diablos, sí, padre. A ver cuándo deja de nevar de una maldita vez.

A Cosme no le cabía la camisa en el cuerpo. Y no entendía nada. ¿Acaso no le había dicho el cura que no se dejara ver? Entonces, ¿por qué se mostraba tan sereno ante la presencia de la mujer? ¿Quién era? Le preguntó en silencio, con la mirada, pero sólo obtuvo un atisbo de sonrisa.

—Siento no haber podido venir antes, padre —se excusó ella, echando mano de un cuchillo—. Marta, la mujer del Tobías, se puso de parto. Ha sido un crío. Tan feo como su madre, todo hay que decirlo —enfatizó.

—Paca... —recriminó el sacerdote mientras abría el paquete.

Para el republicano, que seguía en pie, en un rincón, como si quisiera fundirse con el grueso muro, la visión de una hogaza de pan oscuro y una media vuelta de chorizos consiguió elevar notoriamente su espíritu.

—Las cosas claras y el chocolate espeso, padre. Tobías es un ceporro y Marta más fea que un aborto. ¿Cómo iba a salirles la criatura? Y ya pueden dar gracias de no haber tenido una chirla, porque ya me dirá usted quién iba a pretenderla cuando fuera moza, a la pobre. El niño hasta ha sacado la verruga de su madre. Y es que es lo que yo digo: Dios los cría, padre, y ellos se juntan.

Después de despacharse a placer, ocupó uno de los taburetes. Cortó tres rebanadas de pan y puso sobre cada una de ellas un chorizo.

—Esta noche habremos de conformarnos con esto; para mañana prometo guisarle el conejo que le ha regalado la Verraca. —Alzó su mirada parda hacia Cosme—. Y usted siéntese, que hay que bendecir la mesa, parece que estuviera pasmado, hombre de Dios.

Armando soltó una carcajada sin poder evitarlo. Bendijo los alimentos y empezaron a dar cuenta de los chorizos salpimentados por los cotilleos de aquella mujer rolliza de fuertes brazos cubiertos de pecas y encrespada cabellera del color de las zanahorias. Al rumor de su cháchara, incontenible, Cosme se fue relajando.

Formaban un trío curioso, se dijo el tendero oyendo departir a sus dos compañeros. Paca, a tenor de sus comentarios, era viuda, una mujer bravía, sin pelos en la lengua, que se había ofrecido a cuidar del padre Cuesta aseando su casa y preparando sus comidas, amén de auxiliarle en los pequeños asuntos de la iglesia. Además, hacía de partera, curandera y herrera —trabajo que tomó como propio al fallecer su marido.

Según fue viendo con el tiempo, y tuvo mucho, cuatro inacabables años, Paca era una persona en la que se podía confiar totalmente.

El padre Cuesta se mostraba como un joven cabal, sereno y no demasiado hablador aunque admitía de buena gana, e incluso con chanzas, los chismes de ella. Un tipo ideal para cualquier mujer, con quien casarse y tener hijos hermosos, pero que había dedicado su vida al sacerdocio. Ni era de izquierdas, ni de derechas, si bien defendía la moderación en la política y la tradición en la doctrina religiosa. Era tan querido en la aldea como en los alrededores y su palabra iba a misa, nunca mejor dicho.

En cuanto a él, un prófugo al que le preocupó más depender de un cura que otra cosa, porque ya sabía él cómo se las gastaban los de sotana y crucifijo, pero a quien el proceder del padre Cuesta le rompió todos los esquemas y prejuicios.

Sí. Tanto en él como en Paca llegó a confiar a ojos cerrados: les debía la vida, ni más ni menos.

Finalizando el verano, a punto de acabar la Guerra Civil, entró en el pueblo un grupo de falangistas registrando casa por casa, cuadra por cuadra, pajar por pajar, se suponía que a instancias de algún rumor malintencionado, a la caza de enemigos.

En cuanto el padre Cuesta vio que subían a los pajares, apremió a Paca y ésta sacó de la casa a Cosme a base de empujones por una ventana. Prácticamente le arrastró hacia la cuadra. Fuera, cada vez más cercanas, se mezclaban las órdenes del cabecilla de los falangistas con las pisadas a la carrera de las botas militares que iban y venían irrumpiendo en los hogares, profanando la apacible tranquilidad de unas pocas familias atemorizadas.

Cosme estaba aterrado. Si le descubrían de seguro que lo fusilarían en la plaza, ni siquiera estaba documentado.

Paca palmeó los lomos de un par de vacas para que le hicieran hueco —las únicas que quedaban ya de la abundante hacienda de otros tiempos—, dobló su espalda rolliza elevando un trasero que Cosme ya había palmeado —después de más de tres años de convivencia, a pesar del curita y de estar casado, porque un hombre puede vivir sin vino y hasta sin tabaco, pero no sin sexo—, y tiró con fuerza de una anilla que levantaba una trampilla, descubriendo un agujero maloliente y oscuro, tan estrecho como el alma de un usurero.

—Abajo, Cosme. Y si quieres contarlo, ni respires.

El republicano no se hizo rogar porque en ese momento se asomaban a la puerta de la cuadra las sombras de cuatro fulanos con camisa negra y fusil en ristre.

Paca tampoco se lo pensó dos veces: cerró la trampilla y se puso en cuclillas al tiempo que se levantaba las sayas cintura arriba dejando al aire unos muslos blancos y ajamonados hasta la nalga. Cuando los falangistas se acercaron les increpó:

—Pero ¿qué coño pasa? ¿Es que una ya no puede ni mear tranquila? —explotó, orinando con la mayor naturalidad.

—Salga de ahí, buena mujer, tenemos que registrar la cuadra.

El que hablaba era demasiado bisoño. Le temblaba el fusil en las manos y Paca se dio cuenta de que estaba más asustado que un pavo el día de Navidad.

—¡Como no registres las ubres de las vacas! —respondió, salerosa como era—. ¿O lo que quieres ver son las mías, pollo-pera? Si esperas a que termine, a lo mejor nos ponemos a ello, que se te ve cara de no haberlo catado en meses.

Tal vez quiso contestar, pero se le anticipó otro de sus colegas.

—Vámonos, Jorge, aquí no hay nada.

Paca no había orinado porque sí, sino porque con el miedo le entraron las ganas. Gentuza como aquélla había llevado a más de uno al cementerio. Una vez se hubieron ido, el nudo de entereza con que afrontó su presencia se vino abajo y rompió a llorar: habían estado muy cerca de descubrir a Cosme, a quien había tomado aprecio. De haberlo hecho, tanto ellos como el padre Cuesta hubieran acabado fusilados. Ni se movió hasta escuchar el petardeo de la camioneta en la que llegaron al pueblo, alejándose. Luego se incorporó, temblándole las carnes, y abrió la trampilla. Estiró una mano y ayudó a Cosme a salir del agujero. De allí emergió un desastre, con ropa impregnada de moñiga de vaca, limpiándose la cara con la manga de la camisa.

Ella se echó a reír. Rio con ganas, con tantas como exigía liberar la tensión acumulada.

—¿Tenías que mearme encima, joder? —protestó él.

—Calla, bambarria, que vas a pasar a la Historia. Seguro que es la primera vez que una buena meada salva la vida de un rojo cabrón como tú.

13

—Fue en plena guerra, mientras se sucedían estos hechos, cuando yo conocí a Paco, hermano de una de mis vecinas cuyo marido había sido sacado casi a rastras de la vivienda para no regresar jamás. Nunca le quise —me confió la abuela, agachada bajo las faldas de la mesa camilla y dando vueltas al cisco del brasero—. No, nunca le quise. Vamos, que ni me gustaba. Pero estábamos en tiempos difíciles, yo sabía que él siempre había estado tras de mí, poco le importaba que fuera coja y hubiera dejado atrás la juventud. Y tenía que alimentar a tu madre y a la mía. Paco era desenvuelto, con recursos, contactos y algo de dinero, que sólo Satanás sabía dónde conseguía. —Acabada la tarea de remover las brasas se ahuecaba las faldas haciendo que el calor le subiera piernas arriba—. Hija, con este frío se le queda a uno tieso hasta el parrús.

Intercalando las notas que tomaba de su vida con los deberes del colegio, también pensaba yo en el buen tiempo. No solamente por dejar de sentir el frío que se pegaba a las paredes como una mortaja y del que era imposible desprenderse aun bajo las mantas, sino para que desaparecieran los sabañones de los dedos de mi hermana y mi madre se desprendiera de aquella bata gastada que siempre usaba en casa mientras cosía, sino por volver a oler la primavera, contemplar la floración de ciruelos y almendros, tumbarme en la hierba de El Retiro, estirar los brazos y cerrar los ojos al abrigo de un sol que me calentara, oyendo a ráfagas el chapoteo de los remos de las barcas en el estanque. O jugar con mis amigos, tontear con algún vecino de mi edad, y coger de los árboles pan quesillo que luego comíamos como si fueran golosinas.

—Paco —seguía mi abuela— se iba de incursión, como él decía, de vez en cuando. Nunca me dijo qué hacía, ni yo se lo pregunté porque me importaba un carajo. Supongo que de ahí era de donde sacaba las perras. Pero era un desgraciado que nos dio mala vida. ¡Anda que no me dio de hostias! ¡Y a tu madre, que era una niña callada e introvertida!

—¿Por qué no le abandonaste?

—Porque no podía. —Asentía con la cabeza, lamentando sus pesares—. Más de una vez pensé en cargármelo, no creas. O en denunciarlo, que para el caso era lo mismo. Pero luego pensaba qué iba a ser de nosotras, a fin de cuentas era él quien metía comida y carbón en casa. Tu bisabuela estaba en las últimas y tenía que mirar por mi hija. Me vengaba de él como podía, tirando su ropa por la ventana al patio. Eso sí, luego las bofetadas venían de dos en dos.

—Valiente cabrón —soltaba yo en voz baja, sin poder contenerme, ávida aprendiz como era del vocabulario de mi abuela.

—¡¡¡Nuria, esa lengua!!! —Me amonestaba mi madre desde la cocina—. A ti te la voy a lavar con lejía y a tu abuela acabo cortándosela, por enseñarte a decir barbaridades. ¡Más te valdría acabar los deberes, en lugar de pasarte toda la tarde escuchando batallitas!

Emilia captaba los gestos y la boca de mi madre pero, como entendía siempre a medias —cuando entendía—, se metía el dedo en el oído como para desatascarlo.

—¿Qué le pasa a tu madre? Menudo berrido. ¿Que se le

ha quemado la tortilla? —Se volvía a medias, advirtiendo—: Pues te aviso que yo así no me la como, así que ya estás preparándome otra cosa, que demasiada mierda he comido ya en la guerra... Si es que no sabes ni guisar.

—Que no se trata de la tortilla, abuela.

—Entonces, ¿por qué grita así, como si la hubieran pisado un juanete, que nos va a dejar sordos a todos?

—Anda, sigue contándome lo de Paco.

En casa podíamos pasar frío y necesidades, pero desde luego no nos faltaba entretenimiento con sus historias. ¡Lo que yo hubiera dado entonces por disponer de una grabadora de las muchas que coparon el mercado!

Vuelta la calma, mi madre continuaba a lo suyo en el fogón y la abuela, dejando a un lado la labor, quitándose las gafas y frotándose los ojos, retomaba lo que me estaba contando.

—Cada vez veo peor. Ya, ni tres en un burro —se quejaba volviendo a colocarse los anteojos.

No era de extrañar, pensaba yo, porque los cristales tenían más huellas que los archivos de la Dirección General de Seguridad, y era lógico que no viera bien. Pero si se me ocurría decírselo o trataba de limpiárselas, se ponía como un basilisco:

—¿Las gafas sucias? ¿Que yo tengo las gafas sucias? ¿Es que me estás llamando guarra? Tengo yo el culo más limpio que tú la cara, niña.

—El culo no lo sé, abuela —me rebelaba yo—, pero los cristales están llenos de mierda.

—¡¡¡Nuria!!! —rebotaba el grito de mi madre por toda la casa.

Recuerdo un día en que mi padre, cansado ya de escucharla decir que se estaba quedando ciega, tomó prestadas las gafas mientras dormía y las limpió con agua y jabón. Cuando la abuela se las puso a la mañana siguiente la oímos murmurar por lo bajo:

—No, si al final, Dios va a existir. Hoy veo divinamente...

Retomando el período en que Emilia se casó con el tal Paco, me situaba en el año 38, antes de finalizar la Guerra Civil. En esos días en que los nacionales basaban sus esfuerzos en Aragón y recuperaban la provincia de Teruel, en poder de la República y dividían la zona enemiga en dos al entrar en Castellón. Días en que moría mi bisabuela, antes de la famosa, llorada y denostada batalla del Ebro, que terminó tristemente con la derrota republicana y con miles y miles de muertos. Antes, en fin, y no sé si gracias a Dios, de poder ver su país completamente en ruinas, cocido por el odio entre bandos contrarios, vencedores y vencidos y aliñado con la sangre de más de medio millón de cadáveres. La anciana no pudo decir nunca que, mientras duró su calvario, acunada por la explosión de las bombas, el llanto de viudas y huérfanos, las carreras de rojos tratando de escapar de los nacionales —y de nacionales intentando librarse de las armas de los rojos, que de todo hubo aunque ahora muchos quieran negarlo y no volver la vista atrás porque duele—, y el llanto de viudas y huérfanas, que su hija, mi abuela, no se preocupase de ella.

Fue mal vendiendo todo el ajuar, su ajuar, el que había ido confeccionando a base de ahorro y esfuerzo cuando se enamoró de Alejandro, para poder darle un trozo de pan. Hasta mi madre, una criatura de corta edad, hubo de salir a la calle a pedir limosna para su abuela y recuerda que los soldados, al verla tan chiquita, le daban siempre alguna cosilla.

—¡Pobre bisabuela! Tenía una caja de botones —me decía—. Junto a la cabecera de la cama, para poder llamar por las noches. Aún parece que escuche su sonido.

—Como escucho yo también las protestas del cabronazo de Paco renegando de ella porque no nos dejaba dormir —intervenía mi abuela que, curiosamente, parecía haber seguido el hilo de la conversación aunque mi madre hablaba bajito—. Muchas familias pudientes y de derechas, que apoyaban a Franco, decidieron salir de Madrid, porque era rojo y republicano hasta en las alcantarillas, escapando del peligro que suponía enfrentarse a las hordas que ocupaban las calles con sus gritos, sus banderas y haciendo acopio de armas.

—A pesar del hambre que se cernía sobre nosotros día tras día —seguía mi madre—, tu abuela Emilia nunca hizo, y eso hay que decirlo bien alto, nada deshonroso. Ni siquiera tocó los armarios de una vecina que se marchó dejándole la llave y haciéndola prometer que tomara lo que la hiciese falta. Sabiendo como sabía que los estantes de esos armarios estaban repletos de latas de conserva. —Movía la cabeza, como si no acabara de entender tan arrogante actitud—. Ni siquiera se acercó a ellos y prefirió seguir mendigando una patata o una cebolla con las que hacer una sopa, o harina para gachas.

A mí, como chica de cortas entendederas que era entonces, también se me hacía difícil comprender la postura de la abuela. Porque —les argumentaba— la arrogancia de poco sirve cuando uno se muere de hambre, e implorar comida tampoco me parecía motivo de orgullo teniéndola a mano.

—Fueron tiempos de hambre, cariño —se opacaba la voz de mi madre—. Los críos se comían cualquier cosa, lo que fuera. A veces, los más pudientes regalaban sacos de pan duro que había estado en las carboneras para usarlo como combustible, que también escaseaba, como todo. Y ese pan duro, renegrido, lleno de agujeros y de cucarachas, se trataba con todo cuidado, como un tesoro. Se raspaba con la punta de un cuchillo, se desalquilaba a sus habitantes y se mojaba en agua para poder comerlo.

—¡Aaaggg!

Ella esbozaba una sonrisa y acariciaba mis trenzas con dulzura.

—¿Qué vas a entender tú de esas cosas, hija? ¿Por qué te lo cuento?

—Seguramente porque yo pregunto y quiero saber, mamá.

—A veces, tesoro, saber hace daño, y es más fácil estar en la ignorancia.

—¿Crees que yo hubiera sido capaz de comer un trozo de pan que hubiera tenido cucarachas?

—¿Tú? ¿Con lo tiquismiquis que eres para comer? —Y se echaba a reír—. Tú te hubieras muerto de hambre, hija. Pues no nos has salido fina ni nada.

—Es que los bichos me dan mucho asco. Hubiera preferido comer hierba.

—A veces se hacía, no creas. Más de una vez salió tu padre de Madrid, cuando era un niño, a las huertas, a robar fruta. Expuesto él y los que le acompañaban a recibir un perdigonazo o algo peor. Pero no veían el peligro, solamente la necesidad acuciante de llenar un estómago que les dolía de hambre. Iban de noche y se hartaban de racimos, con los ciempiés corriéndoles por el cuello o engullidos junto con las uvas. Luego, cargaban lo que podían y lo llevaban a casa.

—Como Robin Hood —me animaba yo.

—No, cariño. No como Robin de los Bosques, sino como simples ladronzuelos. Entonces nada era tan heroico.

—Y... ¿qué pasó al morir la bisabuela?

—Se alquiló su habitación. Los tiempos no estaban para desperdiciar un céntimo y siempre había soldados necesitados de un techo, de modo que yo tuve que dormir en la misma cama que tu abuela y Paco. Eso, o dormir en el suelo. No me mires así, Nuria, ya sé que no era muy apropiado, menos aún para una niña como yo, que siempre fui un tanto apocada y que, además, me repugnaba el hombre con el que tu abuela había decidido casarse.

—A ti también te pegaba.

—Los sopapos estaban a la orden del día para las dos, es cierto. A mí me sacudía por cualquier cosa. Y tu abuela, cuando se le enfrentaba, solía ganarse una buena paliza.

—Tenía que haberlo matado, como dice que pensó hacer más de una vez.

—No se debe matar a nadie, Nuria, no digas barbaridades.

—Era peor que una cucaracha.

—Lo era. Al menos, así lo recuerdo.

—Pues a las cucarachas se las pisa. O se las mata con DDT. Ya me dirás si no tengo razón, mamá. Un buen sartenazo a tiempo es un triunfo y él se lo merecía.

Mi madre suspiraba y daba pedales a la máquina de coser, vacía de argumentos con que convencerme, porque cuando yo me obcecaba en una cosa no era capaz de hacerme cambiar de idea ni el lucero del alba.

A mí no me dolía tanto el hambre que pudieron pasar como saber que aquel desgraciado, además de todo, las había maltratado. Y en mi calenturienta mente juvenil con ideas propias, imaginaba mil y una formas de haberle hecho pagar cada bofetada.

—Siempre acaba uno pagando lo que hace, Nuria. Siempre. Y mi padrastro Paco lo pagó con creces cuando cayó tuberculoso.

—No voy a decir que me duela, tenía que haber cogido la rabia.

—Fue mucho peor, cariño. Mucho peor. Acabó ingresado en El Goloso, el hospital que está camino de casa de tu tía, y allí acabó sus días.

—Abandonado, imagino.

—No, eso no. —Doblaba el pantalón recién cosido para añadirlo al montón que debía entregar al día siguiente en la tienda para la que trabajaba—. Tu abuela, a pesar de todo, no dejó de ir a visitarle ni un solo día.

—Pues no lo entiendo.

—Era su marido. Y ella, una mujer de los pies a la cabeza en ese aspecto. En otros no, ya lo sabes, en otros el resto de los mortales le importamos muy poco, incluida tú aunque seas su ojito derecho. Pero era su marido. Tal vez por eso, cuando Paco se vio en los brazos de la muerte, y ya por señas porque no podía hablar, indicó a tu abuela el lugar en el que tenía guardado dinero. Una fortuna en esos días.

—Al menos hizo algo decente antes de espicharla.

—Nuria... esas expresiones...

—La abuela lo dice. Espichar. Morirse. Cascarla.

—Ya sé que lo dice, hija, pero ella habla a su modo y tú no debes imitarla, eres casi una señorita. ¿Qué van a pensar tus amigos si te escuchan cosas como ésa? Y ya no digo nada de los tacos que estás aprendiendo con ella.

—Les divierte.

—Ya imagino, ya.

—Anda, no me regañes y sigue contándome.

Ponía otro pantalón en la máquina de coser y volvía a dar pedales a una velocidad increíble. A mí se me encogía el corazón viéndola trabajar porque me parecía imposible que sus dedos salieran ilesos pasando tan cerca de esa maldita aguja que subía y bajaba, subía y bajaba, subía y bajaba hasta dejarme bizca si la miraba fijamente. Pero lo hacía con una precisión de experta y, salvo la cicatriz que aún conserva en el dedo índice de la mano derecha, cuando se lo «cosió» junto a un dobladillo, nunca tuvo un percance. Me maravillaba, porque yo no era capaz de manejar aguja e hilo ni siquiera para presentar trabajos al final del curso. Creo que detesté la costura de tanto ver a mi madre encorvada sobre aquella máquina.

—El dinero no sirvió para nada —relataba ella, sin mirarme, a lo suyo—. Era dinero de la zona roja.

—El dinero siempre es dinero, ¿no?

—Entonces no. Acabada la guerra, muchos españoles escaparon por la frontera francesa, Cataluña claudicó y Madrid, la única ciudad que seguía siendo roja como la sangre y que resistía, acabó por ceder permitiendo que las tropas de Franco entraran en ella. Hubo que quemar ese dinero republicano o usarlo para empapelar una cocina o un retrete: se había dado orden de entregarlo y no hacerlo estaba penado con prisión, e incluso con la muerte. La abuela lo quemó todo, al menos sirvió para encender el brasero y calentarnos.

—¡Así que Paco se murió pobre como una rata! —dije yo, exultante de que aquel desgraciado hubiera tenido su merecido.

—A él ya no le serviría, pero nosotras nos quedamos igual de pobres, Nuria.

—Eso es verdad. ¡Menuda mierda lo del dinero rojo! Hasta en eso os falló semejante individuo.

—Hasta en eso, sí. Hasta en eso, Nuria. Pero tu abuela acompañó la caja con sus restos hasta el cementerio y yo fui con ella.

—¡Por favor, mamá! —Me desesperaba oírlo—. ¡Sólo falta que me cuentes que llorasteis en su entierro!

—Yo no. No me avergüenza decir que me sentí liberada, y feliz. Tu abuela tampoco soltó ni una lágrima. Como no la soltó cuando murió su madre, tu bisabuela. Como no la ha soltado por nadie que se haya ido al otro mundo, ya sabes cómo es ella, un témpano de hielo. Pero acompañamos el ataúd, que no era más que cuatro tablas de pino porque los pobres no tenían derecho a más, y gracias que los enterraban. Cuando lo bajaron a la fosa común, tomó un puñado de tierra, lo dejó caer lentamente al hoyo en el que su marido descansaría eternamente y dijo en voz alta y clara: «Que Dios te dé tanta gloria como descanso me dejas.»

¿Qué podía decir yo en ese momento? Pues lo que dije:

—¡Bien por la vieja!

14

La guerra.

A ella volvía Emilia una y otra vez y yo escuchaba.

En nuestro entorno actual la palabra «guerra» tiende a trivializarse. Se nos presenta como algo lejano que ocupa un hueco en los telediarios o en los titulares de prensa, dramático, horrible, pero que no nos toca porque vivimos en un país civilizado de Occidente, no en el Tercero, una maldición que miramos por encima, sin profundizar, para interesarnos más por el miserable de turno que ha matado a su mujer de un par de cuchilladas, tirándose luego por el balcón —en el mejor de los casos, con mucho acierto, dejándose los sesos pegados en la acera—; o para acordarnos de toda la familia del árbitro que pitó el día anterior una falta a nuestro equipo de fútbol costándole el gol que nos apeaba de la competición; o, haciendo acopio de paciencia, renegar de los políticos que eluden rebajarse el sueldo porque una cosa es la crisis para el pueblo y otra su estatus, oiga usted, que parece que no nos enteramos y somos tercos, como sólo lo pueden ser los votantes, y seguimos arrimando el hombro sin rechistar.

Las guerras están ahí, siempre hay alguna en algún lugar.

Pero, en verdad, ¿qué nos importa que miles de africanos, o árabes, o sudamericanos se estén matando, si lo que nos interesa de verdad es el precio del crudo?

Pero para los que sufrieron en su carne la nuestra, la Civil, no es sólo un borrón de tinta o una noticia que ocasionalmente vuelve al telediario de la noche. Para los que la padecieron, es un Satán que reabre una vieja herida que nunca cicatriza del todo, que les arrastra al tobogán de unos recuerdos sombríos incrustados en la retina y en la piel.

Cuando la abuela se decidía a hablar de las penurias de esa maldita época, era como si cayera una losa sobre la casa. Hasta mi madre se retraía, se dejaba envolver por el trabajo como si fuera una crisálida, tanto que, a veces, hasta pasaba por alto el vocabulario de grueso calibre de mi abuela, e incluso alguna de las lindezas que a mí se me escapaban.

Era como si nos rodeara una densa nube de humo con el olor de la pólvora, el ruido de los morteros y la aviación, y la pestilencia de los cubos de basura en los que mi madre se vio obligada a hurgar.

—Sonaban las sirenas —me susurraba recolocándose las mil horquillas con que sujetaba su abundante cabello—. Nunca he oído nada más horroroso que esas putas sirenas, niña, puedo jurarlo. —Se nublaban sus ojos de anciana. Me lo describía como un aguijón a cuyo picotazo se producía una estampida humana hacia los refugios, seguida de un silencio, presagio de muerte y destrucción—. Luego llegaban las bombas, un aluvión explosivo que se te clavaba en los tímpanos y no te abandonaba. Tan terrible, que te hundía en el pozo de tu indefensión y aun así te acostumbrabas a vivir con él, familiarizándote con sus sonidos hasta el punto de identificarlos. Allí abajo, en los túneles, era corriente encontrarse con quien se atrevía a afirmar si la explosión de turno se debía a un obús, una bomba de mortero o una incendiaria, a las que llamaban «Baby» o incluso si provenía de los Tupolev republicanos. ¡Anda que no hacían destrozos, Nuria! —se lamentaba dando vueltas al huevo de madera con el que se servía para zurcir calcetines—. ¿Sabes que con un tipo de bomba llamada «Amiga», rindieron los republicanos, en el 37, el aeródromo de Zaragoza?

—Pues no, abuela. ¿Cómo es que te acuerdas de esos artefactos? —me asombraba.

—¿Cómo no acordarme, criatura, si todas las conversaciones eran sobre ese asunto? Fue el 27 de agosto del 36 cuando en Madrid sonó la primera alarma antiaérea. Desde entonces, no se hablaba de otra cosa. O de las bombas, o del hambre que pasábamos. Y claro, la gente prefería lo primero para olvidarse un poco de los retortijones que nos daban las tripas. Podían haberlas llamado Pepa, o Jacinta —fruncía el ceño sin despegar los ojos del agujero que zurcía ensimismada—. Hija, yo no sé qué hace tu puñetero padre con los calcetines, que todos los destroza —renegaba, dale que dale a la aguja con maestría, acercando la nariz a la costura—. Pero no, las llamaban «Amigas». ¡Es que hay que joderse! ¿Amigas de quién? Dímelo tú, ¿amigas de quién pueden ser las bombas? ¡Bah! ¡Qué sabrás tú de eso!

Yo, claro, no tenía respuesta. Nadie la tiene para una pregunta así.

—En esa refriega que te digo, destruyeron diecisiete aviones de los nacionales. Al menos, aquéllos no pudieron hacer más daño. Lo peor eran las otras bombas, las que se lanzaban desde avionetas sobre los civiles durante los primeros meses de la contienda. Las tiraban a mano, e iban provistas de un detonador. Pero también se lanzaban sacos de piedras, botellas llenas de gasolina, ladrillos... Hasta un orinal vi yo una vez, fíjate.

—Parece que me estás contando los ataques de la Edad Media.

—¿De la Edad qué...?

—Nada, nada, déjalo y sigue. —Si no había forma de hacerla entender dónde estaba Rusia, cualquiera se ponía a explicarle, por ejemplo, las batallas de los caballeros de las Cruzadas. No me veía con fuerzas para semejante heroicidad.

—Cualquier utensilio era válido para atacar al enemigo, hasta orinales y escupideras.

—Y, entonces, ¿qué hacíais los civiles?

—¡Qué iban a ser invisibles, niña! —Acabado el zurcido sacaba el huevo de madera y lo metía en otro calcetín—. Los veíamos y muy bien, sobre todo cuando le caían a alguno en la cabeza, que ya era puntería, ya, los muy cabrones.

—Te pregunto que dónde os metíais.

—¡Ah! —Me miraba un instante—. Salíamos echando leches a los refugios. ¡Sálvese quien pueda!

Pero yo sabía que no fue así del todo. Mi madre me amplió la historia. No sin reservas, porque no le gustaba hablar de ese tenebroso pasado de la guerra española.

—Tu abuela escuchaba las sirenas que avisaban del bombardeo inminente. Entonces sí oía, aunque si hubiera perdido ya el oído también las hubiera escuchado porque era imposible no hacerlo. Madrid estaba asediada, el abastecimiento de la ciudad se había estrangulado, todos desayunábamos, comíamos y cenábamos con el miedo como plato único. Pero ella, aunque devoraba como el resto el amargo menú, me ponía a buen recaudo en el refugio, al cuidado de un vecino, y se quedaba dentro de la casa, protegiendo con su cuerpo el de su madre, imposibilitada e inválida, a punto ya de morir, rezando para que las cuatro ruinosas paredes continuaran en pie después del ataque.

Deslenguada, sarcástica, en ocasiones odiosa, mi abuela había sido, sin embargo, una mujer de entereza ante el peligro. Con el tiempo se había vuelto hosca y resentida, desplegando en su entorno familiar la hiel acumulada en su pecho en forma de insultos gratuitos e ironía hiriente pero, aun así, yo no dejaba de admirar lo que hizo. Hasta mi madre, a quien trató siempre como una sierva privándola del atributo del amor, reconocía su temple.

—Yo obedecía y corría, como todo el mundo, hasta el refugio más cercano: el metro. Permaneció abierto durante el conflicto, e incluso se inauguró una línea nueva, la 3, entre Sol y Embajadores —decía—, aunque tuvieron que cerrar la estación del Norte, la de Príncipe Pío, ya sabes.

—Por ahí vivía mi amiga Sonsoles —metía baza la abuela—, que vete tú a saber qué ha sido de ella porque era más puta que las gallinas y por fuerza debió de acabar mal. El metro era el único lugar seguro al resguardo de los obuses. Sin embargo, en cuanto caía la primera bomba y comenzaban los gritos, tu madre, la muy loca, se soltaba del vecino de turno, salía a la calle y, como un diablo, sorteando cascotes, la atravesaba para llegar a casa y guarecerse conmigo y con tu bisabuela.

—Parecía un camposanto subterráneo —retomaba la conversación mi madre—. Los vagones llegaban a veces cargados de ataúdes o cadáveres. Apestaba, hija. Incluso cerraron una línea para utilizarla como arsenal, pero fue peor el remedio que la enfermedad porque se convirtió en objetivo militar que, al final, fue destruido con bajas cuantiosas. Cuando tomaron Madrid —apuntaba, tenedor en mano preparando algo de comida—, a los trabajadores simpatizantes de socialistas y comunistas los echaron a la calle, siendo cubiertos sus puestos con una lógica remesa de adictos nacionales. Algunas estaciones cambiaron de nombre, claro.

—Lo peor no fue eso, ¡qué coño! —Se exaltaba mi abuela—. Lo peor es que una ya no sabía si iba por una calle u otra de Madrid. Nos volvieron tarumba con tanto cambio. Fíjate que poco antes de la Guerra Civil, a las calles de Pí y Maragall, Eduardo Dato y Conde de Peñalver, les dio por llamarlas avenida de México, de la CNT y de Rusia; después, que si avenida de la Unión Soviética. ¿Dónde está eso, niña?

Ahí estaba yo. Venga, ánimo Nuria, intenta explicarle eso ahora.

—Es la Rusia de siempre, pero con el nombre más largo —tiraba yo por el camino más fácil.

—¡Anda! Mira tú lo que son las cosas —sonreía como cuando a un niño le nombras Disneylandia—. La Unión Soviética... Suena bien. Pero me gusta más Rusia.

—Es más fácil, sí.

—Pues eso, puñetas, que nos complican la vida poniendo nombres raros a las cosas. ¿A qué viene tanto trasiego? Menos mal que cuando acabó el tinglado, la llamaron de José Antonio, que era un nombre más nuestro. Aunque la verdad es que a los madrileños nos daba igual —esbozaba una sonrisa pícara—, porque todos conocíamos a la Gran Vía como la avenida de los Obuses o la del Quince y medio, que era el calibre de la mierda que se lanzaba desde el cielo contra los civiles. Hasta el edificio de la Telefónica jodieron, así que imagínate la que hubo.

—Mamá, por favor... —suplicaba la mía.

Yo quería saber más detalles sobre la aviación, no en vano me fascinaba cómo desafiaban a la gravedad esos monstruos del aire. Así que preguntaba y preguntaba.

—Tuve un noviete piloto, ¿te lo he contado alguna vez?

—No lo sé, abuela, has tenido tantos...

—¡Niña! ¡No seas descarada! Yo era muy decente. —Pero me regañaba sin rigor, con una chispa de humor en la mirada que me hacía echarme a reír—. Bueno, pues hubo pilotos destacados en ambos bandos. Hombres que lucharon defendiendo sus ideales, Nuria, estuviesen equivocados o no; hombres que dieron todo, incluso su vida, por lo que para ellos era su razón de ser, aunque yo creo que todos estaban confundidos en una forma u otra porque no hay principios morales absolutos. Pero en periódicos y tertulias la gloria se la dispensaban. José Calderón Gaztelu y Alfonso de Orleáns y Borbón, entre otros. Luego estaba la guerra por mar, que no era menos cruenta. Pero claro, hija, el mar quedaba lejos. Oíamos hablar de submarinos, acorazados, torpedos y todo eso, sólo que, acostumbrados a convivir entre bombas, nos parecía que la esencia de la destrucción y la muerte la soportábamos nosotros. Luego supimos que hubo también allí numerosas bajas. Al principio, los republicanos se fueron imponiendo, pero las fuerzas nacionales se hicieron con unos submarinos italianos conocidos como «legionarios». Esos cacharros jeringaron el poder naval republicano.

Ante esa muestra de lo que para mí era sabiduría en estado puro, yo callaba. Cierto que había leído cosas, pero su visión de haberlo vivido en primera persona me transportaba.

—¡Ah, los legionarios! —Derivaba la abuela el rumbo de sus pensamientos—. ¡Qué hombres! ¡Qué hombres, Nuria! Tan gallardos. ¿Te has fijado en su forma de desfilar? Altivos, orgullosos, remangados, abierta la camisa al pecho... ¿Te he contado que tuve un novio que se fue a la Legión? Lo tuve. No era mal chico, pero hubo de poner pies en polvorosa porque cometió un robo y le perseguían. Y basta ya de conversación, niña, que tienes que acabar los deberes y yo irme a la calle a airear el trasero.

Me dejaba con la palabra en la boca, se levantaba, se arreglaba y salía. Yo sabía que esa tarde alguna de sus amistades se pondría hasta las cejas de pasteles, así solía ocurrir; a mi abuela no le importaba gastarse la pensión con sus amistades, aunque en casa no daba un duro.

Cerraba la libreta donde anotaba sus aventuras y me ponía a estudiar, resignada a esperar otra oportunidad en que llevar a cabo mi tercer grado.

15

Rafael. Mi abuelo. Entrañable, cariñoso, servicial. Un hombre bondadoso, tranquilo, alegre, que se enchispaba de vez en cuando, no mucho, sólo lo suficiente para aguantar a la mujer con la que se había casado. Tampoco me habría extrañado que se hubiera dado a la bebida porque soportar a mi abuela era un acto heroico, equivalente a la temeridad de haber engrosado las filas de la División Azul.

Rafael fue el segundo marido de Emilia.

La conoció encontrándose de baja forzosa, castigado en el trabajo —en la Telefónica— por no sé qué chanchullo, algo relacionado con haber estado en zona republicana, aunque nunca tuvo el pobre tendencia política conocida. Él, con tal de disponer de un plato caliente en la mesa y una manta bajo la que arroparse en invierno, que ya era mucho en esos días, era feliz.

La abuela, por el contrario, era la viva imagen de la mujer dominante, segura de sí misma a pesar de faltarle una pierna. Tantos años curtida con ese impedimento que la diferenciaba del resto, y su fracaso amoroso con Alejandro, había ayudado a ir modelando un espíritu autodidacta, a veces resentido, que hacía que se pusiera el mundo por montera, cada día más. Iba y venía por Madrid entregando la ropa que seguía lavando para sustento suyo y de mi madre. Después de enviudar de Paco, decidió que tenía que seguir viviendo, que ya estaba bien de soportar palizas de un baboso, así que se divertía en sus salidas con todo el que le regalaba un requiebro. Pero sólo de palabra.

—Me gustaba bromear con los tranvieros, hacerles frente, calentarles —decía socarrona, cuando lo recordaba—. Reía sus gracias, soeces la mayoría de las veces, respondiendo en un tono similar sin dejarme amilanar. A mí no me achantaba ni el Altísimo, niña, mira lo que te digo, ni el Altísimo.

Pero Rafael era tímido. Los ojos se le iban hacia esa mujer de lengua mordaz que encaraba a los hombres con gestos de guerra para luego mandarles a freír puñetas con cajas destempladas si intentaban sobrepasarse. A más de uno le soltó un buen sopapo que él, mentalmente, aplaudía. Porque la abuela era artera y maliciosa pero decente a carta cabal, eso sí. Por ello el abuelo la admiraba en silencio siguiendo sus pasos flamencos y decididos por Caballero de Gracia o Jacometrezo como un perrillo faldero, sin atreverse a cruzar con ella ni una palabra.

La suerte o la desgracia —siempre he creído que a ella le tocó la lotería con un hombre así— hizo que se encontrasen una mañana en una de aquellas colas interminables en las que centenares de madrileños aguardaban, bajo el frío intenso, para recibir un mendrugo de pan y un poco de bacalao, contra entrega del cupón de la cartilla de racionamiento. Vencidos e impregnados aún del miedo de los bombardeos en el cuerpo y el sonido de los obuses en sus oídos, muchos hijos de la capital no tenían otro medio de conseguir comida salvo, quizá, si quedaba algún fondo, comprando de estraperlo.

Madrid semejaba una ciudad fantasma, huérfana de libertad, presa de silencios impuestos, de opinión cercenada, donde nadie hablaba libremente de nada, donde la policía pedía la documentación a cada paso, donde estaba prohibido reunirse y la Guardia Civil podía usar su revólver Orbea Hermanos, de reglamento, a discreción. Una ciudad sometida al dictado de quienes apoyaron a Francisco Franco, muchos de cuyos hijos, ataviados con pantalones largos —ellos— o con estrechas faldas —ellas—, luciendo boina y camisas azules en las que se había bordado con esmero el yugo y las flechas, caminaban por la capital con la cabeza alta, orgullosos de su victoria sobre los rojos, uniendo sus voces para lanzar al aire himnos cargados de simbolismo, de patriotismo vengador, de loa a la sangre derramada por sus propios hermanos.

Falangista soy,
falangista hasta morir o vencer,
y por eso estoy
al servicio de España con placer.
Alistado voy en la juventud
paladín de nuestra fe,
mi camisa azul
con el yugo y las flechas en haz,
garantía son
en la España inmortal que triunfar.

¿Qué hubiera pasado de ser otro el resultado de la guerra? El bando vencedor sería otro, otras serían las canciones, distinta la vestimenta, acaso distinta la revancha. Pero la sangre no se hubiera secado, ánfora que derramaba al mundo las hieles de la mezquindad de una contienda fratricida.

—Incluso se le sugirió al Caudillo (siempre solía llamarlo así), cambiar la capitalidad del Estado como castigo a Madrid por haberse mantenido roja. Naturalmente, la desechó y comenzó a reconstruir la zona oeste, que era una verdadera mierda porque las trincheras de los ex-combatientes llegaban desde la Casa de Campo hasta la Ciudad Universitaria. Tu madre tenía pocos años cuando Pedro Muguruza consiguió reunir unos 200 arquitectos para estudiar la obra, que no era moco de pavo.

—He visto fotos, sí.

—¿Dónde? Porque en el colegio de las monjas no creo yo que te den lecciones de ésas. Habrá sido en uno de los libros que tiene tu padre, el muy mamonazo, que cualquier día le van a meter entre rejas por rojo y a nosotros con él.

—Papá no es rojo, abuela.

—¿Qué no? ¿No es verdad que uno de sus abuelos estuvo con los que fundaron la Casa del Pueblo? ¡Entonces! Lo que yo digo, que cualquier día... Tú mantente al margen, chiquilla, mantente al margen —me instaba—. Canta el *Cara al sol* por las mañanas en el colegio y chitón, que la cosa está jodía.

—Mis monjas no nos hacen cantar el *Cara al sol*, abuela.

—¡Vaya que no!

—Sólo cantamos el himno nacional.

—Mientes más que cagas.

—No miento.

—Pues ándate con ojo porque cuando menos te lo pienses se las llevan a todas al trullo, con toca o sin ella, y te quedas sin profesoras.

—¡Pero, abuela! —Me carcajeaba ante semejante barbaridad—. ¡Cómo van a encarcelar a las monjas! La directora tiene el título de marquesa y todo.

—Razón de más.

Se empecinaba en ver el lado malo de las cosas, centrado ahora en mis profesoras, una maravilla de dedicación, que tendrían su afección política, pero se mostraban profesionales sin más, salvo por eso del himno nacional y las novenas, hábitos impuestos por militares revanchistas y clérigos censores.

Pero, sobre todo, se obstinaba en zaherir a mi padre. Era una oposición frontal a su figura, a un hombre trabajador hasta la extenuación, que adoraba a su familia, por la que se desvivía. Para la abuela, todo lo que se refiriera a él estaba mal: si hacía, porque hacía y en cambio si no hacía... pues porque no hacía, el caso era meterse con él y amargar la vida a todo el que tenía alrededor.

—No podía faltar un edificio nuevo como sede de Falange Española de las JONS —volvía al hilo de sus reflexiones—. Lo levantaron en el solar del Cuartel de la Montaña.

—Para recordar a todos los españoles a los héroes que dieron la vida en la batalla, ¿verdad?

—Para eso, sí.

—Vale. ¿Qué pasó?

—Querían hacer grandes avenidas que sustituyeran las pésimas carreteras que entraban hasta el centro, con baches cada dos por tres. Enlazar la de Francia con la Castellana, María de Molina con la de Aragón, Atocha con la de Extremadura...

—¿Por qué dices «querían»? Ahí están.

Ella clavaba en mí su mirada oscura y elevaba las cejas, síntoma inequívoco de que rumiaba su propia teoría. Echaba un ojo hacia la otra habitación para ver si mi madre estaba en sus quehaceres o con el oído puesto para poner freno a la conversación si se salía por la tangente, como era habitual cuando conversábamos. Bajaba la voz y decía:

—Había mucho mamón, niña. Bueno, supongo que más o menos que los que hay ahora, sólo que los de ahora van siempre con corbata y pasan más desapercibidos. Mucho cabrón suelto.

Viendo yo que el vocabulario de la abuela tomaba tintes nada recomendables me levantaba y me acercaba a la puerta.

—Mamá, cierro que hace frío.

—Cuidado con lo que hablas con tu abuela, que os conozco a las dos.

—Tranquila, sólo me está contando cómo se reconstruyó Madrid después de la guerra.

Regresaba a la mesa y me acodaba en ella haciendo luego una seña para que continuara.

—¿No hay moros en la costa? —preguntaba bajito.

—Ni uno.

Entonces se arrellanaba en su asiento, como si fuera a contarme un secreto.

—Hubo fraude. Muchas de las zonas diseñadas como parques acabaron siendo suelo edificable. Casas. Colonias enteras.

—La pela, ¿eh?

—La puta pela —confirmaba sonriendo—. Eso sí, los muy cabronazos pagaban una multa, pero ya te imaginarás que resultaba muy rentable cuando se vendían las viviendas. Es que no había vergüenza, hija, robaba todo el que podía.

—Ha cambiado poco la cosa.

—También es verdad. Ministro tenía que haber sido yo, que les iba a haber puesto las peras al cuarto a todos aquellos. Y mientras todos esos proyectos se iban desarrollando en beneficio de unos pocos, los madrileños teníamos que soportar largas colas en el Auxilio Social para poder llevarnos a la boca el trozo de pan cada día. Menos mal que yo conocí a tu abuelo.

Así fue. Rafael, enamorado de ella, no resistió por más tiempo que se sometiera a la indigna fila de hambrientos, la sacó de allí casi por la fuerza, la invitó a comer —a él sí le quedaban ahorrillos—, y le entregó algo de dinero. Hubiera hecho cualquier cosa por ganarse el cariño de una mujer que, como pago, nunca le quiso de veras. Mi abuela se dio cuenta de que Dios vino a verla en el interés de ese hombre, aun a pesar de la carga que significaba una suegra gruñona, enferma, que bebía todo ardiendo y sorbía como una condenada, tal como me contó. Accedió a salir con él y poco después se casaban, trasladándose el abuelo y su madre a casa de mi abuela, puesto que ellos vivían en una pensión de mala muerte.

Rafael recuperó su trabajo en la Compañía Telefónica como conserje, su anciana madre duró poco tiempo más y él, libre ya de sus monsergas recriminándole por haberse unido a una coja con una niña pequeña, que a saber de quién era, porque todas las mujeres eran unas indecentes que fornicaban con el primero que se las ponía delante, se empecinó en darle su apellido a mi madre, a la que quiso apenas verla como si fuera hija propia.

Fue entonces cuando la criatura comenzó a ver un poco de claridad en su futuro, un afecto cuando menos, que la había estado vedado hasta entonces.

Rafael se sentía dichoso. Tenía la compañía de la mujer a la que quería, una hija a la que aceptó como suya, una casa, pequeña y un poco oscura, sí, pero con un patio vecinal donde las bromas y las broncas se sucedían alternativamente al ritmo de los días. Los impulsos para emprender una nueva existencia exenta de comodidades, aun sin tener acceso a la Lista de Señores Abonados que facilitaba la Compañía de Teléfonos de Madrid, pero todo llegaría porque su sueldo era bueno y las propinas ayudaban. El abuelo se las ganaba con su buen hacer, su amabilidad, su respeto.

Era época de tertulias de intelectuales donde se intercambiaban opiniones sobre los cambios que se necesitaban para renovar una España herida de muerte. Días en los que crecía un Madrid dividido durante la guerra, que trataba de cubrir de arena los caídos, fueran del bando que fuesen.

La vida continuaba.

Las viejas castañeras ataviadas de negro, tapadas hasta los ojos con sus deshilachadas bufandas, volvían a vender en invierno los frutos calientes por las esquinas, aplicando fuelle al tradicional hornillo sobre el que se tostaban las castañas a las que daban vueltas y más vueltas con su desconchada espumadera media roñosa.

¿Quién no echó de menos alguna vez un aroma de fondo tostado, calentito, que invitaba a la compra de un cucurucho con media docena, tal vez una si andabas bien de dinero, degustándolas de paseo por el Retiro o la calle de Alcalá?

Ahora, las castañas se asan con bombonas, que no es lo mismo, ¡qué narices!

Cuando me vuelven a la memoria esas mujeres no puedo

evitar que me invada la melancolía. Es entonces cuando caigo en la cuenta de todo lo que hemos perdido, de la ausencia de sabores tradicionales devorados por el progreso, porque ahora te tomas una hamburguesa en McDonald, un sándwich en Rodilla o un bocadillo de bacon en Pans & Company y echas a andar con prisas, que algo hay que comer pero sin tiempo para saborearlo.

Es posible que me amarre a mi vena romántica, como lo hacía mi abuela, pero no cambiaré el sabor de aquellas castañas calientes por la miga prefabricada de un bocadillo que sabe a plástico, y me aferraré al crujir de los churros de verbena, de las porras insertadas en junco —que digo yo si habrán desaparecido como flora extinguida porque ahora te las ponen en una bolsa de plástico o de papel—, al dulzor del paloduz con el que se llegaban a endulzar cafés o achicorias, al de las bolitas de anís o las pastillas de «leche de burra» que íbamos a comprar cuando teníamos unos céntimos al desconchado y destartalado quiosco, en la esquina de Cartagena con Clara del Rey. Aún me relamo al evocar el sabor de los chicles de «Gallina Blanca» o de los caramelos Sacis.

16

La calle de Arango, de desaparecido nombre, se encontraba a unos metros de la plaza de Iglesias. En aquella casa de patio central, con la miseria adherida a las paredes, vivieron mis abuelos con mi madre y murió la madre de Rafael. Allí vendría yo al mundo y en la parroquia próxima me bautizarían.

Mi madre creció arropada por el cariño del abuelo, que la mimaba, abiertamente opuesto al poco afecto que la dispensaba su propia madre, mi abuela que, al amparo de su pierna perdida, la ponía a fregar los suelos de rodillas. A eso puso fin el bueno de Rafael, con cuyo apoyo las cosas comenzaron a mejorar.

Mi madre iba haciéndose mocita mientras se promulgaba la ley que reprimía la masonería, el nacimiento de la revista *Semana*, el nombramiento de Miguel Primo de Rivera como jefe de Falange de Madrid, el regreso de los partidos de fútbol truncados durante la guerra, los juicios a presos políticos y películas que glosaban el valor militar, del estilo *Sin novedad en el Alcázar*. Pero también creció entre el olor a castañas asadas, a la vainilla de los barquillos, la masa crujiente de los churros y, sobre todo, aferrada a su ilusión del año tras año, encargando a los Reyes Magos la muñeca más bonita de todas, Mariquita Pérez, que aquéllos siempre olvidaban porque no estaba al alcance del jornal de mi abuelo.

España emprendía un nuevo amanecer, como decían los entusiastas de Franco, pero llegaba vestido de sospecha que apuntaba a quienes habían engrosado un bando u otro, para su beneficio o descrédito. Por tanto, no iba a mejor para todos. Los más señalados escaparon del país convirtiéndose en exiliados. Se controlaban las publicaciones, los directores de los periódicos debían dar cuentas al Ministerio del Interior, la censura monopolizaba el control de las noticias.

—Si a alguno se le ocurría deslizar una duda razonable sobre el proceder del Régimen, iba de culo. A más de uno le quitaron de en medio por insinuar lo que no debía. En la posguerra todo hijo de vecino tenía que jurar servir a Una, Grande y Libre como era España. En letras grandes lo ponían, Nuria, en letras grandes. Una sí que era, grande no tengo ni idea porque pocas veces he ido más allá de una docena de calles, pero libre... ¡Coño, libre! Si en cuanto te movías te echaban encima a la Guardia Civil o, con suerte, lo mejor que te pasaba era que te empapelaban. O ibas con el brazo en alto o te lo cortaban de cuajo. Libre, decían. ¡Unos cojones! Eso sí, había corridas de toros y fútbol, para entretener a los paisanos.

—Pues así seguimos ahora, abuela.

—¡Calla, rebelde! —me regañaba—. Ahora se pueden ver películas que antes ni asomaban a los cines. Se pueden conseguir libros que antes estaba prohibido hasta nombrarlos, aunque sea bajo cuerda, como los que tiene tu padre en ese puto baúl de su cuarto. ¿No dices que las monjas te enseñan Historia?

—Sí.

—Pues no te quejes. Antes todas las chicas tenían que aprender Educación del Espíritu Nacional.

—La cosa sigue por ahí, abuela, que ahora seguimos con el Servicio Social. Encarnita, la del segundo, acaba de terminarlo y dice que es un pestiño.

—¿Un pestiño?

—Que es un... co-ña-zo —silabeaba pero sin voz para que no me escucharan.

—Tendrás que ir cuando te toque, no te queda otra. Es la mili de las mujeres. El caso es que los hombres están guapos de uniforme, ¿no te parece? Aún recuerdo el desfile de la Victoria, en mayo del 39. Más de cien mil soldados bajo el mando del Generalísimo. Fue todo un acontecimiento, tu abuelo me llevó a verlo. Había también soldados alemanes e italianos. Los primeros daban un poco de miedo, pero los segundos eran morenos y guapos. ¿Te he hablado alguna vez de la Guardia Mora? Era la escolta del Caudillo. Muchos no estaban de acuerdo con el nuevo régimen, pero para el pueblo llano, al menos había acabado la guerra.

Hasta ahí llegaba su recorrido y ahí acababa. Contarle que casi de inmediato muchos países europeos se habían amarrado a otra guerra, era perder el tiempo. Ni sabía ni quería saber dónde ocurría eso o por qué, su mundo se circunscribía a Madrid, a su entorno conocido, sin más. Lo habían pasado tan mal que sólo pensaban en superarlo.

El sueldo del abuelo era suficiente para vivir y mi abuela se encargó de darle buen uso aunque las privaciones por las que había pasado hicieron que se volcase en mejores artículos. Chuletas de cordero alguna vez, buen aceite, mejores legumbres. Se fue acostumbrando a un dispendio que le condujo a pedir fiado en las tiendas del barrio antes de acabar el mes, lo que obligaba al abuelo a hacer esfuerzos titánicos para sacar un extra en propinas o pequeños arreglos. Pero nadie la recriminó nunca nada porque si había una clienta buena pagadora, era ella. Apenas cobraba, saldaba todas y cada una de las cuentas pendientes. Que hacia el día quince o veinte volviesen a tener que anotar lo que se llevaba, no parecía importar a los tenderos, acostumbrados a fiar a la mayoría de los parroquianos. El que más y el que menos tenía cuenta abierta en la tienda de ultramarinos, en la frutería, en la lechería o incluso en la carbonería. ¡Parecido a los tiempos actuales, donde o vas con la tarjeta de crédito por delante o no compras!

A mí, cuando apenas levantaba un palmo del suelo, no me gustaba bajar con los encargos de la abuela y pedir que lo apuntaran. Me daba vergüenza a pesar de saber que era lo habitual. Tampoco le gustaba hacerlo al abuelo Rafael, pero no nos quedaba más remedio cuando ella nos mandaba a la calle a por cualquier artículo. Antes de entrar en la tienda él, en particular, se pasaba la mano por la cara, como para quitarse el bochorno, forzando su mejor sonrisa.

Ciertamente, me desagradaba pedir fiado, pero hacía el recado con gusto cuando se trataba de ir a la tienda de Silve, de ultramarinos, en la esquina de Cartagena. Una tienda de las que ya no quedan, con olor a rancio y humedad. De ésas de mostrador de madera gastada y oscura, repleto de frascos de confites ante las que los críos se extasiaban, latas abiertas de arenques en conserva, sacos de legumbres en el suelo y embutidos en varas colgando del techo. Yo me quedaba prendada en el otro mostrador, más pequeño, al fondo de la tienda. En él se alzaban, dorados y brillantes, dos dispensadores de aceite, de manivela. Entregaba la botella de vidrio vacía y aguardaba, como el que aguarda un milagro, a que el dueño de la tienda o su hijo, ataviados ambos con mandiles azulones, activasen esa manivela. El aceite se dispensaba por litros, medios, incluso por cuartos, todo dependía de la ocasión o de las perras que hubiese en casa.

Me encantaba que se demoraran en ponerme el aceite y me recreaba en su caída lenta, espesa, mágica. El émbolo de la máquina se iba llenando poco a poco de aceite verdoso, compacto, parecía que la densidad no le dejase subir. Luego, cuando se abría la espita, caía en una cascada lánguida cuello abajo de mi botella, como a cámara lenta. Me deleito aún con una visión que casi me permite saborearlo.

La mayoría de las veces era yo quien hacía los recados a la tienda de ultramarinos, salvo cuando había que comprar melón. Entonces, era el abuelo el que se apuntaba a bajar los cinco pisos, aunque luego hubiera de subirlos cargado. Afirmaba que había que saber palparlos, palmearlos, sopesarlos con ambas manos y presionar para notar si estaban maduros, sosos o pepinos. A él le encantaban. Pero los de verdad, los genuinos, como decía. El melón de Villaconejos. Ya no hay melones así, alargados, de un verde oscuro y lustroso, con estrías. Se vendían a cala y cata y eran dulces como ninguno, inundándote la boca de almíbar cuando los probabas. Esa fruta era la debilidad de mi abuelo, junto con los chupitos de vino tinto.

Aunque era muy pequeña cuando murió, recuerdo que solía decir que la calle Virgen del Puerto tenía el sobrenombre de la Melonera porque antaño se celebraba una romería en los alrededores, en el mes de septiembre, donde acudían los vendedores de fruta que bajaban desde las Vistillas para ofrecer sus productos.

A propósito del tema mi padre se sinceraba con él contándole las pifias que gastaban a un amigo suyo, siendo chicos, apodado el Gordo, cuyo padre tenía un puesto de melones. Mientras uno le distraía, un par de compinches cargaban con una o dos piezas huyendo a toda prisa. Tanta que, algunas veces, tiraban de las de abajo y toda la pirámide de melones se venía al suelo. El padre del amigo juraba el arameo, se acordaba de todos los santos, de sus respectivas familias, con especial virulencia en la virtud de sus madres, pero el daño ya estaba hecho, perdiéndose los granujas en el tumulto de las modistillas que acudían en buen número para pedir a la Virgen el novio que san Antonio les había negado en junio. El Gordo se lo recriminaba luego, pero unos culpaban a otros y al final todo quedaba en pandilla y él era el primero en rajar una de las piezas para meterle mano.

17

Aun a pesar de su limitación física, o por eso, precisamente, Emilia Larrieta no perdía oportunidad de asistir a cuantas verbenas tenía ocasión. Así ocurrió allá por el año 47, en Chamberí, de infortunadas consecuencias para ella.

Ajena a los guiños del destino, favorables a veces, esquivos muchas, caprichosos siempre, aireó el mantón de Manila que guardaba en el viejo baúl, pidió prestado otro a una vecina, y entre ella y su hija sacaron costuras a un antiguo pero aún en buen estado vestido de chulapona con lunares, de talle estrecho y amplia falda, del que nunca quiso desprenderse. María del Mar se apañó con otra falda larga y una blusa de generosas hombreras, que también tuvieron que arreglar.

Rafael las veía trabajar codo a codo, ilusionadas en un proyecto común, sorteando con enorme voluntad el sofocante calor de aquel mes veraniego que derretía hasta los tejados de los edificios, cosiendo juntas en una causa que estrechaba su unión de madre e hija, un cuadro familiar que pocas veces se daba.

A Emilia parecían evaporársele las penas preparándose para los días de verbena, sus ojos cobraban un brillo inusitado, se mostraba más cercana, siempre presta a colaborar con el resto del vecindario en engalanar el patio con cadenetas de papel, farolillos de colores, preparar barreños de limonada o enseñar a las más jóvenes los pasos del chotis.

Para ella, como para los demás, esos acontecimientos constituían una vía de escape que arrinconaba las aflicciones y las necesidades. Durante todo el año ahorraba céntimo a céntimo, quitándoselos de donde fuera menester, arañando aquí y allá, con tal de crear un pequeño fondo que poder gastar luego en ristras de churros olorosos recién hechos, un asiento para escuchar una zarzuela o simplemente disfrutar de atracciones y rifas.

Vestida para la ocasión, con el mantón de vivos colores sobre los hombros, atacado de brillantina su lustroso cabello, se aplicaba un poquito de colonia —de la mejor que podía permitir el salario de Rafael— tras las orejas o entre los pechos. Se anudó bajo la barbilla el pañuelo de chulapona. Cien veces se remiró en el espejo antes de salir de casa, recolocándose el escote o revisando la faltriquera donde llevaba los ahorros que se había propuesto gastar. Después, cargando el peso de su cuerpo sobre la muleta, se sujetó del brazo de su marido. Atravesó el patio airosa, ilusionada como una jovencita, luciendo el ramito de verbena prendido en el pecho, idéntico al que adornaba el de su hija y el que le había colocado a Rafael en la solapa.

Decía ella que ese ramito de florecillas púrpuras no podía faltar nunca para acudir a una fiesta, porque la planta tenía propiedades mágicas.

—Es la Hierba de los Hechizos —aseguró al salir—. ¡Quién sabe lo que puede pasar esta noche!

A su paso, tan huecos, más de una vecina envidió su bravura y disposición, porque había que tenerla para irse de juerga hasta altas horas de la noche, impedida de una pierna como estaba.

Rafael caminaba henchido de orgullo, llevando a dos mujeres bandera colgadas del brazo. Se sentía como don Hilarión, el de la zarzuela de *La verbena de la Paloma*, exhibiendo a su Casta y su Susana, así las llamaba él con buen humor y no menos guasa, ataviadas de Manolas.

También él, en esos tiempos, despertaba admiración con su *babosa* inmaculadamente blanca, recién planchada, el *chapín* ajustado, el *safo* anudado al cuello y la *parpusa* a cuadros que cubría su ya incipiente calva.*

La verbena estaba en su apogeo cuando llegaron.

El olor a berenjenas, gallinejas, entresijos, pollo asado, tortillas de patata, dulcería, churros, se expandía por doquier estimulando el apetito. Los cilindros de metal perforado de los organillos desgranaban sus letanías musicales, los barquilleros hacían sonar la ruleta invitando a los asistentes a probar suerte: el que la encontrara, podría degustar gratis uno de sus dulces de azúcar y miel. Las conversaciones, necesariamente altas para sobreponerse a los sonidos ambiente, la risa franca, el trajín bullanguero y las aglomeraciones expectantes frente a títeres y atracciones, se entremezclaban dotando al evento de un carácter festivo donde los madrileños apuraban la noche, el aguardiente y sus exangües bolsillos, olvidándose de las estrecheces, del futuro incierto y de la falta de medios en que se arrastraban sus vidas a diario.

En la verbena se fusionaba la alegría y el colorido con que aligeraban el peso de sus reveses.

—Anda, Rafa, acércate y compra unos churros, que la niña y yo te esperamos aquí —le pidió Emilia buscando el dinero, pero sin perder de vista a las parejas que danzaban a ritmo de chotis.

—Déjalo, mujer, que yo también he traído unas perrillas.

—¿De dónde las has sacado? —Frunció el ceño, desconfiada como era—. A ver si ahora resulta que no me estás entregando todo el jornal, Rafa.

* *Babosa* = camisa; *chapín* = chaleco; *safo* = pañuelo; *parpusa* = gorra.

—Que no, mujer, que es de las propinas.

—Como me entere yo que me estás sisando vamos a tener más que palabras. Hala, venga, ve a por churros. Y cómprate unas gallinejas si te apetecen, que hoy es fiesta.

Rafael no se hizo de rogar. Su mujer siempre estaba dándole la murga con que debía perder barriga, así que obtener manga ancha para consumir a su antojo aquella noche era un regalo del cielo.

Emilia no quiso esperar a su marido, se tomó del brazo de María del Mar y fueron abriéndose paso hacia los bailarines.

—A ver si papá nos va a perder.

—Quita, mujer, quita, qué va a perdernos —sonreía, fijando su mirada en el centro del corrillo que los curiosos habían formado alrededor de las parejas—. Fíjate en esos dos, bailan divinamente.

El baile del chotis no era complicado pero, como en cualquier otra danza, había quien demostraba mayor soltura, un garbo especial o mejor estilo. Los hombres, con una mano metida en el bolsillo del chaleco, llevaban a la mujer ceñida de la cintura. Los pies muy juntos, sin despegarlos, los hombros firmes, la espalda recta, la mirada al frente. Giraban sobre la punta de sus zapatos mientras su dama rodaba en torno a él con el porte saleroso de la chulapona. Tres pasos hacia delante, tres pasos hacia atrás y vuelta a los giros.

—Eso es bailar bien bailao —alababa Emilia los molinetes de las parejas.

Rafael, que desde cierta distancia vio lo entretenidas que estaban, aprovechó para tomarse un par de copitas de aguardiente, lejos de los reproches de su esposa en cuanto empinaba el codo lo más mínimo. Cuando volvió a su lado, con la ristra de churros calentitos, finalizaba un chotis. Pero la música no se hizo esperar de nuevo y Emilia apuró a su esposo para que dejara los churros en manos de su hija, haciéndose un lugar en la improvisada pista. Le puso la mano en su cintura, se prendió de él y atacó los primeros compases.

Emilia no tenía nada que envidiar a sus compañeras de baile que se cimbreaban a su lado. Se movía con un dinamismo sutil, muy bien acompasado a pesar de la muleta, que en nada desdecía de cualquier otra pareja. A pesar de estar rayando ya los cincuenta y cinco años, su pelo reluciente, sus ojos oscuros, amén de un cuerpo firme y aún bien conservado, despertaban curiosidad cuando no admiración contenida.

El organillero se tomó un descanso. Algunos bailarines quisieron recompensarle dejando unas monedas sobre el platillo que descansaba encima de la máquina; los más tacaños, simplemente se alejaron en busca de otras diversiones.

Los churros se habían quedado fríos, pero a quién le importaba.

Las exclamaciones procedentes de un carrusel llamaron la atención de Emilia. Tampoco a eso le hacía ascos y quiso disfrutar de la atracción montándose en uno de los caballitos que subían y bajaban al ritmo de la música. A Rafael no hubo que decirle nada, porque la sonrisa de su mujer era suficientemente explícita, de modo que enlazando a ambas del brazo, se acercaron.

Críos y adultos disfrutaban del carrusel por igual. Las chicas se montaban en los caballos y, a su lado, amigos o enamorados cuidaban de que no les pasara nada aplicando su mano, como al descuido y por el bien de la señorita, más allá de donde termina la espalda; los que iban a horcajadas sobre los cerdos reían; chillaban quienes habían preferido sentarse en los cubiletes que giraban y, en fin, los que habían elegido la calesa o asientos simples saludaban al público con sus pañuelos, simulando irse de viaje.

La gente se arremolinaba en torno a la atracción, dispuesta ésta a escasos dos metros de los raíles del tranvía que pasaba por allí.

—¿Vas a montar, Mar?

—No, papá, prefiero hacerlo en las barcas.

—Las barcas marean y son peligrosas, ¿qué pasa si vuelcan? —argumentaba su madre, empujando a los que tenía delante para alcanzar la caseta donde se vendían las entradas.

—A mí no me marean.

—Bueno, pues si a él no le parece mal, luego montas con tu padre.

—¿En esos cacharros? —se asustó Rafael—. ¡Ni loco de atar!

—Anda, papá, no seas gallina.

—Que ni loco te digo, hija.

—Yo sola no podré empujarla para que suba a tope.

—Te buscas a un buen mozo.

—No insistas, hija. Cuando dice que no, es que no.

—Entonces no me monto.

—Vaya si lo haces. Hemos venido para disfrutar. Soy capaz de pagarle la entrada a cualquier chico, pero tú te montas como me llamo Emilia.

Compró cuatro boletos para el tiovivo, dos para ella y dos para Rafael y se colocaron lo más cercano posible al carrusel para subirse en él en cuanto parase ese viaje.

—A ver si estás vivo para agarrar un caballo, Rafa, que en la última verbena no fuiste capaz de pillarme uno.

—No te preocupes, mujer.

—No, si no me preocupo, lo que pasa es que me jorobaría acabar montada en un cerdo, que no es lo mismo.

—Tú espera a que lo tenga y luego subes, no vayamos a tener un percance.

—Percance es el que tendrás tú si no me coges un caballo.

Poco ágil a consecuencia de los kilos de más, al pobre Rafael le costó sudar tinta saltar a la atracción tan pronto frenó y lanzarse como un loco a por uno de los equinos de madera, con tal de dar cumplimiento a su mujer. Lo consiguió, cruzó una mirada con Emilia y entonces ella se subió a la plataforma giratoria con la ayuda de su hija.

Gastados ya los boletos, deambularon por aquí y allá.

La noche era joven, las luces de colores parpadeaban, los

organillos no dejaban de sonar, rotaban las carracas, gritaban a los cuatro vientos las bondades de su género los diversos puestos de chucherías, baratijas y embustes, expandiéndose por el ambiente el olor dulzón del algodón de azúcar.

Compraron uno para cada uno degustándolos como chiquillos, haciendo malabarismos con la lengua para rebañar las hebras que se pegaban por la cara, mientras iban caminando hacia las barcas. No hubo que pagar la entrada a nadie, la jovencita encontró al instante a un buen mozo que, de mil amores, faltaría más, se avino a compartir la atracción con ella.

El opresor calor apenas disminuía según avanzaba la noche; la aglomeración y los puestos de fritura, expeliendo sus humos y aromas al cielo de Madrid, tampoco ayudaban demasiado a paliar el bochorno. El vestido de chulapona, hasta los pies, el mantón de Manila y el pañuelo a la cabeza contribuían a limar la energía de Emilia y su hija, por lo que decidieron prescindir de sus atributos festivos de Manolas, circunstancia esta que ya habían adoptados otras mujeres.

Guardaron los pañuelos en la faltriquera y se anudaron los mantones a la cintura, dirigiéndose a la fuente más próxima para refrescarse cara y brazos. Rafael las esperó junto a un quiosco de refrescos, aprovechando para echarse al coleto otro aguardiente y obsequiándolas al regreso con una limonada fresquita.

—Cuando quieres, eres un bendito, marido mío.

—Cualquier cosa es poco para mis chicas.

A su lado, alguien comentó que, esa misma tarde, en la Corrida de la Beneficencia presidida por Franco, un toro había corneado a Manolete. En torno al informador, se formó de inmediato un círculo de curiosos, ávidos de noticias. Manuel Laureano Rodríguez, *Manolete*, no era sólo un torero, era un icono, un símbolo taurino, el maestro a cuyo nombre se concitaban las más firmes adhesiones contestadas, no obstante, por quienes le denostaban en favor de Antonio Bienvenida o Luis Miguel Dominguín.

—Ha estado impresionante en el primero —decía el individuo que había tenido la suerte de acudir esa tarde a la plaza—. ¡Qué faena, amigos, qué faena! Teníais que haberlo visto, citando al astado como él suele hacer, con elegancia. En el segundo ligó unas verónicas señoriales que pusieron en pie al respetable, pero en una larga el toro le embistió de costado. ¡Menudo susto!

—¿Ha sido grave? —se interesaba la audiencia.

—Parece que ha entrado fastidiado en la enfermería, pero se dice que saldrá de ésta.

—¡Alabado sea Dios!

Para mi abuela, firme seguidora de este torero cordobés que había tomado la alternativa ocho años antes en la Maestranza de Sevilla, y al que ella tuvo ocasión de ver por primera vez en Las Ventas, el suceso le amargó la noche.

—Vuelve más fuerte que nunca, ya lo veréis —comentó una matrona de oronda figura que no paraba de abanicarse—. A ese hombre no hay toro que le frene, es un figura.

Lejos estaban los contertulios de prever que no mucho después, en la plaza de Linares, *Islero,* un Miura largo y bragao de quinientos kilos, iba a terminar con la vida del afamado diestro, convirtiéndolo en leyenda.

Emilia no quiso saber más, acabó la limonada e instó a Rafael a alejarse. Esa noche no quería penas.

Hasta ellos llegó el griterío jaranero de un grupo de jóvenes que, montados en los caballos de madera del carrusel, imitaban a viejos vaqueros del Oeste.

—Demos otra vuelta en el tiovivo.

—Es ya tarde, Emilia.

—¿Y qué? Estamos en la verbena. No pensarás meterte en la cama a estas horas...

Rafael miró de reojo a su hija que parecía estar distraída con la bulla de la muchachada. Se inclinó entonces hacia Emilia y le susurró al oído:

—Según lo que pueda hacer en ella, Manola mía.

—Anda, calla, no te las des de galán, que no estás tú para muchos lances.

—Estoy para algo mucho mejor: para servir del caballero que bebe los vientos por la chulapa más garbosa de la verbena —se ufanó, atreviéndose a besarla allí mismo sin importarle dónde estaban; y para que no cupiera dudas de por dónde iban sus apetencias, acoplando a su conveniencia la canción que hiciera famosa Imperio Argentina, susurró:

¡Ay! Que me digas que sí,
¡Ay! No me digas que no.
Como no te ha querío ninguno, te quiero yo.

Emilia aceptó el cambio de letra con una carcajada sincera y él la tomó de la cintura para pegarla a su costado. No era habitual ver reír a Emilia de un modo tan fresco, pero esa noche lucía lozana como una colegiala; era una ocasión como para no desaprovecharla.

—Anda, tunante, que lo tuyo no es la copla. Siempre pensado en lo mismo; ya veremos cómo está el patio cuando lleguemos a casa —pero lo dijo con cierto deje burlón que invitaba a la esperanza—. Saca una vuelta más para el carrusel. Luego, nos vamos.

—¿Seguro que no quieres cambiar de idea? Mira que hoy estoy *sembrao*, Emilia.

Ella se paró, se echó un poco para atrás y clavó sus oscuros ojos en los de su marido, demasiado jacarandoso para lo que solía.

—¿Cuántos aguardientes te has tomado, Rafa?

—¡Mujer! Mira que eres mal pensada. ¿Es que no puedo querer hacer feliz a mi mujer sin beber?

—¿Cuántos?

—Solamente dos.

—Ya habrán sido cuatro, que te veo yo demasiado *echao pa'lante*.

—Como tú dices, es día de fiesta. ¿Qué mejor que acabarla muy juntitos?

Alzó ella la mano para recolocarle la gorra, sacando a relucir su mejor sonrisa, la que sabía utilizar cuando le convenía.

—Mejor acabarlo con un deseo.

—¿Que sería...?

—Llévame a ver una zarzuela.

—Me estoy gastando los ahorros esta noche.

—Pide un anticipo.

—Sabes que no me gusta.

—Al que algo quiere, algo le cuesta.

Rafael se quedó sin salidas. Total, tampoco tenía demasiada importancia volver a ponerse la cara colorada solicitando un adelanto del jornal. Se encogió de hombros y asintió. ¿Qué iba a hacer, si no?

—Dalo por hecho, mujer. La primera para la que encuentre entradas.

Logrado su propósito, Emilia se aupó para darle un beso en la mejilla, escaso pago para la voluntad endeble de cualquier hombre a merced siempre de los encantos femeninos.

—Ahora, al tiovivo —dijo decidida.

Hacia allí se acercaron presurosos, prometiendo a María del Mar que podría probar suerte en la barraca del tiro al blanco antes de marcharse. Con los boletos en la mano, Emilia se acercó todo cuanto pudo al carrusel. La gente se apretujaba para tomar posición antes de que finalizaran los giros de la plataforma pero ella, haciéndose valer del auxilio de su muleta, que mostraba sin pudor, consiguió que la hicieran hueco hasta la primera fila.

Nadie podía imaginar que aquellos pasos estaban torciendo las líneas de su destino.

Una de las muchachas del bullicioso grupo que montaba en ese momento, se puso de pie sobre el caballo. Le falló el equilibrio y se precipitó hacia la plataforma. Gritos de pánico se elevaron entre el público cercano que, instintivamente retrocedió empujando a los que estaban detrás. Como consecuencia, los del final, que no sabían qué sucedía, empujaron a su vez hacia delante. La ola de agitación lanzó a Emilia hacia la atracción, peligrosamente cerca de la plataforma que giraba sin detenerse.

La dificultad para moverse con desenvoltura sin más fijación que una pierna y una muleta que se tambaleaba por la presión de la gente, la abocaron a escasos centímetros del peligro. Se escuchaban chillidos que se mezclaban con los alaridos de pavor de la chica que, con medio cuerpo fuera del carrusel, rebotaba chocando con los cuerpos de la muchedumbre que se apiñaba alrededor, imposibilitados de apartarse.

Estirando los brazos, intentó asirse a lo primero que encontrara, que resultó ser la falda de Emilia.

Rafael, a su espalda, luchó por sujetarla. No fue posible. La velocidad del tiovivo y la desesperación de la muchacha hicieron que los tres quedaran atrapados en un torbellino imparable. El cuerpo de Emilia fue arrastrado varios metros mientras, en torno a ella, el hormiguero humano incrementaba los gritos y se levantaban voces airadas pidiendo que se detuviera el carrusel.

Durante unos segundos inacabables, Rafael vio cómo su mujer era arrollada y su cabeza rebotaba contra el suelo para desaparecer engullida por la plataforma.

El desconcierto fue total. Se fueron espaciando los giros del tiovivo hasta parar y Rafael, a la vez que otros hombres, entre ellos el dueño de la atracción, acudieron en tropel en socorro de la accidentada. Una percepción del drama se extendió por el lugar reduciendo el caos a murmullos.

Sin demora fue sacado el cuerpo inerte de Emilia de debajo del tablado giratorio. Con las faldas levantadas hasta la cintura, una herida de considerable proporción en su única pierna manaba sangre que alimentaba la incisión de un tornillo alojado en la carne. A Rafael, con el corazón paralizado, el mundo se le detuvo sin más. No escuchaba ni las exclamaciones del gentío, ni las plegarias del dueño del carrusel, ni los pitos de los guardias que acudían al lugar de los hechos. Arrodillado junto a Emilia, llamándola por su nombre, rompió a llorar como un chiquillo.

—Está muerta —decía entre sollozos—. ¡Está muerta!

María del Mar, braceando contra el núcleo que se amontonaba alrededor, con el terror reflejado en sus ojos y un nudo en la garganta, pudo abrirse paso para llegar hasta su madre. Allí tendida, en medio del grupo de curiosos que se afanaban por ver lo que había sucedido, no pudo reaccionar.

—Sigue viva —aseveró uno de los hombres que se habían afanado en sacarla de debajo del carrusel.

Emilia no recuperó la conciencia hasta dos horas después, en la Casa de Socorro. Cuando volvió a abrir los ojos, el médico había extraído ya el tornillo y cosido la herida de la pierna, que ahora lucía vendada desde la ingle hasta la rodilla.

—Vaya, hombre —fue todo cuanto dijo al despertar viéndose tumbada en la camilla y puesta al corriente de lo ocurrido—, sólo faltaba que se me jodiera la otra pata.

El equipo que la atendió alabó su entereza ante su reacción a un accidente que podía haberle costado la vida. Le recomendaron descanso y revisiones periódicas para prevenir el riesgo de cualquier infección.

No la hubo, afortunadamente, pero se vio obligada a estar inmovilizada todo un mes, hasta que el desgarro fue cicatrizando. Aparentemente, el daño no sería más que un mal recuerdo que le duraría toda la vida en forma de cicatriz en el muslo.

Sin embargo, lo malo de verdad, estaba por venir. Las secuelas del accidente se fueron manifestando poco a poco. Emilia empezó a tener frecuentes dolores de cabeza a los que se fue uniendo un ruido intermitente en los oídos que iba en aumento: le diagnosticaron desprendimiento de los tímpanos, contra lo que nada se podía hacer. Había perdido el oído.

—¡Me cago en la madre que parió al tiovivo! —concluyó.

Cruel hasta el ensañamiento, el azar la persiguió con encono atizándola sin contemplaciones.

Coja de niña, sorda de mujer, la fatalidad se cebó en mi abuela. No era de extrañar que contemplara la vida sin más futuro que el presente, sin otras miras que las suyas propias.

Con esta perspectiva, puedo entender las raciones de egoísmo que nos regalaba en casa, aderezadas por la mordacidad de sus comentarios tantas veces insensibles.

18

—Tus padres se conocieron al comenzar la década de los cincuenta, Nuria.

Otra tarde de invierno al amor del calor del brasero, mientras que yo anotaba en mi libreta con mi particular taquigrafía.

—Lo sé.

—Aún existía la cartilla de racionamiento, ya te he contado algo de eso.

Habían desaparecido nombres importantes de las letras, se difuminaba el fantasma de la Guerra Civil, los milicianos, los vehículos blindados de la Federación Anarquista y sus carteles propagandísticos, la delación entre vecinos, la traición entre familias, la muerte, en fin.

España entraba en un período de reconstrucción nacional si bien políticamente aislada de Europa Occidental, Estados Unidos y la ONU, o cualquier organismo internacional.

Se había votado en referéndum aceptando la restauración de la monarquía y promulgado la Ley de Sucesión a la Jefatura del Estado en el año 1947. Pero sí, aún existían, cuando se casaron, cartillas de racionamiento.

—Teníamos una censura que ríete tú de la de ahora —me

decía manejando las agujas de hacer punto con maestría, confeccionándose una toquilla horrible, de color tripa de pez muerto—. Menos que ahora, pero existía. Se está abriendo mucho la mano y no sé yo dónde nos va a llevar tanto libertinaje.

—Sí, y la obligatoriedad de doblar toda película extranjera —intervenía mi madre que esa tarde no cosía aquejada de dolor de espalda.

—Las que venían de Rusia —apuntaba Emilia, llena de razón—, dime de qué otro modo íbamos a entenderlas. Entonces sobresalía Berlanga, ese fulano del cine que según dicen sirvió en la División Azul y todo. Menudas películas las suyas.

—Cínicas y mordaces —asentía mi madre—. Él siempre se apañaba para burlar a los censores que decapitaban las cintas.

—¿Cómo que decapitaban?

—No era otra cosa lo que hacían los de la censura, mamá.

—Ah, sí, valientes títeres estaban hechos, hacían lo que les mandaban y a poner el cazo. Los curas, los primeros. Ellos se las veían enteritas y al público nos daban gato por liebre, pero es que hay que reconocer que algunas de esas que llegaban de fuera eran un poco guarras, no como las españolas. Las nuestras eran más sensibleras. Aún me parece estar viendo las escenas entre Fernando Fernán Gómez y Elvira Quintillá en *Esa pareja feliz.*

—¿Era todo cine patriótico entonces?

—No. También cine norteamericano, sobre todo —decía mi madre—. Pero todo lo que se veía tenía que atenerse a la moral tradicional, apta para todo católico de bien, incluido el jefe del Estado español, el Caudillo. No digamos si no era del agrado de la curia.

—Otras venían de Rusia.

—Dale que te pego con los rusos... Aviada estás, abuela. Pero ¿cómo iban a comprarse películas a Rusia en esos tiempos?

—Pues a ver si no de dónde iban a venir —se enfadaba—, de más allá de España, ¿o qué te crees?

—Eran americanas, abuela.

—¿Americanas? ¡Qué sabrás tú, deslenguada! Españolas y rusas, lo que yo te asegure. Pero eran mucho mejor las nuestras, dónde va a parar. Lo que me hizo a mí llorar *Raza* el año que la repusieron, con ese imponente Alfredo Mayo que estaba para darle un buen meneo.

—¡Mamá, por favor!

—Los espectadores acababan llorando a moco tendido —seguía ella haciendo caso omiso a la protesta—. No sé por qué le cambiaron el título por el de *Espíritu de una raza*, si era bonito el primero.

—Porque le limpiaron la cara.

—¿A Mayo? —Abría los ojos como platos, olvidándose de las agujas.

—No, a Mayo no, a la peli.

»Nuria, si es inútil, hija —suspiraba mi madre.

—Bueno, pues por mí como si le lavaron el culo. Me gustaba más el primer título. Ahora sólo se hace basura como lo que sale por la tele.

—Pues a mí esas películas antiguas no me van.

—¡Qué sabrá la Virgen de hacer adobes! Si la ponen otra vez, voy a verla, como me fui en una ocasión con tu padre.

No me he equivocado, no. Es que antes de que mi abuela la tomara con mi padre, fueron juntos al cine algunas tardes, aprovechando que mi madre se retrasaba en el taller de costura para finalizar encargos de última hora.

—*Locura de Amor*, *La Lola se va a los puertos*, *Alba de América*, *La hermana San Sulpicio*, *Don Quintín el Amargao*, *La hija de Juan Simón* con Antonio Molina, *Agustina de Aragón*... —me enumeraba títulos con la soltura con que yo recitaba la lista de los reyes godos.

—Cine folclórico y propagandístico —la picaba.

—Sí, pero que hacía las delicias de un público que olvidaba ante la pantalla sus problemas diarios para abrazar los de sus protagonistas.

—Amenizadas por el puñetero No-Do, con el que seguimos. ¡Menudo tostón!

Cuando mi hermana, Almudena, y yo íbamos al cine con mis padres, siempre llegábamos tarde para perdernos la propaganda oficial en la que, inevitablemente, el Caudillo inauguraba el consabido pantano, las fuerzas armadas desfilaban exhibiendo patriotismo, salían los chavales elegidos para la *Operación Plus Ultra*, un antiguo programa de la cadena SER, o se hacían los honores a cualquier personalidad extranjera de visita en el país. Nosotros entrábamos en la sala justo cuando los carteles de crédito daban paso a, por ejemplo, Cary Grant.

Por el contrario, a la abuela le gustaba tanto el noticiario del Régimen como la propia película —mejor si era programa doble— y si ésta era en blanco y negro a veces mezclaba las imágenes.

El cine era el gran desconocido para ella, escape visual que la encantaba y de cuya visión se formaba su propia película porque, como era natural, no se enteraba ni del No-Do, debido a su sordera.

—¿Sabías que entonces había en España casi cuatro mil salas de cine y varias productoras?

—Sí, abuela, sí. Cifesa. Ya me has hablado de eso.

—Princesa no, se llamaba Cifesa.

—Pues eso he dicho.

—Eran cines grandes. Podían entrar trescientas o cuatrocientas personas y la chiquillería ocupaba el gallinero con sus chocolatines, sus pipas o sus patatas fritas.

Claro, pensaba yo. Más o menos como ahora pero sin palomitas de plástico, eso vino después, junto a los perritos calientes y las hamburguesas de contenido indescifrable, costumbres importadas de la cultura americana, porque si venía de allí tenía que ser bueno.

Mi abuela no perdía detalle de lo que se proyectaba en aquellas pantallas grandes que a veces cubrían enormes cortinas de color rubí. Atendía al obligado noticiero nacional en el que el Caudillo siempre estaba inaugurando algún pantano o se hacía propaganda del glorioso ejército español, y luego se deleitaban con la película de última hora donde, casi siempre, los amores y desamores les transportaban a una vida diametralmente opuesta a la suya, olvidándose y huyendo, por un par de horas, de la escasez y la falta de libertad.

—Imperio Argentina —confirmaba con la mirada encendida—. Ésa sí que era una señora. ¿Tú has visto *Nobleza baturra*, Nuria? ¿Has visto *Morena Clara*? —Negaba yo con la cabeza—. Entonces no tienes ni puta idea de lo que es cine de verdad.

Incluso denostando los filmes extranjeros que fueron llenando poco a poco las pantallas —eso sí, con la inevitable censura, sobre todo del clero, para salvar a la España católica, apostólica y romana de influencias maléficas—, la abuela seguía yendo a esas salas abarrotadas los fines de semana, de butacas desgastadas impregnadas de olor a humanidad y golosina; a veces, de otros aromas más sutiles e íntimos, en especial en las últimas filas, copadas exclusivamente por parejas ocupadas en mutua adoración entre contorsiones de manos y ropas, en espacios corporales vedados, a la estela de la linterna del acomodador, al tanto de mantener el orden y las buenas formas, que en muchos casos hacía la vista gorda porque también había sido joven.

Ver películas era para ella su escape a la rutina, de la que se evadía siempre que podía. Lo malo era que luego volvía a casa y me las contaba. A mí solamente, no al resto de la familia, posiblemente porque conmigo había establecido un vínculo, criándome cuando era un bebé, que nunca tuvo con los demás.

Recuerdo que el día que proyectaron *El bueno, el feo y el malo*, regresó con ánimos renovados y le faltó tiempo para hacerme sentar junto a ella y narrarme las peripecias de ese filme del Oeste en el que Clint Eastwood, Lee Van Cleef y Eli Wallach rivalizaban en tretas. Al conjuro de su narración, mi hermana, que no confraternizó nunca con ella manteniendo una relación tensa y amarga para los que soportábamos sus constantes enfrentamientos, vino a unirse a nosotras.

—Hay tres pistoleros —nos contó, pero sin mirarla a ella—. Uno alto, vestido de oscuro, con cara de bicho; otro rubio y guaperas y uno más que sale siempre desaliñado.

—Pues empieza bien —soltó mi hermana.

—El caso es que andan a tiros sin parar —continuó la abuela sin hacer caso a su puya—. Se pasan la película unos contra otros y al final se desafían en un cementerio.

—Buen argumento —volvió a murmurar mi hermana, inflando los mofletes para contener la risa.

—Cállate, Almudena —pedí yo.

—Si es que va a ser un folletín.

—Vete a hacer los deberes, anda.

—No me da la gana.

—Cuelgan a uno, al asqueroso —continuó la abuela—. También podía haberse aseado un poco, vamos, que daba asco. Y el rubio le dispara.

—¿Lo mata?

—No, no, se escapa montado a caballo con la cuerda al cuello. Eso pasa varias veces. Bueno, pues al final, le cuelgan en un cementerio otra vez y cae a una fosa. Allí encuentran monedas de oro, en una tumba.

Dicho lo cual guardó un silencio expectante, mirándonos alternativamente, ahora sí, a las dos, como si esperara nuestra aprobación a un argumento sin pies ni cabeza pero que ella, como era habitual, había interpretado a las mil maravillas imaginando unos diálogos que no podía escuchar. Yo la observaba a mi vez, completamente atónita. No nos enteramos de nada, pero era tal el grado de satisfacción que exhibía la abuela que nos dejó intrigadas.

—Ésa hay que ir a verla, Nuria —dijo mi hermana.

Nos prometimos hacerlo, más que nada por desentrañar un argumento de tanto disparo y tanta tumba que no comprendimos en absoluto.

19

En ese tiempo en que mi abuela se llevaba bien con mi padre, cuando mi madre presumía de buen pecho, espesa melena oscura y faldas al bies que ella misma se confeccionaba en el taller, Berlanga apuntilló la realidad española con una cinta que siempre me ha hecho sentir mal: *Bienvenido Mr. Marshall*. Mucho más tarde comprendí lo que quería plasmar, pero cuando la vi por primera vez me sentí humillada como persona y como pueblo, a quien daba vida, entre otros, un Pepe Isbert patético y maravilloso a la vez, con esa voz ahogada que semejaba el estertor de una España herida, receptora de unas migajas cínicas a cambio del peaje de una alineación americana.

Me gustara a mí o no el cine de esa época, lo que no me cupo duda nunca es que el cine había supuesto el punto común entre mi padre y mi abuela. Sólo ése, porque nunca existió otro.

Él heredó tal afición de mi abuelo paterno, Crescencio, quien cuando tenía unas pesetas ahorradas llevaba a la familia a la sala de proyecciones, acelerando el paso en cuanto veía las taquillas a lo lejos, como si se fueran a terminar las entradas.

Esa afinidad por el celuloide hizo que la abuela acogiese con buena cara al que se había convertido en el pretendiente de su hija. Por eso, y porque mi padre, de joven, tenía un notable parecido con Clark Gable, el actor preferido de ella, hasta el punto de lucir el mismo bigote que exhibiera el protagonista de *Lo que el viento se llevó* cuando enamoró a Scarlett O'Hara, a la que diera vida Vivien Leight. Morenazo, buen mozo, sabía de su atractivo, y prodigaba una sonrisa con la que encandilaba a las chicas.

La abuela, con el sueldo fijo del abuelo y sus propinas, no paraba en casa. Pero sus amigas no la podían seguir. Es verdad que solía invitarlas a merendar pero era demasiado absorbente, como si esperara que se le devolvieran sus detalles a cambio de compañía. Así pues, arrastraba al abuelo al cine con ella y éste, siempre abnegado y condescendiente, se privaba de su partida de cartas con los amigos y su chatillo de vino con tal de no contrariarla. Si, por razones de trabajo, mi madre se retrasaba, ocasionalmente les acompañaba mi padre. Entonces mi abuela se encontraba en su salsa, cautivada por un hombre guapo y galante al que había escogido su hija por novio.

Lenguaraz e incontenida en sus comentarios solía sazonarlos con gestos de manifiesta vulgaridad con los que pretendía parecer más campechana, actitud bastante común si se topaba con hombres, aun siendo vagamente conocidos. Sin ninguna mala intención, a modo de chanza, amagaba con echar mano a sus braguetas al tiempo que les llamaba «cojonazos». En el círculo familiar o en cierto entorno de proximidad podía haber resultado graciosa. A mi padre esas actitudes le repateaban.

Como cualquier españolito que se preciara trabajaba muy duro, a precio de explotación, moneda corriente en miles de ciudadanos en parecidas circunstancias, con la pretensión de independizarse y formar una familia. Contaba para ello con el motor que le impulsaba: mi madre. Pero su amor por ella no le obligaba a rebajarse a aceptar actitudes que rechazaba, por más que fueran de la madre de quien iba a ser su mujer. Claro está que la abuela captó el distanciamiento y, cuando tuvo oportunidad, le espetó:

—Así que, ¿se jodió el invento?

A partir de ese momento, mi padre dejó de ser el muchacho agradable y atractivo clavadito a Clark Gable, y pasó a ser el sujeto que pretendía acostarse con mi madre. Para la abuela, sólo había dos cosas: o estaba con ella o contra ella. Le retiró incluso el saludo, maniobrando a la vez para que mi madre dejara de verlo. Obligaba al pobre abuelo, cuando salía de la Telefónica, a ir a buscarla al taller, recogerla en la puerta y traerla a casa. Creía ella que así, con la carabina, acabaría por romper la relación.

El abuelo, sin embargo, veía con buenos ojos que su pequeña, como la llamaba, hubiera encontrado a un muchacho guapo y trabajador. Entre mi padre y él se había establecido un vínculo cariñoso y auténtico.

—Hijo, no sé qué hacer. A ver quién es el valiente que se enfrenta a la vieja. Cuando se le mete algo entre ceja y ceja...

El pobre intentó mediar entre los dos, pero sólo consiguió que ella se pusiera como una fiera, así que aguantó el chaparrón lo mejor que pudo para no tensar más la convivencia y siguió yendo al taller de costura a recoger a mi madre. Desde la puerta, echaba lánguidas miradas hacia la acera de enfrente donde mi padre, noche tras noche, aguardaba expectante la salida de la mujer de su vida, disputando su oportunidad para estar un ratito a solas.

—Lo siento, hijo, pero la Corrompe se empeña. Nos tenemos que ir.

—No va a enterarse, Rafa. Sólo unos minutos. Por favor.

Mi madre lo miraba embelesada colocando su mano en el brazo del abuelo.

—Lo que tarde en darme una vuelta y volver. Temo que pueda seguirme. Que es capaz de matarme, chicos —se resistía el pobre—. Que la Corrompe me parte el alma.

Corrompe era el término que utilizaba el abuelo para dirigirse a su mujer. Un apelativo que sólo se lo escuché decir a él y que no he vuelto a oír desde que murió. Me hacía una gracia enorme porque definía a la abuela perfectamente. Todos acabamos llamándola así, menos mal que estaba sorda o hubiéramos sido titulares en *El Caso*.

Mi madre soportó aquel estado de cosas durante un tiempo, por no discutir con la abuela, por no montarla, por no inmiscuir al abuelo en una guerra en la que acabarían entrando todos, a pesar de la retahíla de improperios que cada día le dedicaba al hombre que amaba. Mi padre se mordía los nudillos, pero se abstenía de intervenir por miedo a las represalias de la vieja contra su hija.

A esta situación puso fin mi madre sin más contemplaciones. Un día salió del taller, pasó de largo por delante de mis abuelos —en esa ocasión esperaban ambos porque la abuela ya no se fiaba de que su marido siguiera sus instrucciones—, y cruzó la calle, tomándose del brazo de mi padre.

Resueltamente, como hacía todo, la abuela afianzó el peso de su cuerpo en la muleta, arrastró a mi abuelo hasta el otro extremo de la vía y se plantó delante de los dos jóvenes.

—¿Te vienes con tus padres o con ese chulo de mierda? —preguntó, indignadísima por el desplante.

Y mi madre, haciendo de tripas corazón, temblándole las piernas pero con la cabeza muy alta, dijo:

—Me voy con mi novio.

Desde ahí, las cosas fueron a peor. Tanto, que mis padres no vieron otra solución que encargarme a la cigüeña de forma rápida. Mi madre era menor de edad, aún no tenía el control de su vida y dependía de sus padres. Quedarse embarazada sin estar casada era un problema de los gordos, un estigma que ninguna familia deseaba en su seno. Optaron por el único medio de ganar la guerra de voluntades en que habían entrado, conscientes de que otra cosa no tendría mi abuela, pero honra a toneladas.

Pensado, dicho y hecho. Llegué al mundo un mes de enero, con una nevada monumental, seis meses después de una boda *express* en la que mi madre lució bellísima, esplendorosa, con la felicidad escapándosele por cada poro de la piel. Eso sí, tuvo que ir vestida de negro, con traje de hilo fino para la ocasión y al modo de las divas de Hollywood. De blanco, en la España de aquellos años, sólo podía vestirse la que iba pura y casta al matrimonio. ¡Cuánta hipocresía!

La abuela rabiaba, pero callaba y ponía buena cara a los pocos familiares y escasos vecinos que acudieron a la ceremonia. Hubiese querido vengarse de los jóvenes con una boda sórdida y amarga, pero mi madre, a la que adoraba el párroco, disfrutó de todo lo que la suya no quiso darle.

—Venid a las diez, María del Mar —le pidió el cura—. Tengo una boda de alto copete a las doce de la mañana, así os aprovecharéis de la iglesia engalanada.

Les recibió, en efecto, un templo cuajado de flores en el altar y bancos delanteros, pasillo central con alfombra roja y todas las luces encendidas a su llegada. Mi padre seguía sin hacer buenas migas con el clero, pero siempre reconoció el comportamiento impecable y deferente de aquel sacerdote para con ellos; le temblaba la nuez al recordar el cariño con que los trató y su consideración hacia mi madre.

También él iba hecho un caballero, oliendo a Varón Dandy, estrenando traje —regalo de los ahorrillos de Rafael sin que la abuela se enterase— y camisa de popelín confeccionada por un antiguo amigo de la mili, sastre de profesión.

De haber dispuesto de salarios más nutridos, mis padres se habrían buscado otra vivienda y alejado lo más posible de mi abuela, a pesar de que ello implicara dejar en sus garras al pobre Rafael, al que tenía mártir. No fue posible. Hubieron de convivir con ellos en la vieja corrala de la calle Arango donde todos se conocían y donde Emilia, vengativa, no tardó en dejar caer invectivas contra su recién estrenado yerno, una costumbre que ya no abandonó hasta que falleció.

20

Si te enfrentabas a la abuela debías dar por hecho que ibas a ser el blanco de sus dardos. Te pondría a parir sin remedio. Le servía cualquier víctima cuando estaba cabreada. Como el abuelo no respondía a sus insultos, era su víctima permanente. Él, se encogía de hombros, la llamaba Corrompe por lo bajo y se largaba a la calle. El pobre hombre pagaba el pato por todo.

No iba a ser menos en la trifulca que se organizó en casa cuando llegó la hora de bautizarme y mi madre empezó a buscar por todos lados la camisa de popelín que le regalaran a mi padre para la boda. No aparecía por ninguna parte.

Abrió y cerró cajones, revisó baúles y armarios pero la camisa no aparecía —no había dinero para camisa nueva y mi padre quería ir presentable a la ceremonia del agua bendita—. Con los ánimos caldeados, Emilia acabó por confesar:

—La puñetera camisa está empeñada.

Mi padre se congestionó, la hubiera matado.

La culpa, ¡cómo no!, recayó en el abuelo.

—Si éste ganara más, no habría tenido que ir al Monte de Piedad. ¿Con qué iba a pagar la cuenta de la tienda? Bien que os gusta llenar el buche a mi costa, que aquí no entra más dinero que el de mi marido, porque para la mierda que ganáis entre los dos, como si os diera de comer de balde. Por si fuera poco, ahora con la niña, una boca más. Menos mal que todo el vecindario sabe que tu marido, María del Mar, es un vago indecente, tú una consentida y éste —por Rafa—, un baboso que no sirve para nada. ¿Quién me va a echar en cara haber empeñado una simple camisa?

Mi padre hizo amago de ir a por ella, pero el abuelo y mi madre se interpusieron. Había que ir a la iglesia, no había tiempo para más gresca. Usó de toda su voluntad para calmarse, se vistió otra camisa limpia y asunto concluido.

El abuelo se emborrachó en el parco convite con que se agasajó a familiares y amigos, porque de algún modo tenía que olvidar la desagradable escena vivida y porque, además, había que celebrar que yo pertenecía ya a la Iglesia católica, apostólica y romana, como estaba mandado. Emilia, en cambio, se metió en casa antes que nadie, a rumiar su mala sangre.

A medio día, el abuelo, achispado y dicharachero, entró en la vivienda, apoyándose sonriente en el marco de la puerta. Luego se cuadró militarmente, se llevó la mano a la sien y anunció con voz gangosa:

—Señoga... soy pegrrro policía que viene de Madrid.

Al buen hombre la guasa le costó una bronca monumental. Cuando mis padres llegaron se encontraron, alarmados, una sucesión de voces airadas y aullidos lastimeros a partes iguales. Ella, fuera de sí, le llamaba de todo mientras el abuelo se encogía, esquivándola como podía.

Las camorras se sucedieron, con más vehemencia si cabe, a raíz de aquello. La convivencia se hacía insufrible. Pero la situación económica de la mayoría de los españoles rayaba en la insolvencia y en mi familia no era mejor. ¡Como para pensar en otra vivienda! Por eso mis padres tuvieron que aguantar y aguantar en aquella casa pequeña donde apenas cabíamos los cinco, sujetos, además, a la tiranía de la abuela.

Por fortuna, el Gobierno se decidió a liberar fondos para

rehabilitar corralas y/o para facilitar la construcción de unas viviendas dignas para la clase obrera. Nos tocó una, aunque pagando un alquiler, lo que supuso mayor presión para la parca economía familiar, ya que la abuela seguía gastando sin tiento el salario de mi abuelo, con lo que llegar a final de mes era un milagro.

Luego estaba la ubicación: el barrio de Prosperidad era entonces el extrarradio.

—El culo del mundo —protestaba Emilia, acostumbrada como estuvo siempre a vivir en pleno Madrid.

Pero el piso nuevo tenía cuarto de aseo con bañera de asiento (que hizo las delicias de mi madre a la hora de bañarme), cocina, salón, un pasillo por el que yo iba a corretear en cuando aprendiera a sostenerme de pie, y dos hermosas habitaciones llenas de luz. No daba a la calle, pero sí a un patio enorme en el que confluían tres edificios más, casi tan amplio como la Castellana. Los abuelos ocuparon la habitación más reducida y nosotros la más amplia. Al nacer mi hermana, mi padre la dividió en dos mediante un tabique de madera, aislando así la intimidad del desdoble para ellos y nosotras cuando fuéramos un poco mayores.

Todo un palacio en un espacio de algo menos de sesenta metros cuadrados. Poco importaba a nadie que el Gobierno bonificara a los constructores con veinte años de exención de impuestos y acceso a crédito barato. La gente lo que quería era vivir mejor huyendo del semi chabolismo y la poca salubridad de cuchitriles sin servicios lo que, por otra parte, no dejaba de alimentar la propaganda franquista. Aun así, poblados como Palomeras, el Cerro del Tío Pío o el famoso Pozo del Tío Raimundo eran una realidad que tardó años en erradicarse. En 1956 había en Madrid unas 50.000 chabolas y a cuento de eso en algún momento escuché cantar a mi abuela:

Dos cosas hay en España
que no las hay en el mundo:

el Valle de los Caídos
y el Pozo el Tío Raimundo.

Mi padre tuvo un amigo que vivía en una de esas barracas. Tenía siete chiquillos, manteniéndose con lo que él ganaba en la construcción, trapicheando en compra-venta de metales o incluso regateando con «mandanga» que llegaba de África a través de «camellos» o legionarios. Su mujer no trabajaba, tenía de sobra con cuidar de su prole.

Al principio, cuando yo era muy pequeña e íbamos a hacerles alguna visita, la chabola constaba de sólo dos habitaciones, sin servicio y sin cocina, apenas dos cubículos en los que se arracimaban los nueve. Con el tiempo la fueron ampliando, todo un arte burlando a la policía y los municipales.

Se clavaban primero un par de palos sobre los que se tendía un toldillo.

—¿Qué es esto? —preguntaba la autoridad.

—No es más que un toldo para que se resguarden los chiquillos, señor guardia —contestaban—, no se me quemen al sol, ¿sabe usted?

Los policías no veían mayor inconveniente en el asunto, de modo que seguían su ronda hasta la próxima vez. Para entonces, ya había dos palos más y tal vez cuatro ladrillos o quizás un cuartito adosado al primero. Con tanto niño correteando y las inclemencias del tiempo ya no había remedio y lo dejaban correr.

O tenías medios o activabas la picaresca, siguiendo la vieja tradición de los autores de comedia de la Edad de Oro.

Pero nosotros vivíamos ya en la nueva casa, en las afueras de la capital, eso sí, rodeados por fábricas de madera, solares vacíos, prados y alguna que otra vaquería.

En aquel Madrid las vaquerías lindaban con los edificios vecinales y el olor de los animales impregnaba el aire y se expandía por la calle porque las puertas de madera de las cuadras estaban casi siempre abiertas. Algo así como la ilusión de poseer una casita en el campo.

21

Las relaciones entre mis padres y mi abuela acabaron por avinagrarse del todo cuando nos acomodamos en el barrio de Prosperidad.

Ante Emilia se abría un mundo nuevo con que nutrir el cotilleo y las fantasiosas mentiras que le gustaba esparcir sobre mi padre. Vecinos de antaño, agraciados también con esa promoción de viviendas y que se trasladaron con nosotros, ya conocían de sus argucias, pero no así los nuevos, maduros para la siembra de su cizaña, que apoyaba en su limitación física. Siendo así, ¡pobre mujer! ¿Cómo no creerla?

A sus marcadas dotes interpretativas había que sumar que le gustaba hablar con todo el mundo, desde la portera hasta el vendedor de periódicos; que se gastaba el dinero con el primero que la escuchaba diez minutos; que era una mujer de hacer regalos a los recién conocidos con tal de camelarlos. Le resultó muy fácil reunir a su alrededor a una serie de personajillos que asentían a cuanto decía, dando pábulo a injurias que a fuerza de repetirlas se convertían en asertos. Así fue tejiendo una leyenda negra que envolvió a mi padre como una mortaja.

—Es un borracho —contaba, apoyando su razón en un

gesto despectivo—. Un pendenciero. Una bestia que maltrata a mi hija. Incluso se atreve con mi marido y hasta conmigo. Claro que conmigo no puede. ¡Vamos! Cualquier día le abro la cabeza con la muleta. ¡A mí con chulerías! ¡Que me he criado en el barrio de Chamberí y soy hija de mi madre!

El vecindario recién estrenado escuchaba esa sarta de barbaridades con los ojos como platos. Entonces no existían los Reality Shows, pero ya estaba mi abuela para proporcionarlos de modo gratuito incluso convidando a pasteles, en tanto mis padres ahorraban hasta el último céntimo.

Los mayores, los de su edad, la miraban con lástima. A la abuela le encantaba levantar compasión, así servía su ración de venganza contra mi padre. Si todos creían que era una mala persona, ella ganaba.

—Es terrible, señora Pepa, terrible vivir con un degenerado así, pero no me queda más remedio. ¿Dónde voy a ir yo, imposibilitada como estoy? Yo sé que si pudiera me enviaba a un asilo para que se hiciera cargo de mí la beneficencia. Mi pobre Rafa iría detrás, no crea, y eso que el único sueldo que entra en esa casa es el suyo, que me lo gasto en darles de comer y en pagar sus vicios.

Con el tiempo, yo conocí a algunas de esas personas, las que le bailaban el agua, porque las historias tardaron años en desaparecer. Mi padre era una oveja negra, pero el pobre no se enteraba porque salía de casa al amanecer y no regresaba hasta la noche, trabajando a veces en varias obras a la vez. Mi madre, que también se iba temprano a trabajar en la limpieza de una sala de cine, tampoco tenía tiempo para charlas vecinales, paraba lo justo en la tienda antes de subir a casa y ponerse a la máquina de coser. Por tanto, estaba tan ignorante como él.

—Un jodido borracho, se lo digo yo —insistía—, que se gasta todo en vino. Ya se sabe lo que pasa con el vino, señora Angustias, ya se sabe, que el vino es muy malo. Si lo sabré yo que tuve un marido así, menos mal que se murió, Dios le tenga en su gloria aunque me hizo padecer mucho.

Era el colmo de la infamia porque mi padre no bebía alcohol, su bebida era el café, era cafetero en grado sumo. Cuando no había más que malta, pues malta, pero si podía tomarse su cafelito, miel sobre hojuela. No era raro que tomara tacita tras tacita sin que sirviera de mucho que se le dijera lo malo que era para el corazón, a él su brebaje negro no se lo quitaba nadie cuando podía permitírselo. Pero de vino, nada. Nunca bebió, si acaso un culín de tinto al que añadía gaseosa hasta el borde, y eso en las celebraciones. Pero ya se sabe: difama, que algo queda.

—No me diga nada más, Emilia —siempre le bailaba el agua alguna de esas cotillas, más interesadas en las suciedades que salían por la boca de mi abuela que en la roña de sus espíritus mezquinos—. No me lo cuente. El otro día me crucé con él en la escalera y apestaba a vino.

Sí, hasta ese nivel se llegaba. Mi padre podía oler a pintura, a yeso, a barniz, al sudor del trabajo duro, a Varón Dandy los domingos, pero a vino era imposible. Ya se sabe que el rumor no suele ser aliado de la razón y la de los vecinos estaba abducida por los embustes.

Pero no hay mal que cien años dure. Poco a poco las cosas fueron mejorando, mi madre fue dejando de coser en casa y mi padre se estableció por su cuenta asociándose a su amigo Reyes. Tener más tiempo significó salir más a pasear por el barrio, llevarme al parque a jugar, empezar a hacer un poco más de vida social. Les extrañaba que a su paso, cuando saludaban, el que más y el que menos mirara a mi madre con lástima cuando no con sonrisas condescendientes.

—Qué raritos son en este barrio —comentaba mi padre, pero sin más.

Como a ellos no les gustaba meterse en la vida del prójimo se limitaban a no faltar a la cortesía.

Si mi padre iba solo era peor. Cuando se cruzaba con alguien, o no respondían a su saludo o lo miraban con aprensión.

De ese modo transcurría el tiempo y yo crecía quedándome a cargo de mi abuela hasta que a los tres años ingresé en el colegio. Como a mi madre le era imposible llevarme y traerme, era la abuela quien se encargaba de hacerlo y de darme la comida. Eso sirvió para afianzar en las mentes del vecindario, la convicción de que era ella la que mantenía la casa y hacía las veces de madre. Sin que yo fuera consciente de sus manejos, la estaba sirviendo de palanca para socavar el honor de mi padre. Pero es innegable que fue la abuela quien me crio, tal vez por eso se desarrolló en ella un cariño hacia mí que no tuvo para con nadie más. Ni siquiera para el abuelo Rafa cuando falleció.

22

¿Cómo se puede explicar la impotencia, el desfallecimien-
to, las ganas de gritar cuando no puedes, las de llorar sin lágrimas? ¿Cómo hacerlo si no entiendes bien lo que está pasando,
si sólo sabes que la persona a la que quieres no va a estar más
a tu lado? Esa mezcla de rabia, de desesperación, el dolor
que late en la boca del estómago, la necesidad imperiosa de
desahogo, tal vez rompiendo objetos, los que sean, para liberar la furia que te corta el aire y hace que tu corazón lata tan
aprisa que se desboca como un potro.

¿Cómo puede una niña asumir esa primera verdad inmu-
table que viene a significar convivir con una herida que nunca
va a cicatrizar en una vida apenas iniciada?

Siendo adulto puedes blasfemar, refugiarte en la fe, elevar
la vista y preguntar a Dios por qué te carga con tal desgracia.
Pero con pocos años sólo sabes que el castillo de naipes de un
entorno que crees imperturbable se te viene abajo. Por eso,
cuando aquel día mi hermana y yo llegamos del colegio y mi
madre, tras llevar a Almudena a casa de una vecina, me dijo lo
que sucedía, me quedé muda, no solté una lágrima, sólo dejé
mi cartera y me refugié en un rincón de la entrada, sentada

en el suelo y abrazándome las rodillas, como perro apaleado, tembloroso y abandonado. Fue como si el mundo se hubiera derrumbado sobre mi cabeza.

Me olvidé de las buenas notas del examen de matemáticas y la banda azul con la que se destacaba a las mejores estudiantes, que había vuelto a conseguir. Un distintivo que sólo servía para alardear ante las compañeras y rezar el rosario diario en lugar de privilegio, en la primera bancada. Yo ya estaba acostumbrada a ganármela y no me hacía tanta ilusión, pero a mi abuelo... Él la recibía como un logro personal que le llenaba de alegría.

Pero acababa de irse, así que ¿a quién demonios importaba ya la maldita banda azul?

—Nuria, princesa, vete a casa de Carmen a jugar con tu hermana. Aquí no puedes estar.

Levanté la mirada hacia mi madre. Doliente, me dejaba para saludar al vecino que acababa de entrar, porque la puerta estaba de par en par, estrechando su mano. Tras él, la portera con cara compungida, que le dio dos besos. Mi madre los recibía con ojos enrojecidos y las lágrimas surcándole las mejillas. Me pareció un títere al que hubieran cortado los hilos y así me sentí también, sin fuerzas para levantarme.

El desfile de personas era constante: unos entraban con cara larga, me revolvían el pelo en una caricia repleta de lástima y otros salían con la mirada húmeda; los hombres movían la cabeza y las mujeres —todas con ropa oscura— se santiguaban.

—Era un bendito.

—Pobre hombre, ¿quién iba a decirlo?

—Dios siempre se lleva a los mejores.

Las frases me sonaban huecas, como si nada tuvieran que ver conmigo y con mi abuelo. De tanto escucharlas se me antojaron insoportables. Por momentos, quería irme a casa de la vecina, donde Almudena trasteaba, ajena a todo porque aún era muy pequeña, pero yo a esa edad era una personilla de mente afilada a la que no bastaba una respuesta sin más. Quería, necesitaba saber el porqué de las cosas, llegar hasta el fondo, desenredar lo que parecía un misterio, como la noche de Reyes del año anterior, en que una vez más interpelé:

—¿Cómo es posible que los Reyes Magos puedan repartir tantos juguetes en una sola noche, abuelo?

No era la primera ocasión en que le preguntaba. No me cuadraba, por mucho que los camellos corriesen; simplemente me parecía imposible, el mundo era demasiado grande.

—Porque son magos, Nuria, por eso pueden —me contestaba muy serio.

Yo ya estudiaba geografía e incluso quebrados, caray, así que a otro perro con ese hueso. La curiosidad me impulsó a levantarme esa noche. Vigilé que mi hermana estuviera dormida y bien dormida como nos habían recomendado, de otro modo los Reyes no nos dejarían regalos, y me levanté con el mayor de los sigilos. En el comedor había una luz tenue y mi corazón empezó a latir a mil por hora, entre el temor de que los Magos de Oriente me pillasen despierta y me castigasen sin regalos, y la necesidad de averiguar. Mis padres y el abuelo Rafa estaban colocando los pocos juguetes que habían comprado.

—Este año nos hemos pasado con los gastos, María del Mar. Y a usted, abuelo, se le han ido las propinas.

—Todo es poco para mis nietas, hijo, todo es poco —repuso él.

Lo entendí todo escuchándoles. Lejos de ver derrumbados mis sueños infantiles una corriente de agradecimiento hacia los tres se expandió por mi cuerpo como una marea cálida. No pude ocultar por mucho tiempo que había descubierto el secreto que tanto me hizo soñar, como a tantos y tantos niños, hasta escuchar incluso los cascos de los camellos. Ahora cobraban otro sentido las palabras de mi abuelo: eran magos, sí, pero eran ellos, los mejores magos del mundo. Por eso en la Navidad que llegó meses después de la muerte del abuelo, sólo pedí una pistola de plástico. Me gustaban los juguetes de chicos y renegaba de las muñecas que no me motivaban nada. Yo prefería jugar al balón prisionero o al rescate. Como en años anteriores la carta a los Reyes constituía una lista tan larga que a veces tenía que utilizar dos cuartillas, mis padres se intrigaron por tan brusco viraje. Hube de confesar que les había visto.

Con la muerte de mi abuelo me embargó igual ansia de buscar la verdad. Necesitaba cerciorarme de si él, realmente, ya no estaba conmigo.

Desde luego no tenía muy claro el significado de la muerte, pero sí sabía que cuando murió una compañera de colegio nos dijeron que Dios se la había llevado con Él y no volvimos a verla más. Si al abuelo se lo llevaba también Dios, ni Almudena ni yo volveríamos a subirnos a su espalda para peinarlo, ni nos traería más bambas de nata, ni nos contaría cuentos.

—Rafael se ha librado ya de Emilia y de las penurias de la vida —escuché que decía una vecina que se llevaba a matar con la abuela.

Discreto como era, mi abuelo murió como había vivido, sin un grito ni una mala palabra, en silencio, como lo había hecho todo. Un día estaba tan alegre y al siguiente no existía.

En tales momentos, aislada en el rincón, viendo pasar el incesante ir y venir de todo el vecindario, recordé sus muecas de burla a espaldas de la abuela cuando ya estaba un poquito chispa en el convite de mi Primera Comunión, a cuenta de mis zapatos.

La abuela decidió comprarme los zapatos para la celebración porque le gustaban a ella. No recuerdo si eran bonitos o feos, simplemente que eran blancos y que me hacían daño. Lo dije al probármelos, pero ¿por qué iban a hacer caso a una cría de pocos años?

—Te están como un guante —sentenció.

—Pero ¿cómo le van a ir como un guante si se está quejando la niña? —aventuró el abuelo.

—Anda, calla la boca. ¡Qué sabrás tú! —cortó ella. Y así salimos de la zapatería con la caja bajo el brazo.

En cuanto llegamos a casa hizo que me los pusiera para pasearme por la finca, puerta por puerta, mostrándome a los vecinos como un trofeo, haciendo hincapié en que ella, y sólo ella, los había pagado.

—¡Que me hacen daño, abuela! —seguía yo protestando.

—Calla, insolente —me regañaba, a lo que asentía la portera—. Si son preciosos.

Petra, la portera, era un bicho para los chiquillos de la finca, siempre imprecando:

—¡Niña, no juegues ahí! ¡No grites tanto! ¡Cerrar la puerta, que nos helamos! ¡Niño, a jugar a la calle!

Bajita, vestida de oscuro siempre, como un cuervo, de gesto avinagrado, con el cabello oscuro muy tirante y los zorros en la mano sacudiendo puertas y barandilla como si tuviera algo contra ellos. A mí me recordaba a la madrastra de Blancanieves. Era el azote de los críos y la Gaceta de los adultos. Desde ese día en que murió el abuelo me cayó aún peor, hasta el punto de llegar a desearle, lo admito con vergüenza, que hubiera sido preferible que fuera ella quien nos dejara.

Mezclando todas esas reflexiones, apartada en el rincón, rumiando una pérdida cuyo significado no entendía, la señora que vivía en la puerta continua a la nuestra, una beata de las que se vestían de negro riguroso y atravesaban el pasillo central de la parroquia de rodillas con el rosario en la mano dándose golpes de pecho, pero insensible a la necesidad ajena por muy menesteroso que fuera el pobre que solicitaba una limosna, se acercó a mí muy tiesa. Al verla se me vino a la cabeza lo que decía los domingos, cuando salía para ir a misa:

—Rezaré por vosotros, sobre todo por ti, Fernando, que eres un ateo.

—Rece, doña Jacinta, rece —contestaba siempre mi padre con una sonrisa irónica—, que falta nos hace.

Doña Jacinta inclinó su huesudo cuerpo y me tomó del brazo tirando de mí.

—Vamos, niña, ven conmigo a casa de Carmen.

Me deshice de la argolla de fríos dedos que me sujetaba y me enderecé.

—Quiero ver a mi abuelo.

—¡No digas majaderías, Nuria! Aquí estás estorbando.

Protagonicé tal alboroto que se me recordó hasta muchos años después.

Aún sigo sin explicarme lo que pasó por mi cabeza en ese momento, pero seguro que fue esa vena roja de la que a veces hablaba mi padre cuando se cabreaba. Toda la rabia, la impotencia y la pena se fusionaron en el volcán en erupción que era una niña como yo en su desamparo. ¿Quién era ella para intentar sacarme de mi casa? ¿Con qué derecho quería privarme de lo yo más deseaba, en ese momento despedirme de mi abuelo, mirarle a la cara por última vez antes de que ese Dios cruel al que todos nombraban con tanta ligereza se lo llevara definitivamente? Educada en el recato y los principios del respeto nunca debí rebelarme del modo en que lo hice, socavando la armonía vecinal por la que tanto se había luchado en casa. Me desagradaron sus maneras porque, en realidad, nunca me gustaron sus hechuras de bruja. Mi paciencia explotó:

—¡Aquí la única que estorba es usted! —grité a pleno pulmón, con los ojos saltones y roja de ira.

Casi le da un soponcio.

—¡Yo, que sólo estoy aquí para ayudar, que he echado una mano a tu madre para amortajar el cuerpo, que he rezado por el alma de tu abuelo! ¡Hay que ver la insolente! ¡Claro que no es de extrañar con la educación que recibes, que ni siquiera entiendo cómo te han dado la comunión!

La llamé algo muy gordo, fruto de las palabrotas escuchadas en boca de mi abuela, propensa a regalar adjetivos a todo el mundo. El caso fue que a las voces acudió mi madre y alguna otra vecina. Hubiera querido estrangular a doña Jacinta, pateado sus esqueléticas canillas enfundadas en medias oscuras, pisado el callo del que siempre se estaba quejando. Todo lo que hice fue aporrear la puerta con mis pequeños puños y la punta de mis zapatos de Segarra, que eran como acorazados.

—¡Quiero ver a mi abuelo! ¡Quiero verlooooooooooo! —chillaba fuera de mí, atizando golpes por doquier.

Mi pobre madre, deshecha por un dolor que se pintaba en su rostro, se puso de hinojos ante mí, tomó mi cara entre sus manos, unas manos tan frías como los sucesos del día, y trató de calmarme.

—Nuria, cariño, el abuelito está dormido.

—No. Está muerto, lo he oído —negué rompiendo, entonces sí, a llorar—. ¿Por qué se ha ido sin despedirse de mí?

—Nuria...

—Tengo que decirle adiós, mamá. Tengo que hacerlo —hipaba con desconsuelo—. No puede irse sin mi beso, ¿no lo entiendes? ¿Quién va a besarlo desde ahora?

Mi madre se abrazó a mí, convulsionándose por el llanto que se mezclaba con el mío, dando rienda suelta a nuestra pena. A ella acababan de robarle un padre; a mí, a un ser que, bajo mi prisma infantil, merecía no morir nunca.

Enjugándose las lágrimas se incorporó, me tomó de la mano y lentamente, como si nuestras piernas fueran de plomo, recorrimos el pasillo hasta la habitación donde habían instalado el ataúd.

Era la primera vez que yo veía una caja de ésas. Me pareció horrible. Grande, oscura, apenas si cabía en ella el grueso cuerpo de mi abuelo, que parecía encajado. Se me vino la idea de que no podía estar cómodo.

Mi aparición en el velatorio —en ese tiempo se hacía en las casas— debió sorprender a los asistentes, que me miraban atónitos. Mi abuela, tan enlutada como las demás mujeres, hizo intención de levantarse de la silla que ocupaba, pero la que estaba a su lado la retuvo. Elevé los ojos hacia mi madre porque no entendía aquella reunión de gente silenciosa y caras largas vestidas de negro, sentadas alrededor del féretro. Ni el motivo por el que grandes cirios ardían en la cabecera del cajón donde habían colocado al abuelo.

La ventana estaba cerrada, las cortinas echadas, impidiendo que entrara la luz del día, olía a cera derretida y a algo más que no identifiqué.

Y para colmo, habían cubierto el rostro de mi abuelo con un paño blanco.

—¿Por qué...? —no pude terminar. Mi madre me abrazó con fuerza por los hombros, se inclinó hacia mi oído y susurró muy bajito.

—Sé que eres valiente, Nuria, pero no deberías estar aquí.

—Tengo que despedirme —insistí, en el mismo tono tenue que ella empleara.

—Luego tendrás pesadillas, cariño.

—No.

—Tesoro, nunca has visto a alguien que se ha... que ha...

—¿Muerto?

La vi tragar saliva. Eché una ojeada a los presentes, todos pendientes de mí como si yo fuera un bicho raro, y de mi madre, a quien dirigían miradas inquisitivas. Una de las mujeres se levantó y se acercó.

—¿Te has vuelto loca, María del Mar? Saca de aquí a la niña.

La duda se apoderó de la cara de mi madre que se mantuvo en silencio y luego asintió. Me di cuenta de que me iban a prohibir hacer lo que yo estaba deseando. Terca ya desde pequeña me aferraba a lo que defendía con uñas y dientes, sin importarme las consecuencias. Sin que tuvieran tiempo de reaccionar me aupé sobre el ataúd y retiré el paño que cubría el rostro de mi abuelo querido.

Oí que gemían, no sé si fue mi madre, y la angustiada voz de mi abuela rezando.

Mi abuelo Rafael tenía el rostro morado. Me extrañó tanto que me quedé atónita. Una mano me agarró del brazo y tiró de mí. Me deshice del contacto como pude, sin apartar los ojos de una cara que siempre fue sonrosada, salpicada de ligeras venillas azules en las mejillas. Mil preguntas se agolparon en mi mente pero no busqué respuestas, no las necesitaba.

Estuviera como estuviese, la desagradable visión era un hombre al que quería. Apoyé mis pequeñas manos en el borde del ataúd, me incliné hacia él y deposité un beso en su frente.

Aún ahora sigo sin explicarme por qué no se me derramaban las lágrimas si me escocían los ojos a más no poder. Estaba aturdida, pero sobre todo cabreada, indignada. Me sentía víctima de un ultraje, pero no lo comprendí hasta mucho después, cuando pasó el tiempo.

—Nuria, por Dios... —rogaba mi madre.

Una vez logrado mi objetivo me quedé como una estatua. La mano arrugada de mi abuela volvió a tapar la cara de mi abuelo y entonces sí, clavando en ella mi mirada, viendo la suya acuosa, dejé que me sacaran del cuarto perdiéndose los cuchicheos a mis espaldas. Regresé al rincón de la entrada y volví a sentarme en el suelo. Nadie pudo moverme de allí.

Se decía que el abuelo había muerto por culpa de mi abuela.

—Lo ha matado ella —escuché musitar a la del primero cuando abandonaba la casa.

—Desde luego no le ha puesto una pistola en el pecho, pero dejarle bajar y subir tantas veces esta maldita escalera...

—Estaba grueso y a veces subía los cinco pisos congestionado.

Si fue culpa de la abuela o propia, acaso por acceder a alguna de sus peticiones, nunca lo supe. Pero lo cierto fue que el abuelo llegó a casa boqueando, se metió en el baño, se sentó en la taza y cuando se agachó para subirse los pantalones ya no le fue posible incorporarse.

—Tu padre estaba arreglando el piso del cuarto, el de don Sebastián —me explicó Carmen, la única que se avino a charlar conmigo y responder a las preguntas que le hice sobre lo que había pasado—. Le avisamos de inmediato. Subió a la carrera y entre él y mi marido llevaron a tu abuelo a la cama.

—¿Ya estaba muerto?

—No, cariño, aunque su corazón se había parado. Tu padre le aplicó masajes en el pecho intentando que volviera a latir. Nuria, olvida todo —me atusaba las trenzas con cariño—, el abuelito está ahora en un lugar mejor y es feliz.

—El abuelo es feliz aquí, con nosotros. ¿Dónde se lo van a llevar?

—Al cielo.

—Allí no conoce a nadie.

Ella calló, porque no se puede rebatir la fuerza de la razón por más que venga de una niña. O precisamente por eso.

Mi padre había conseguido mantener vivo al abuelo hasta la aparición del doctor, pero ya no había solución. Ahora estaba a mi lado, sin reparar en mi diminuta presencia ni en la de Carmen —parecía como ido atendiendo a un señor de traje oscuro y cabello engominado que olía a colonia, con una carpeta negra bajo el brazo.

—¿Han pensado ya en los recordatorios? ¿En las flores?

Me extrañó el tono hosco con el que mi padre, que siempre trataba bien a todo el mundo, le respondió:

—¡Haga usted lo que le dé la gana!

Era un agente de seguros de la compañía de entierro, agrió el gesto y se marchó. Carmen, por enmendar la respuesta, acompañó al tipo al descansillo.

Yo clavé los ojos en mi padre. Nunca le había visto tan hundido, con la mirada perdida, tambaleándose levemente. Entró en la cocina, se apoyó en el quicio de la puerta y yo me acerqué en silencio, tratando de pasar desapercibida, de no molestar, cantinela que se habían encargado de repetirme que era lo que estaba haciendo al permanecer en casa.

Al final del pasillo, dentro del cuarto donde se estaba velando, escuché que empezaban a rezar el rosario. Entonces me di cuenta de que ni siquiera había dicho una oración por el abuelo y se me vino a los labios el Padrenuestro, letanía que quedó interrumpida viendo que mi padre se acodaba en la ventana, se mesaba el oscuro cabello y se echaba a llorar. Su cuerpo se convulsionó en sollozos desgarrados, gacha su cabeza encogida entre sus hombros.

Hasta ese día, yo veía en mi padre un ser especial, un súper-hombre, un héroe como los de aventuras que el abuelo solía comprarme en el quiosco, mi *Capitán Trueno*, mi *Príncipe Valiente*, mi *Jabato*; capaz de todo, al que nada ni nadie podía doblegar. Pero le vi llorar.

En ese instante dejó de ser el paladín de tebeo para convertirse en un ser de carne y hueso como los demás, que sufría, al que los zarpazos de la vida habían herido ya demasiadas veces. Se volvió completamente humano a mis ojos de niña. Lejos de sentirme defraudada, me embargó un tibio sentimiento que me impulsó a quererle aún más y abrazarme a sus piernas.

Se agachó, me envolvió entre sus fuertes brazos y se tragó las lágrimas. Ese vínculo eterno que no necesita palabras para expresarse fue lo que me hizo comprender que el abuelo Rafa se había marchado para siempre.

Mi abuela, entretanto y sin soltar un quejido, cumplía con su rol de viuda desolada guardando el féretro de su marido, desgranando entre sus dedos las cuentas de un rosario. Yo sabía de su sentimiento de pérdida, aunque nunca vi que le diera muestras de verdadero cariño en vida. Puede que el resto del mundo no lo advirtiera, pero yo sí, lo vi en sus ojos. La conocía demasiado bien y su aparente insensibilidad no era más que una coraza tras la que se parapetaba. Si a los demás la vida les había propinado rasguños, a la abuela la había cosido a puñaladas. Hasta ella, distante y dura como el pedernal, tenía claro que acababa de morir un hombre bueno, su fiel esposo.

23

Una Lube fue el explosivo que desencadenó la disputa más gorda que yo nunca viese en casa.

Una Lube. Una motocicleta de pequeña cilindrada que en la actualidad sería una porquería pero que, en aquel entonces, resultaba de extraordinaria utilidad para los desplazamientos de mi padre.

A causa de su compra se desvelaron todos los trapicheos de la abuela y fue consciente del vacío que se le hacía en todo el barrio.

Mis padres volvían a casa y, en la esquina, entraron a comprar unos caramelos para mí y para mi hermana, golosa donde las hubiera, en la tienda de ultramarinos de Silvestre.

—Buenas tardes. Póngame doscientos gramos de Sacis, haga el favor.

El tendero, sin devolverles el saludo, tomó una bolsa de papel de estraza y fue echando puñaditos sobre el plato de la báscula. Entretanto, un par de parroquianas sobaban las patatas, por si les encontraban grumos, chismorreando en voz baja y mirando de soslayo a mi padre. Él se dio cuenta, como se la dio mi madre, y el tendero, tal vez por quitar hierro al asunto, preguntó:

—¿Qué tal el trabajo? ¿Chungo?

—Todo lo contrario, jefe. Ahora hay trabajo hasta aburrirse. ¿Tiene algún familiar que esté parado? En la pintura hay tajo para entrar mañana mismo, si se quiere —respondió, tendiéndole una tosca tarjeta que ofrecía a los clientes con la leyenda: Pinturas Marey.

El gesto del tendero fue de sorpresa a la par que de estupor. Las dos comadrejas se quedaron mudas y tres pares de ojos se clavaron en mis progenitores como si de alienígenas se tratara. El señor Silvestre balbució algo, atendió a las dos cacatúas, salió de detrás del mostrador y sujetando a mi padre de un brazo habló con él.

—Belmonte, el droguero, me decía que no era cierto, muchacho, pero su suegra, su madre —especificó dirigiéndose a la mía—, cuenta tantas cosas...

—¿Qué cosas?

—Bueno, ya sabe...

—No. No sé. ¿Qué cosas? —empezaba a tensarse como cuerda de violín, con un pálpito de lo más negativo.

—No le pinta a usted muy bien. Pues... que no trabaja..., que ella le ha comprado la moto..., que está pagándole las letras... Supongo que se trata de una confusión...

Dejó al tendero con la palabra en la boca, sin esperar siquiera a mi madre. Cuando se ofuscaba de verdad con algo, solía marcharse para que se le pasara el cabreo, que genio tenía. Y mucho. A largas zancadas llegó hasta nuestro portal subiendo los escalones de cuatro en cuatro. Por suerte, la abuela no estaba en casa aquella tarde, había quedado con una de sus múltiples amigas de ocasión a merendar. Ciego de ira, abrió el cajón de la cómoda, sacó todas y cada una de las letras de la maldita moto y volvió a la tienda. Al llegar, lanzó los papeles sobre el mostrador. Mi madre seguía allí, pálida, incapaz de moverse, escuchando al tendero, que se deshacía en disculpas.

—No tengo por qué hacer esto, pero ahí están, todas la puñeteras letras. Haga el favor de mirar el titular y la firma.

—Hijo, yo no...

Mi padre era sanguíneo, como yo; recogió la documentación, agarró a mi madre del brazo y dejó plantado al buen señor.

—¡La mato, María del Mar! ¡De ésta te juro que la mato!

—¡Corrompe! ¡Corrompe! —repetía la vecina con la que mejor nos llevábamos al enterarse del asunto, cabizbaja y avergonzada de tanta vileza como si ella fuera la culpable. ¡Qué razón llevaba Rafael!

Mi padre no la mató. No por falta de ganas: mi abuela merecía eso y mucho más, se hacía digna del garrote vil varias veces al día. Pero mi madre, mi hermana y yo estábamos por medio. Se tragó la bilis, se fue a dar una vuelta en solitario lejos del barrio y regresó a casa, pasada la medianoche, herido pero más templado.

El señor Belmonte, que más de una vez comentase al de ultramarinos que mi abuela era una bruja y mentía más que hablaba, era el dueño de la droguería donde mi padre y su socio encargaban las pinturas para las obras. Él sí sabía lo que mi padre trabajaba, el material que consumía —cada vez más a medida que los encargos aumentaban—, y el modo religioso en que pagaba todas y cada una de las facturas.

A partir de ahí, droguero y tendero se convirtieron en la punta de lanza que destruía el tejido insidioso que mi abuela fue construyendo. Tenían el púlpito que otorgaban los mostradores y la atención de los parroquianos, sus propios clientes, para desmontar la imagen de la abuela, la pobre impedida, que había hecho de su sacrificio bandera, y restituir el buen nombre de su yerno.

Poco a poco, día tras día, mis padres empezaron a notar un cambio en la actitud del vecindario. Al principio les saludaban con la cabeza mohína, como si les diera vergüenza; luego, al ver que ni uno ni otro parecían reprocharles su conducta anterior, fueron tomando confianza.

—Si ya lo decía yo —se comentaba en la escalera, en corrillos, haciendo compañía a la portera mientras ésta sacudía con ganas los zorros sobre las puertas—. Si es que no era posible. Un muchacho tan guapo, tan limpio siempre, tan educado, que se ve que quiere a sus hijas y que bebía los vientos por el pobre Rafael, que en paz descanse.

—Yo vi desde un principio que todo era una patraña —juraba otra, más cotilla que la anterior—. Mira que miente esa mujer. ¿Por qué querrá tan mal al chico?

—A mí Belmonte me ha abierto los ojos —intervenía una tercera—, reconozco que estaba ciega.

—Pues a mí me ha asegurado Inés, la mujer del acomodador del cine, que cuando van a la sala son como dos tórtolos, siempre haciéndose carantoñas y de la mano. Creo que él la mira de un modo que enternece. Se ve que son dos almas gemelas.

Total, que mi madre pasó de ser una pobre víctima a la que sacudían tres veces por semana a la princesa de un cuento de hadas que había pescado al príncipe encantado. Y mi padre, de maltratador y borracho a santo varón. Sin escalas.

Aun así, mi abuela nunca careció de audiencia porque siempre había naturalezas que se prestaban a su cháchara por el precio de un café o unos pasteles.

Pero ya sin credibilidad, sólo por mero interés.

Seguía acudiendo a la droguería donde mi padre compraba el material, se sentaba en una silla que ocupaba el dueño cuando no había clientela, al final del mostrador y empezaba con la retahíla de turno. Belmonte, mientras despachaba, se encargaba de contradecir cuanto ella narraba, evitando mirarle a la cara porque era una de las mejores clientes, le compraba puros cada dos por tres y no era cuestión de enemistarse abiertamente con ella. La abuela se despachaba a gusto y cuando ya había soltado toda la metralla se despedía y se iba tan ufana.

—¡Hala! Pues hasta mañana, que se está haciendo tarde.

Tuvo conciencia real de que sus fábulas caían en saco roto una tarde en que contaba la última supuesta pifia de mi padre en la lechería. Aún me acuerdo del establecimiento: cuadrado, pequeño, con un insignificante mostrador, al que yo acudía regularmente con una lechera de aluminio. La leche estaba casi recién ordeñada y los huevos que vendían eran gordísimos.

—Son de pava, Nuria —me decía la dueña satisfecha y fanfarrona cuando yo hacía referencia a que muchas veces tenían dos yemas.

Bien, pues de ese local tuvo que irse mi abuela humillada porque el dueño la puso de patitas en la calle.

—Es usted una mala pécora, Emilia. Haga el favor de no volver por aquí nunca más.

Luego nos enteramos que también acabó por darle con la puerta en las narices una prima que tenía, llamada Nati, bien casada y con dinero. Apenas me acuerdo de aquella mujer a cuya casa me llevaron los abuelos alguna vez, pero sí de un salón demasiado recargado, oscuro, que olía a humedad, de las galletas que solía ponernos para merendar y que siempre me decía que yo era un poco mohína. Nati hacía años que no veía a mis padres, pero les conocía bien y, lo que era mejor, sabía de qué paño era mi abuela. Imagino que acabó hartándose de escuchar tanta pamplina.

Estos desplantes a los que no estaba acostumbrada enconaban aún más las relaciones en casa. Desgraciadamente no desaparecían a medida que el tiempo pasaba, era al contrario.

Yo salí siempre en defensa de mi padre, con el ímpetu de una niña de pocos años al principio y con la sorna de una adolescente más tarde. Cuando pasaba eso, ella me miraba dolida y yo me apenaba; intentaba comprender por qué actuaba así, pero se imponía la rabia que me hacía sentir su comportamiento con mi padre. ¿Cómo podía amargar la vida de su propia hija de esa manera? ¿Qué mecanismos retorcidos hacían que alguien tan necesitada de compañía y apoyo físico excluyera de sí a los más próximos?

—Nuria, ¿echamos una partida a las cartas? —preguntaba sumisa, actitud que nunca practicó.

—Tengo que estudiar.

—Sólo una.

—¿Por qué no vas a jugar con tu prima Nati? ¿O con la portera de enfrente? —La reprendía yo—. Así puedes seguir soltando culebras por la boca.

Luego lamentaba mi comportamiento tan hiriente.

A pesar de estar convencida de que estaba haciendo teatro, se me encogía el corazón al verla bajar la cabeza y secarse las lágrimas con el pañuelito que siempre llevaba guardado en la manga del vestido. A mi cerebro acudía todo cuanto había sufrido, su cojera, el miedo que había pasado en la guerra, las penurias de la posguerra, la pérdida del oído, y algo se removía en mis entrañas. Cedía, claro, porque mis padres siempre me enseñaron a no hacer leña del árbol caído.

—Haz bien y no mires a quién, Nuria —solían decirme.

No acababa yo de comulgar con ese proceder. ¿Por qué se debía ser generoso con quien se mostraba intolerante, como era el caso de la abuela? Entonces me daba cuenta de que tampoco yo era justa porque no quería ver que estaba frente a una persona atormentada que se recubría de frialdad y desprecio para protegerse. Por otro lado, me resultaba sorprendente que fuese yo la única que podía mandarla directamente al infierno sin que ella me pusiera en su lista de enemigos con una cruz negra. Nos unía un lazo invisible desde mi nacimiento. Yo lo intuía y lo sentía, por eso cuando me desesperaban sus mentiras, valiéndome de ese cariño, le dejaba las cosas claras, a sabiendas que le causaba dolor. Era una venganza muy pobre, pero no tenía otra.

Siempre terminaba dejando los libros a un lado y aceptando una tregua. Por el rabillo del ojo veía que la mirada de la abuela cobraba un brillo especial y una lenta sonrisa hacía más pronunciadas las pocas arrugas de su rostro añejo.

—¿Te parece un parchís?

—A lo que tú quieras, Nuria.

—Prepárate, porque esta tarde te voy a comer todas.

—Vamos a verlo —decía, colocando con dedos tan ágiles como los de una adolescente las fichas amarillas que solía elegir. Como si nada hubiera ocurrido.

—Mira que eres mala, abuela.

—Como Dios me hizo.

—Si un día te muerdes la lengua, te envenenas —la picaba, moviendo el dado en el cubilete por ver si me salía un seis.

—¿Que quieres ir a la verbena?

—No te hagas ahora la sorda, que me has entendido perfectamente.

Callaba y tiraba. En cuanto podía comerme a mí y hacerme trampas al contar volvía a ser esa mujer dicharachera de sonrisa fácil y mirada pícara a la que yo quería pero que casi nunca salía a la luz. La chulapona que había sido de joven, decidida y con arrestos, a quien los años habían ido arrebatando una alegría que alababan sus amigas de otro tiempo. Ésa era la mujer que yo hubiera querido conocer.

—Has contado de más, no seas tramposa.

—He contado veinte.

—Veintitrés, abuela —colocaba yo su ficha donde correspondía.

—Hija, eres un hueso.

—Tengo a quien parecerme. ¿Ves este lunar? —Señalaba yo mi sien—. Igualito al tuyo, a veces pienso que he heredado tu mala sangre.

—Pues ya podías haber heredado mi fuerza de voluntad, que falta te va a hacer en la vida, porque da muchos palos, Nuria, más de los que una puede aguantar —decía con tristeza, mostrándome sus manos cubiertas de las manchas oscuras de la vejez—. Sin carácter, no eres nada. La vida se burla de nosotros, niña, de unos más que de otros, así que hay que hacerle frente y echarle cojones.

Cuando la escuchaba decir eso, recordaba al abuelo. Él sí que los echó soportándola hasta que murió. Y se me hacía un nudo en la garganta recordándole. Le echaba terriblemente de menos.

24

Carmen Sevilla se alzaba en la España de los sesenta como el número uno en ventas con una canción cuyo título iba que ni pintado para mi abuela:

Eres diferente, diferente
Al resto de la gente, que siempre conocí...

—¡Mira que canta bien esta muchacha! —se entusiasmaba escuchándola, con la oreja pegada a la radio emitiendo a toda pastilla.

—Acabará por dejarnos sordos a todos —protestaba mi padre, intentando concentrarse, en vano, en las piezas de un despertador que fallaba—. ¡María del Mar, dile a tu madre que baje ese cacharro, por todos los infiernos!

Mi madre se lo insinuaba por señas y ella, como era así, no sólo no bajaba la radio sino que elevaba más el tono, por jorobar más que por otra cosa.

—No tenéis ni puta idea de lo que es el arte, claro que... ¡qué se va a pedir a unos zoquetes como vosotros! Peras nunca ha dado un olmo. Esta voz hay que escucharla alto, que hay pocas como ella. ¡Y callaros, que no oigo!

La cantante y actriz, casada con Augusto Algueró, compositor de referencia entonces, era una de sus preferidas junto a Lola Flores, *La Faraona*, la inigualable Sarita Montiel y Paquita Rico. Emilia seguía cada detalle de sus vidas que los noticiarios y las revistas se encargaban de airear. Para ella, no había nada más grande que *Violetas Imperiales,* donde Carmen Sevilla se enamoraba del cantante Luis Mariano; *María de la O,* de la Flores; *El último cuplé,* de la Montiel, o *¿Dónde vas, Alfonso XII?,* con Paquita Rico de cabecera. No se sabía las canciones más que a tramos, pero tarareaba todas mientras cosía, repitiendo los estribillos una y otra vez hasta sacarnos de nuestras casillas.

La radio era para mi abuela el elixir que alentaba sus días y como, además, la había comprado ella, no había modo de que la apagara mientras estaba en casa, aunque no la escuchara. Recuerdo que todas las tardes, sin faltar una, cuando yo era aún pequeña, se acomodaba junto al aparato y sintonizaba Radio Madrid. A las cinco en punto sonaba una musiquilla endulzada amenizada por las voces de Juana Guinzo y Matilde Conesa, entre otras, dando vida al serial radiofónico que mantenía en vilo a cientos de miles de mujeres y por el que suspiraban y lloraban como nunca en la historia de la radio: *Ama Rosa.*

A veces, si no tenía que estudiar, me sentaba junto a mi abuela para escuchar las desventuras de Rosa Alcázar que escribían Guillermo Sautier Casaseca *y* Rafael Barón. Todo el mundo hablaba del serial pero yo no estaba al tanto, así que ella se encargaba de ponerme al día de las desventuras de la protagonista.

—Al creer que va a morirse, da a su hijo en adopción. Pero luego resulta que no, que se salva, y no puede recuperar al chaval.

—¿Por qué? Si no se ha muerto...

—Hija, pues porque el niño ha ido a parar a una familia de mucho rango y postín y no quiere que sea un desgraciado como ella. Por eso se calla y busca contratarse con esa familia para ser su ama de cría.

—¡Ah!

—Pero valiente desagradecido es el hijo —me confesaba bajito, para que no la escuchasen—. Un mamonazo que tiene de todo pero que le hace sufrir lo indecible a la pobre mujer.

La abuela no lloraba ni aunque la estuviesen quemando viva, como suele decirse, pero con aquella radionovela se soltaba la peineta dando rienda suelta a las lágrimas como si le fuera la vida en ello, hasta le daba el hipo del disgusto. Cuando acababa el capítulo se iba al baño, se lavaba la cara y regresaba como nueva.

—Mira que da gusto llorar a moco tendido, chiquilla. Es un alivio.

—Pues también son ganas —rezongaba mi padre.

—¡Qué sabrás tú, si no tienes sensibilidad! —La sartén le decía al cazo, aparta que me tiznas—. Ni nada de lo que hay que tener, seamos claros.

—Emilia, no me caliente.

—¡Anda, déjame en paz! Pretender que entiendas tú una novela es como echar pasteles a los cerdos. Nuria, ¿qué haces aún sin arreglarte? No, si te tendré que estar esperando toda la tarde.

A falta de su leal acompañante, mi abuelo, ahora era yo su lazarillo. A mí, que me gustaba echarme una siestecita cuando podía, algo imposible con la radio a todo meter y bajo la tiranía de la abuela, protestaba:

—¿Para qué tengo que arreglarme ahora?

—Vamos a casa de Cayetana.

—¿Otra vez?

—Las que hagan falta. Venga, muévete que se nos hace tarde.

—Pero si estuvimos la semana pasada.

—Calla y arreando, que es gerundio.

La abuela formaba parte de ese grupo de gente que, si se

cae el techo de su casa, no les pilla dentro. En cuanto terminaba su novela, ponía pies en polvorosa, arrastrando con ella al abuelo... —Cuando vivía, siempre renegando el pobre hombre: que si no le dejaba descansar, que si tenía que soportar a las pedorras de sus amigas, que si se gastaban un dineral en pasteles y taxi va, taxi viene, que si ni siquiera le dejaba probar una copita de vino dulce—. Luego me tocó el turno de acompañarla a mí.

La muerte del abuelo había supuesto para ella una inyección de libertad, como si al ver el final más de cerca hubiese determinado aprovechar el tiempo que le quedaba con más bríos. Por otro lado, había cobrado el seguro de vida del abuelo. Cien mil pesetas de la época nada menos. Un buen pellizco si se tiene en cuenta que mi madre ganaba 105 pesetas a la semana. Así que empezar a gastar a manos llenas todo fue uno. Con los de fuera, eso sí, no con los de casa.

¡Qué buena falta nos hubiera hecho una ayuda por su parte! Pero mi padre se resistió a pedirle un duro aunque el jornal se les fue en medicinas para mí tras detectarme una gastritis de esas que no daban tregua.

—Prefiero robar a pedir un céntimo a semejante arpía —rebatía él a la insistencia de mi madre—. Mira lo que te digo, María del Mar, antes prefiero robar.

Al ser yo la nieta mayor, y estando mi hermana Almudena en la lista negra de la Corrompe desde que nació —nunca entendí el motivo de esa inquina—, en vida aún de mi abuelo, yo había sido un entretenimiento para ellos dos, el juguete del que presumían ante las amistades. El abuelo porque gozaba llevándome consigo a todas partes; ella porque veía en mí un trofeo que ganar a mi padre. Fui una niña melindrosa a la hora de las comidas, siempre ponía pegas, casi nada me gustaba, un suplicio para mi madre que apenas conseguía hacerme engullir dos bocados seguidos. Me resarcía cuando salía de visita o de paseo porque entonces no tenía más que pedir y me lo daban. Chorizo frito, calamares, morcilla. Lo que se me antojara. Ni mis abuelos, ni yo, ni mis padres, que no tenían idea de lo que yo comía fuera de casa, fuimos conscientes de que esa alimentación era puro veneno.

Empecé a vomitar todo cuanto comía. Sin saberlo, a punto estuve de irme al otro barrio.

—Son los nervios —recriminaba a mi madre la abuela—. Si es que a nadie se le ocurre dejar que la niña haga lo que le dé la gana, por el amor de Dios, que no sé en qué estás pensando, María del Mar. Apenas sabe limpiarse las narices y tú le das cumplimiento en todo.

—No son nervios —me defendía yo, acaloradamente—. Es que me duele el estómago.

—¡No te va a doler! Hasta el alma debería dolerte, pero no a ti, sino a tu madre, por burra.

—Cariño, ¿no habrás cogido frío?

—No, mamá. Ya sabes que me tapo muy bien y me pongo la bufanda.

La molestia remitía y a otra cosa, a veces estamos a punto de morir y a la media hora sanos y correteando como lebreles. Me seguía doliendo el estómago, pero para evitar oír las monsergas de la abuela, ocultaba el malestar. Lo que no pude ocultar fue la pérdida de peso. Yo era flaca como un hueso de pollo, en eso había salido a mi padre que, siendo un crío, hasta le daba vergüenza ir al río con los amigos porque se le notaban las costillas. Lo malo fue que la delgadez persistía hasta alarmar a todos.

—No se preocupe usted, señora, su hija está perfectamente, no tiene nada. Es terquedad. Lo mejor que puede hacer es darle huevos fritos, verá cómo dentro de poco empieza a engordar.

El facultativo de turno de la Seguridad Social vestía bata blanca como algunos de sus colegas, pero ahí acababa toda similitud, porque de medicina no tenía ni pajolera idea.

Mi madre siguió al pie de la letra la dieta que el zoquete recomendó para mí: huevos fritos.

—Mire usted, señora, ya le he dicho que su hija no tiene más que ganas de hacerse notar —insistió el médico cuando volvimos a la consulta—. Acabo de examinarla otra vez y está sana como una manzana. No come porque no quiere y ustedes deben obligarla.

Lo hacían. En especial mi abuela. Las reuniones alrededor de la mesa empezaron a ser una verdadera batalla campal: mis padres hasta acabaron intimidándome para que comiera y yo me resistía como gato panza arriba porque el organismo me lo rechazaba.

—¿Qué quieres, Nuria? —repetía mi madre, alarmada por mi desgana, a la vez que las visitas al inodoro para vaciar mi estómago de lo poco que ingería, aumentaban—. Si no te gusta esto, dime qué te apetece, cariño.

—Nada.

Hubiera pedido caviar y me lo habrían comprado aunque no estuviera a nuestro alcance. Aun así, y quitándoselo ellos de la boca unas veces, comprándomelo mi abuela a escondidas otras, para que no pensara nadie que se estaba ablandando, trataban de complacerme con alimentos de calidad. Apenas lo probaba, de carrera al servicio con unas arcadas que me dejaban medio muerta. Vuelva al ambulatorio y así una y otra vez.

Comenzaron a plantearse acudir a un médico privado, la cuestión era cómo pagarlo porque mi padre seguía emperrado en no pedir dinero a mi abuela. El tarugo que me había atendido no acertaba a dar con lo que tenía y mis padres desesperaban: no sólo no ganaba peso, era todo hueso, con ojeras cada vez más pronunciadas, apenas me apetecía bajar a la calle a charlar con las amigas después de estudiar.

Pero siempre aparece algún rayo de luz entre las tinieblas. Tal vez por eso, por aquellos días, mi padre acabó la obra que tenía entre manos junto a su socio en la casa en la que había estado trabajando los dos últimos meses.

El dueño, las manos cruzadas a la espalda, paseaba por las distintas dependencias, inspeccionando el resultado. Ellos, un paso detrás, esperaban su comentario de aceptación, orgullosos como pocas veces de la labor encomendada: acabados perfectos y pintura tan satinada que las paredes asemejaban espejos.

—Magnífico —comentó por fin su empleador—. Nunca he visto nada tan bien rematado, muchachos. Vosotros dos sí que sabéis lo que es hacer un buen trabajo. Pienso recomendaros. Venid mañana a mi despacho —les tendió una tarjeta— y liquidaremos, ¿os parece bien?

—Como usted diga.

En la tarde del siguiente día mi padre se personó, con traje pero sin corbata —afirmaba que no estaban hechas para él—, en el segundo piso de una finca de la calle Velázquez. Llevaba en su mano la tarjeta de visita que le entregaran el día anterior, un poco sobada de tantas vueltas entre los dedos, donde se anunciaba lo que confirmaba una placa dorada en la puerta: Nicolás Céspedes. Era un especialista en el aparato digestivo.

Habían quedado en hacer un trabajo en una propiedad cuyo dueño les había contratado. Aparte de eso, nada más sabían de él. Una vez enterado mi padre de su profesión, vio el cielo abierto: le pediría consejo sobre lo que me aquejaba.

La consulta destilaba clase. Parqué, paredes de madera, sillones de piel, óleos magníficamente enmarcados, un par de lámparas de línea moderna, jarrones de cristal. Sí, la consulta olía a dinero. Y a recepcionista de campeonato, una señorita que le recibió ataviada con bata blanca bajo la que pugnaban unos senos de los que quitan el aliento a un hombre.

El doctor Céspedes hizo pasar a mi padre con modales cordiales y campechanos al despacho donde atendía a sus pacientes.

—Siéntate, siéntate. ¿Has traído la factura?

—Sí, señor.

Se la tendió por encima de la mesa. El doctor echó un vistazo rápido al desglose de partidas, asintiendo complacido.

—Ni un duro más de lo que se acordó.

—Bueno, sí... Si usted se fija, hay alguna lata más de pintura...

—Eso son pequeñeces, hombre. ¿Quién os va a poner pegas por un poco más de pintura cuando habéis dejado el piso como el palacio de Versalles? —Se apresuró a zanjar la diferencia el médico al tiempo que abría el cajón de su escritorio—. Mi mujer está como loca, anoche mismo quiso ir a verlo. Ahora dime: imagino que para vosotros es mejor cobrar en metálico que un cheque.

—Si a usted le viene mejor usar la chequera...

—¿Me creerás si te digo que la odio? Me paso el día extendiendo recetas con letra de médico, como ya supones, y no me libro de lo que se dice, que escribimos como lo haría el diablo y no hay quien nos entienda. —Se echó a reír—. No es el primer cheque que me devuelven los del banco.

Sacó una caja pequeña, la abrió y volviendo a dar un vistazo a la factura, separó los billetes necesarios. Los dejó sobre la mesa y empujó el montoncito hacia mi padre, que los tomó, guardándoselos en el bolsillo interior de su chaqueta. No respiraría tranquilo hasta ingresar el dinero en el banco. Se incorporó, tendiendo la mano al médico.

El doctor Céspedes no se la estrechó, sino que volvió a hurgar en la caja para poner sobre la mesa seis billetes de cien pesetas, uno a uno.

—Eso es una gratificación para ti y tu socio, por lo bien que habéis trabajado, rápida y profesionalmente. Por cierto, me vas a pasar una tarjeta; ya me encargaré yo de hacerla circular entre mis amistades y conocidos que, no me cabe duda, usarán de vuestros servicios a no tardar.

La propina era muy generosa, inusualmente abundante. Mi padre tomó sólo tres de los billetes y le dijo:

—Le doy las gracias en nombre de mi socio, doctor, y por supuesto del mío, pero... —empujó las trescientas pesetas que le correspondían hacia él. Céspedes enarcó las cejas, sorprendido por un rechazo que no esperaba—. Yo preferiría, en lugar del dinero, un favor de usted.

—Tú dirás. Pero toma asiento, hombre, que no hay prisa.

No tengo consulta hasta dentro de media hora, así que hablemos. —Se levantó para acercarse a un armario bajo, colocado justo debajo de una ventana—. ¿Una copita de coñac?

—No, muchas gracias.

—¿Anís, tal vez? —Abrió el frontal mostrando un limitado, pero selecto muestrario de bebidas—. A estas horas de la tarde, suelo concederme un capricho.

—No bebo, doctor, pero se lo agradezco igualmente.

Después de servirse un dedo escaso de licor, volvió a sentarse y se retrepó en su butacón.

—¿Y bien...?

—Me preguntaba si usted querría ver a mi chica.

—¿Qué le pasa?

—No come apenas y vomita todo. Lleva tiempo así y el médico del ambulatorio dice que es cosa de cabezonería, pero yo no lo veo claro. Dura ya demasiado y se está quedando en los huesos.

Céspedes consultó la agenda de la cabecera de la mesa. Infló sus ya regordetes carrillos rascándose a la vez una incipiente calva con su estilográfica. Mi padre le contó después a mi madre que no le llegaba la camisa al cuerpo esperando su respuesta. Cabía dentro de lo normal que en el entorno que desarrollaba su profesión se me quitara de en medio con una excusa —cavilaba—. No formábamos parte de la orilla adinerada que solía llevar a los hijos al colegio en un coche conducido por chófer, atendidos por criadas que se venían a Madrid huyendo del pueblo. No éramos de los que enviaban a sus cachorros a revisión acompañados por un sirviente —la madre tenía hora en la peluquería y el padre estaba demasiado ocupado en sus negocios—. En la otra orilla, la de los menos favorecidos, santuarios como aquella consulta estaban vedados y debíamos conformarnos con lo que había, que ya era mucho según el Gobierno.

—¿Puedes traérmela el miércoles, a las seis de la tarde?

—Por supuesto.

—¿Cómo se llama tu chica?

—Nuria.

—Entonces, hecho —anotó mi nombre—. Procura estar en punto, me gustaría hacerle algunas pruebas.

—Mil gracias, doctor, no sabe cómo se lo agradezco.

El día de la cita, mis padres apuraban los minutos para no llegar tarde y yo renegaba por volver al médico, circunstancia esta que, como a cualquier persona, no me gustaba nada.

El doctor Céspedes me pesó, me auscultó y finalmente me hizo tomar una papilla asquerosa, que parecía yeso, para diagnosticar una gastritis.

—Está muy avanzada. Hay que tratarla de inmediato, pero debéis saber que la medicación es cara.

—Lo que sea, doctor —no lo dudó mi padre.

—Quiero volver a verla el mes que viene. Y no te preocupes de nada, forma parte de tu gratificación, ya lo sabes —extendió las recetas con rapidez y antes de dárselas le miró fijamente—. Yo, que tú, denunciaría a ese matasanos que la ha estado tratando.

—¿Quién me va a hacer caso? Todos sabemos que el Colegio de Médicos...

—Puedo ayudarte en eso.

—Lo pensaré, doctor. Muchísimas gracias por todo.

Céspedes se levantó, se acercó y me puso la mano en el hombro. Era su rostro el de un ser bondadoso, de ojos claros, al que perdoné de inmediato que me hiciera tragar la vomitiva papilla.

—Nada de picantes, señorita, ni de chocolate o Coca-Cola. ¿Me lo prometes?

Tuve que asentir un poco renuente, pero lo que manda el médico va a misa.

Mi padre no denunció al final al médico de la Seguridad Social por no meterse en papeleos. Lo que sí hizo fue ir al ambulatorio, entrar en la consulta como un ciclón, agarrar al mequetrefe por las solapas de la bata arrastrándole por encima del escritorio y soltarle un sopapo de los que hacen época. El paciente a quien atendía, boquiabierto, no reaccionó, pero la enfermera empezó a gritar como si la estuvieran matando.

Al alboroto que se montó acudió una pareja de la Policía Nacional que estaba de ronda y se lo llevó detenido.

Cualquier ciudadano de a pie temblaba en presencia de los grises; mi padre no era menos, pero ya no había vuelta atrás, al matasanos le había sobado la cara, se había quedado muy a gusto, y ahora había que pechar con las consecuencias.

—Pero, hombre de Dios, ¿cómo se te ocurre atacar a un médico? ¿Te has vuelto loco? —le reprendía uno de los policías de camino a la comisaría—. Te va a caer una buena, muchacho.

Mi padre les contó durante el trayecto. La fortuna le sonrió a él y, de paso, a toda la familia, a escasos metros del cuartelillo. Los policías se frenaron, hablaron entre sí y decidieron:

—Márchate. Que no vuelva a verte por el ambulatorio. Reconozco que si le hubiera hecho eso a mi hija, yo le habría pegado un tiro. ¡Vamos, largo! —le instó quien antes le recriminara.

El coste de las medicinas agotó los magros ahorros de mis progenitores. ¡Cuántas veces se fue mi padre a la obra con sólo una taza de malta La Braña en las tripas y un par de Celtas en el bolsillo como único vicio! Sin consentir, eso sí, que a mi abuela se le dijera una palabra del costoso tratamiento porque nada quería de ella.

Fueron malos tiempos. Mientras, la abuela se gastaba el dinero a manos llenas en sus amistades, pastelerías y taxis. Y en el telero, que ésa es otra historia.

25

Hubo un telero, sí.

Un mocetón alto, elegante, de unos treinta y tantos años, cabello rizado color canela y sonrisa de encantador de parroquianas. Se dedicaba a la venta de telas y ropa confeccionada a domicilio, un oficio hoy extinto. Debía rendirle exiguos beneficios, pero tenía una clientela más o menos fija a la que solía visitar regularmente. A casa venía una vez al mes. Mi abuela se encaprichó de él.

—Pasa, Paquillo, pasa. Ya te echaba de menos, huevón. Si no hubieras estado pelando la pava con la novia, otro gallo te cantaría...

—Señora Emilia, usted siempre igual, ¿eh?

—Si yo sé cómo son esas cosas, hijo, si lo sé. Que he sido joven también, qué me vas a contar a mí. Aquí donde me ves he tenido varios novios y maridos. Siéntate, que he traído unos pasteles que te vas a chupar los dedos.

Paco saludaba y se acomodaba, dejando la abultada cartera que le acompañaba siempre a los pies de la mesa. La abuela era lo más parecido a una mariposa trajinando a su alrededor, poniéndole un cojín en la espalda, que el pobre chico andaba todo el día de acá para allá, subiendo y bajando escaleras. Sacaba la bandeja de pasteles que encerraba con llave en la cómoda de su habitación para evitar que mi hermana o yo les metiéramos mano antes de tiempo, y se la ofrecía junto a una botella de Veterano que iba aligerando con un par de copas en cada visita. Allí no probaba un dulce ni san Pedro hasta que Paco no metía mano a la bandeja.

—Bueno, cuenta. ¿Cómo van los preparativos de la boda?

—Pues van, doña Emilia, que no es poco. Ya sabe usted que se gana una miseria con este trabajo y todo está por las nubes —se quejaba él poniendo cara de circunstancias—. Las huelgas no ayudan en nada y los de la fábrica están pensando si dar el cerrojazo o no. Otra cosa sería si España estuviera en la Comunidad Económica Europea, pero ya sabemos todos que mientras que Franco siga escondiendo la mano y no haya más libertad...

Paco no estaba afiliado a partido político alguno, según decía él, pero el tufillo de sus ideales se arrimaba al Partido Comunista y todos lo sabíamos. Ésa era una de las causas por las que mi abuela se pirró por el telero, que le hablaba de Rusia y su tan cacareada revolución. Maná para ella. Congeniaron de inmediato una tarde en que coincidieron y allí mismo le encargó tela para un par de vestidos, un juego de sábanas y toallas suficientes como para atender a un hospicio. Religiosamente, se pasaba por casa cada treinta días y de allí salía con nuevos encargos. El lado bueno del asunto es que la abuela le compraba cualquier cosa que le mostraba, ya fuesen telas oscuras adecuadas para su edad, de lunares o enaguas. Al final acababa todo en manos de mi madre, que se confeccionaba algún vestido para ella o para mi hermana y para mí.

Almudena y yo odiábamos ir vestidas iguales, sobre todo yo siempre intentaba escabullirme cuando mi madre nos sacaba unas faldas a cuadros escoceses que nos había hecho con un retal regalado en la Iglesia.

La cuestión era que mi abuela gastaba un dinero en telas

que nos era necesario para otras cosas, pero a la postre, aunque en casa no daba ni un duro con la cara del Caudillo, como ella decía, teníamos para ir tirando.

La abuela nunca supo vivir sin unos pantalones a su alrededor. Y yo no acababa de entender su obstinación por reírle las gracias al telero. El chico me caía bien, se portaba con mucha corrección cuando venía de visita, gastaba bromas con mi hermana y conmigo, era un encanto con mi madre y charlaba con mi padre de la situación del país cuando coincidían. Me gustaba escuchar su voz, serena, cultivada, quizás un punto demasiado suave. Hablar era una parte de su oficio, sabía el modo de adular a la clientela, como muy bien comprobábamos frente a mi abuela a quien doraba la píldora a las mil maravillas.

—Mercedes me ha dado recuerdos para usted, señora Emilia.

—Se los devuelves, hijo, se los devuelves. Que te vas a llevar una joya, ya lo verás. A ver si te casas pronto, que ya estoy deseando ir a la boda, porque estaré invitada, ¿verdad?

—¡Qué cosas tiene usted! —Se echaba a reír sin retirar la mano que ella le tenía cogida y sobre la que daba palmaditas cariñosas ante la turbia mirada de mi padre, al que una se le iba y otra se le venía siguiendo el coqueteo descarado de la suegra—. ¿A quién mejor voy a invitar que a usted? Eso no hay ni que preguntarlo. Lo que pasa es que por ahora no tenemos dinero suficiente para alquilar un piso, tendremos que esperar.

Lejos de sentirse como una intrusa, la abuela alardeaba de su amistad con aquel muchacho, de conocer incluso a la mujer con la que tenía previsto casarse.

—Venga, venga, tómate el Veterano, olvida los problemas, que todo tiene solución —le animaba—. Ya te presentaré yo a un par de clientas más, malo será que no te hagan algún pedido.

—Pues a eso vamos. —Se agachaba y ponía sobre la mesa la enorme cartera—. Le he traído unas combinaciones de nailon que son una maravilla, señora Emilia. Nos las acaban de enviar desde París.

Debían de ser de allí por el precio que marcaban, pero a mi abuela le daba igual si venían desde Navalcarnero, se las ofrecía Paco y con eso estaba todo dicho. Creo que hasta le hubiera comprado un cinturón de castidad de habérselo ofrecido.

Paco hizo el agosto, valga la expresión, en nuestra casa. Merendaba a cuenta de la abuela —bien aquí o por ahí, cuando quedaban en la de alguna conocida—, admitía regalos buenos y cobraba, con dinero contante y sonante, jugosas propinas incluidas. Sólo se podía actuar así pensando que todos éramos idiotas o, simplemente, le importaba un ardite lo que pensáramos, pero cada vez que el telero venía dejaba sus guantes sobre la mesa —no se me van de la memoria, grandes como sus manos y de color canela—, junto al lateral que ocupaba mi abuela. Indefectiblemente, en cada visita, los retiraba junto a un billete en el interior, que ella metía con todo descaro enmascarando la maniobra como si calibrase la talla de los mismos.

Mi padre, atento a la solapada manipulación, le daba un disimulado codazo a mi madre; ella agachaba la cabeza y hacía que no lo veía. Se avergonzaba de la actitud de la abuela, se ponía enferma con sus dispendios, pero callaba como calló siempre, aguantando sin una queja.

Paco dejó de venir tiempo después, cuando por fin contrajo nupcias, con media casa puesta gracias a las parroquianas que, aparte de comprarle telas, colaboraban de otro modo a cambio de sus cucamonas y sus chistes. Empecé a entender qué era eso de vivir de las mujeres.

La abuela sólo recibió una nota por correo, que me leyó en voz alta, mesándose un cabello que se le venía a la cara.

Mi queridísima señora Emilia:

Desearé que al recibo de ésta se encuentre usted bien, nosotros bien gracias a Dios —encabezamiento casi obligado en aquel entonces—. Me han ofrecido un trabajo en una empresa de telares en Barcelona, por lo que nos trasladamos allí a finales de esta semana. Entiendo que la distancia será un impedimento para venir a la boda, por lo que no insisto, aunque a Mercedes y a mí nos hubiera encantado tenerla a nuestro lado.

Dios guarde a usted muchos años. Suyo afectísimo,

FRANCISCO

Eso era todo, ni una triste palabra de agradecimiento por todo lo que había hecho por él, ni una simple mención al lugar, día y hora de la celebración. Una maniobra burda que llevaba implícita la nula intención que tuvo de invitarla.

Mi abuela, que era un bicho, pero de tonta no tenía ni un pelo, no pasó por alto una bajeza tan mezquina y montó en cólera.

—¡Será cabrón! —explotó, rompiendo el papel en pedazos y arrojándolos al fogón.

Luego, muleta en ristre, se fue a su cuarto y sacó de su cómoda las combinaciones que le había comprado en la última visita. No se salvó ni una, todas acabaron hechas jirones ante mis asombrados ojos.

Entre aquel aprovechado, sus amigas de ocasión, las invitaciones por doquier, los taxis por aquí y allá, el dinero se esfumaba casi antes de cobrar. Aun así se negó a modificar sus hábitos de gasto. Había fundido el seguro de vida del abuelo, pero a la postre le quedó una pensión de viudedad que tampoco era una minucia. Podía seguir gastando.

—Arréglate, niña, que nos vamos a la calle.

Sábado por la mañana, día de sol —lo mismo daba que cayeran chuzos de punta—, y un paquete ya envuelto encima de la cama de mi abuela. Los preparaba siempre con papel de embalar, bien atado con cuerdas. Yo ya sabía nuestro destino: una calle estrecha, un edificio oscuro, unos minutos de espera, el cambio de mano de una papeleta junto con algunos billetes y, después, a tomar chocolate con churros a una cafetería cercana con el dinero caliente en el bolso negro que colgaba de su brazo. En cuanto cobraba la pensión, el mismo recorrido de vacío para recuperar lo que había empeñado. Siempre la misma rutina. Siempre la misma ruta. De poco servía desempeñar la cadena de oro con la medalla, los pendientes, las sábanas o las mantelerías; todo volvía a entrar por la ventanilla enrejada a mediados de mes. El Monte de Piedad de Madrid era el recurso de urgencia para conseguir dinero rápido.

—Lo que son las cosas, Nuria, hija —comentaba ella, apoltronada en el asiento del autobús que nos acercaba a nuestro destino. A la abuela, por su muleta, siempre le cedían el asiento; si no lo hacían, ya se encargaba ella de airear su bandera de tullida hasta que alguno se daba por aludido y se levantaba—. Con lo poco que a mí me gustan los curas y tener que estar ahora yendo y viniendo al Monte, que lo fundó un sacerdote aragonés, según dicen, hace un huevo de años, seguro que cuando España estaba mejor que ahora. Aragonés tenía que ser, ésos sí que los tienen bien puestos.

La Institución benéfica y social se nutría en buena parte de particulares que cedían donativos; nunca se cobraban intereses por los créditos otorgados a los madrileños que aguardaban su turno frente a las ventanillas. La papeleta de empeño había que guardarla como oro en paño si se quería, más tarde, recuperar las joyas o ropa cedidas en custodia.

A mí me desagradaba la calle, el edificio, la sala donde se esperaba, fría e impersonal, dando alas a la curiosidad que iba desde los paquetes apilados al fondo a las caras largas, desvaídas, derrotadas de quienes aguardaban turno a nuestro lado. No era raro que algunos se saludaran y comentaran entre sí a base de verse una y otra vez allí.

Con el crédito a buen recaudo, enfilaba mi abuela hacia nuestra siguiente parada: la cafetería.

—Un par de chocolates y dos de churros, Alfonso.

Al contrario que el Monte de Piedad, ese café añejo, rancio, de veladores de mármol grisáceo, incómodas sillas de hierro negro y lámparas amarillentas de luz siempre encendidas, atendido por unos camareros tan prehistóricos como el local mismo, que lucían mandil blanco hasta por debajo de las rodillas y olían a fijador del cabello, pulcramente pegado a las sienes, era uno de mis lugares preferidos.

—Para mí un vaso de leche, por favor —rectificaba yo, muy seria, dirigiéndome al camarero.

—No sabes lo que te pierdes, Nuria, aquí sirven el mejor chocolate de todo Madrid, me río yo del de San Ginés.

—Ya sabes lo que me dijo el médico: ni chocolate, ni Coca-Cola.

—Los médicos con unos gilipollas. Si no, mira cómo he acabado yo después de pasar por el quirófano no sé cuántas veces.

Callaba yo, digiriendo lo que decía mi abuela. Había pasado lo suyo en manos médicas y no iba al doctor más que, como ella solía bromear, para hacerles gasto. Adquiría en la farmacia las medicinas que le recetaban, llegaba a casa, leía el prospecto y arrugaba el ceño.

—¡Esto es una mierda! —Era una de sus frases de cabecera.

Los medicamentos solían acabar en el cajón de su mesilla o en el cubo de la basura. No había por qué esmerarse, la Seguridad Social se los daba gratis.

Se me iban los ojos a la taza de chocolate humeante que le servían a ella y me conformaba con mi vaso de leche. Muy a mi pesar, la envidiaba sus vaivenes mojando los churros con verdadero deleite para llevárselos a la boca chorreantes, jugosos, crujientes, bien impregnados en la masa que olía a gloria bendita.

Acabado el desayuno, dejaba una buena propina y salíamos a la calle para parar el primer taxi que pasaba. Aparatosos, grandes, negros, con su conductor de chaquetilla azul ataviado con gorra. Me gustaba abrir los asientos plegables que estaban colocados frente al principal y sentarme en ellos. Viajar al revés hacía que me viera a mí misma como la princesa de un cuento en su carroza.

—Llévenos a Cardenal Cisneros, buen mozo —pedía la abuela.

26

Disfrutar de las prebendas de acompañar a mi abuela en sus correrías, implicaba también tener que soportar otras cosas. Si a alguna de sus amigas se le ocurría decir que yo parecía un fideo, ella se fijaba como primera meta pasarse por la farmacia para comprar aceite de hígado de bacalao que luego se empecinaba en darme —y me daba— a la fuerza, por más que yo me resistiera como una fiera. O la maldita agua de Carabaña, una purga.

Mi hermana se lo pasaba en grande cuando nos veía pelear, a ver quién ganaba. El único consuelo que me quedaba era que ella, cuando a la abuela se le emperejilaba, también tenía que tragarse las pócimas. Entonces era yo la que reía.

—Traga, no protestes, que el agua de Carabaña es buenísima para ir al retrete —nos decía.

¡Y tanto que lo era! Apenas tomabas esa guarrería te faltaba tiempo para salir corriendo al lavabo.

¿Qué decir si regresábamos de la calle con un golpe? Es que tanto mi hermana como yo éramos unos potros sin domar, unas salvajes, unos marimachos, como solía llamarnos la abuela. A decir verdad, raro era el día en que no regresábamos a casa con una rodilla averiada, un buen porrazo o una magulladura. No había tobogán que se me resistiera, cuerda por la que no trepara o terraplén por el que no me arrastrara para demostrar que ahí estaba yo, la más valiente. Y Almudena, para castigo de mi madre, me imitaba en todo.

—Ven para acá, que yo lo arreglo en un periquete —allí estaba la abuela con sus remedios.

Linimento Sloan al canto. Según ella, no había mejor remedio para curarle a uno los dolores: nos aplicaba unas friegas con aquel bálsamo que olía a demonios dejando las sábanas impregnadas de tal modo que aparecíamos al día siguiente ante las amigas oliendo como apestadas. Mi madre renegaba, pero cualquiera se enfrentaba a mi abuela cuando decidía ejercer de enfermera; en resumen, era yo la que pagaba siempre el pato con plumas incluidas cuando tenía que lavar la ropa de cama, por cabestro y por haber inducido a mi hermana a juegos de chicos.

No todo era malo. Junto a tales ungüentos y purgas acompañaba también, de vez en cuando, un dedo de Quina Santa Catalina, un reconstituyente muy común que no faltaba en ninguna casa y que estaba de chuparse los dedos.

El único que se atrevía a decir a mi abuela que el linimento Sloan olía a centellas era su amigo Miguel, un tipo notable. Yo le conocí pegado ya a una silla de ruedas que dominaba con soltura y con la que trajinaba por las calles para ganarse unas pesetas: vendía cerillas y cigarrillos por unidades, que transportaba en un cajón de madera acoplado sobre las rodillas. Residía en un asilo, cerca de la antigua plaza de toros de Vista Alegre.

—Fue destruida en la Guerra Civil —decía él con la vista clavada en sus muros—, no quedaron ni los rabos de los toros. ¿Te acuerdas, Emilia?

—¡Por descontado que me acuerdo! —Asentía la abuela liándole con bastante estilo cigarrillos de tabaco picado que iba dejando en un montoncito—. ¿Cómo no hacerlo? Tenía yo dieciséis años cuando se celebró la corrida a beneficio de la Prensa de Madrid. Me colé con Amalia para ver en paseíllo a Bombita, Machaquito y Gaona, toreros con un par de bemoles. La han reconstruido, sí, pero la plaza no es la misma, ha perdido la gracia sin torres ni grada cubierta.

—Entonces estábamos todos un poco jodidos, sin un puñetero duro.

—¿Entonces? Pues igual que estamos ahora, Miguel. ¿De dónde te crees que venimos la chica y yo? Pues de empeñar las cuatro sábanas que me quedaban nuevas y la medalla de la Virgen del Carmen.

—¿La que te regaló Rafael?

—La misma.

—Es una lástima.

—De lástima nada, que ésa la recupero yo en cuanto cobre la paga, ahí se la voy a dejar a esos pájaros. La medalla y los pendientes —se tocaba las orejas— se vienen conmigo a la tumba, ¡por ésta! —Cruzaba los dedos índice y pulgar y se los besaba en señal de juramento que habría de cumplir.

Nunca acabé de saber cómo se conocieron ambos ni el motivo de tan larga amistad. Miguel no se adaptaba al tipo de hombre que le gustaba a mi abuela: era pequeño, de rostro curtido y renegrido, ojos diminutos aunque sagaces, manos apergaminadas y sonrisa torcida. Pero era un señor divertido, dicharachero, que siempre me hacía reír con sus historias.

—Gracias por los piñones, muñeca.

Siempre me decía lo mismo cuando le entregaba el cucurucho que la abuela había adquirido para él previamente. Era un obsequio obligado y nunca, en todas las visitas que yo recuerdo, dejó de comprárselos, como si así renovara el nexo que les unió en otros tiempos más felices, cuando ambos eran jóvenes, llenos de vida, rebosantes de ilusiones que el paso de los años había ido consumiendo.

Lo mejor de esas tardes llegaba al rememorar zarzuelas a las que asistieron. Para asombro y regocijo de los viandantes que paseaban por el parque, se arrancaban a dúo emulando a Julián y Susana, protagonistas de la *Verbena de la Paloma*:

> —¿*Y si a mí no me diera la gana*
> *de que fueras del brazo con él?*
> —*Pues me iría con él de verbena,*
> *y a los toros de Carabanchel.*

Intercambiaban una mirada de complicidad y se echaban a reír. Emilia le palmeaba la rodilla con cariño y movía la cabeza de un lado a otro, con los ojos al frente, enredados, supongo, en la maraña de un pasado que veía ahí pero que quedaba muy lejos.

A mí me abochornaba que la gente se parara unos segundos pendiente de ellos, pero también me encantaba la entonación de sus voces cascadas, porfiando en la imitación chulesca con que se cantaba en la zarzuela en particular.

A veces se ponían a hablar aplicando términos absolutamente desconocidos para mí, obligándome a prestar la máxima atención por ver si conseguía traducir alguna de las palabras.

—Tienes la *babosa* hecha un asco, Miguel —comentaba ella, recolocándole el cuello de la camisa—. ¿Es que no te lavan la ropa en el asilo?

—Calla, mujer, calla. La hermana Teresa es una bendita, nos atiende a todos lo mejor que puede.

—Pues los *calcos* están sucios. Anda, trae que les doy un repaso antes de que te vuelvas.

Le quitaba un zapato, sacaba un pañuelo de su bolso, escupía un par de veces y se ponía a frotarlo con esmero, dejándolo reluciente, para luego repetir la operación con el otro.

—La semana pasada me quemó los *alares* al plancharlos. No veas el disgusto que se llevó, la pobre mujer.

—En cuanto cobre te compro unos nuevos, que tú eres un empresario, no puedes ir por ahí hecho un desastre.

La risa atacaba a Miguel, ya que toda su empresa se basaba

en una caja de madera donde ofertaba sus exiguos productos de tabacalera. Me llamaban la atención, sobre todo, esas manos marchitas salpicadas de mil manchas que exhibía mientras hablaba, jugando con la caja que contenía las piedras de mechero que hacía sonar. Al despedirnos de él, siempre me obsequiaba con unas cuantas para mi padre.

Una tarde me atreví a preguntar a Miguel el motivo por el que se encontraba en una silla de ruedas. De haber sido otro, tal vez, me hubiera ganado un cachete, pero ese hombre me tenía cariño, decía que mis visitas con la abuela eran como un rayo de sol para él. Tomó mis manos entre las suyas, manos ásperas y rugosas, arrugó la nariz con gesto pícaro y me contestó:

—Fue un toro, hija, un toro.

—Fue tu mala cabeza —rezongó mi abuela.

—La juventud hace locuras, Nuria —prosiguió él—. Barbaridades que no sabes medir, pero que luego traen consecuencias.

—¿Te corneó?

—Sí. Yo no había cumplido los veinte años, tenía toda la vida por delante y me iba bien trabajando con mi padre en una tienda de zapatos. Pero tenía una ilusión: los toros.

—Y fuiste a una plaza.

—Me hubiera gustado, claro que sí. —Reía él, quizá para espantar que su temeridad con los astados le había costado la movilidad de las piernas—. Saltar a una plaza hubiera sido la culminación de mi sueño, hubiera dado cualquier cosa por pisar la arena. Pero no fue así. Con unos cuantos amigos burlé la valla de una finca, en la provincia de Toledo.

—¡Menuda gilipollez! —apuntilló Emilia.

—Yo manejaba el capote con mucho garbo, no creas. Bordaba las verónicas. Los amigos me animaban y yo me creía el «rey del Mambo». Me arrimé demasiado, el animal se me arrancó de pronto y yo me encontré rodando por el suelo a su merced, con una cornada en la que se me iba la vida. Aún no me explico cómo consiguieron sacarme de allí, ni cómo me llevaron al hospital.

—Seguramente porque te protegía la Virgen de los idiotas —no se cortaba la abuela—. ¡Hay que jorobarse, con lo buen mozo que eras!

—Lo sigo siendo, ¿no? —bromeaba él.

—Ahora eres un viejo chocho, como yo, que ya estamos para pocas nueces, Miguel, hablemos claro. Pero hubo un tiempo en el que podía haberme enamorado de ti.

—Siempre has estado un poco enamorada de mí, bruja, dime si no por qué sigues viniendo a verme —se jactaba.

—¡Anda y que te den, calzonazos! —Reía ella—. Hubiéramos hecho una pareja que ni pintada, yo coja de una pierna y tú de las dos.

Dejamos de ir a verlo tras la carta que mi abuela recibió de sor Teresa, la monja de la que Miguel hablaba siempre maravillas. La vi dudar antes de rasgar el sobre y sacar una cuartilla pequeña, como si una sombra negra sobrevolara el papel. Le temblaron los dedos leyendo y sus ojos se cubrieron de lágrimas contenidas que no dejó escapar. Luego la rompió en mil pedazos.

—No iremos más a ver a Miguel, Nuria —dijo simplemente.

Intuí que había muerto. Ella no me lo dijo, pero lo supe. Le recordé esa noche y muchas otras, a solas, en mi cuarto, porque significó la pérdida del afecto de un hombre de risa fresca y chascarrillo fácil.

Nunca volvimos a sentarnos con él a las puertas de la plaza de toros. Ni a comprarle piñones.

27

En la España de 1964 no se hablaba de otra cosa que no fuera el bronco partido jugado por nuestra gloriosa Selección de Fútbol comandada por un Luis Suárez impresionante que, a fe de los entendidos, era de los mejores de la época, y la de la Unión Soviética, y que acabó con la victoria de los nuestros por dos goles a uno, para anotarse la primera Copa de Europa de Naciones. No había tertulia de bar o reunión familiar donde no saliera a relucir el nombre de Suárez junto a otros como Pereda, Marcelino, Amancio o Rivilla.

Cosa grande esa del fútbol, que dejaba de lado realidades de enorme peso y trascendencia: que miles de españoles seguían abandonando la tierra patria para buscar trabajo fuera de nuestras fronteras, que la diplomacia de Moscú no dejaba de enviar señales a Pekín para que quitara los ojos de Siberia o que la carrera de armamento afectaba ya prácticamente a los cinco continentes. Para el ciudadano normal poco importaban ese tipo de noticias porque, ¡joder!, habíamos ganado la Copa de Europa en un Bernabéu abarrotado donde cuatro años atrás se habían negado a jugar ambas selecciones por sus diferencias políticas.

El azul franquista casaba fatal con el rojo bolchevique.

El estadio, hasta la bandera, presidiendo en el palco de honor un Generalísimo con semblante serio que sólo dulcificó al amparo de un resultado favorable. La propaganda del Régimen no economizó medios para dar bombo y platillo al acontecimiento, porque además de ganar en lo deportivo se había derrotado a la perfidia comunista, con lo que se seguía alimentando el espíritu ideológico de los vencedores de nuestra Guerra Civil, desviando la atención de los problemas en los que el país estaba sumido.

En las esferas del poder se sabía lo mucho que había que tapar: la impunidad jurídica de la oligarquía dominante, el control ejecutivo de los tecnócratas del Opus Dei que gobernaban con la aquiescencia del clero, la red de tráfico de recién nacidos amparada, cuando no inducida, por las propias clínicas de maternidad que comunicaban a los padres la muerte de su bebé... Por eso, al pueblo, pan, toros y fútbol, y alguna otra noticia que nos ponía en el mundo. ¿Que se ha encontrado petróleo en España, en la comarca de La Lora? ¡Pues mira qué bien, a ver si nos llega algo!

Hasta en casa, donde mi padre pasaba del fútbol olímpicamente, se habló de la tan cacareada Eurocopa. ¡Como para no hacerlo en cuanto la abuela se enteró de que los que jugaban en nuestra contra eran ni más ni menos que hijos de la Madre Rusia!

Allá donde ibas, el mismo tema de conversación, el remate de Marcelino, un gol como no se había visto otro. El amor patrio nos salía hasta por las orejas y no era para menos.

En casa de Cayetana no se hablaba del deporte del balompié, gracias a Dios.

Cayetana era otro de esos personajes un tanto estrafalarios con los que mi abuela tenía cierta amistad y con los que yo, por ende, tuve contacto. Portera de una finca de la calle Cardenal Cisneros, se trataba de una mujer alta y delgada como un junco, cabello canoso recogido siempre en un moño, mirada huidiza y labios que parecían un tajo en su rostro enjuto y pálido. Nunca la vi vestida de otro color que no fuera el negro total porque era viuda, y las viudas en esos días tenían que ir del negro más absoluto sí o sí, salvo que se arriesgaran a que sus convecinos las mirasen con mala cara, o no las mirasen. En este caso, en su trabajo de portería, le daba más aire de respetabilidad.

Yo dudaba de si a la abuela la acogía con agrado por su antigua amistad o por la bandeja de dulces con la que siempre hacíamos acto de presencia porque, indefectiblemente, dejaba escapar un suspiro de alivio cuando nos despedíamos.

—Emilia, qué sorpresa, no te esperaba hoy.

Daba la impresión de ser una coletilla de recurso, ya que siempre decía la misma frase al vernos aparecer. Se arrimaba a un lado, no sin antes hacerse cargo de la bandeja de pasteles, y nos dejaba paso a un cuchitril que no tendría más de nueve metros cuadrados, amueblado tan sólo por una mesa camilla, un armario que debía de ser de la época de Carlos V —no por su valor, sino por lo deteriorado que estaba y la mugre que lo cubría—, y un brasero que no se encendía por más que estuvieran cayendo chuzos de punta en la calle.

A la portería solía acudir un vecino al que llamaban Chato; mi abuela decía que había sido minero en Asturias, pero que por razones de salud se había afincado en Madrid donde su mujer y él encontraron trabajo en los Almacenes Arias, en la céntrica calle de la Montera.

—Desde que enviudó no sale de aquí el pobre hombre —me explicó una vez, esperando el taxi de costumbre para volver a casa—. Felisa, su mujer, tuvo un infarto sobrevenido a consecuencia del incendio de los almacenes, donde trabajaba aquel día. Se quedó como un pajarito en el portal y costó sudor y lágrimas subirla al piso, porque la condenada pesaba lo suyo. Cayetana es incapaz de despacharlo, aunque no habla más que para despotricar del Caudillo. Cualquier día tendrán un disgusto, y de los gordos.

En ese cuartucho deslucido, poco aireado, con olor a humedad, pasé, sin embargo, buenos ratos. Me hacía gracia observar a la hija de Cayetana y a su marido; si la portera era un personaje casi esperpéntico, ellos dos no lo eran menos. A Adela, así se llamaba la hija, sólo se la podía conceptuar como anodina, tan delgada como su madre pero más baja, de cara más rellena y cabello cobrizo, algo rizado, e igualmente vestida de luto hasta las bragas.

A mí ya me ha parecido siempre una memez tener que ir como una cucaracha por haber perdido a un pariente. El dolor se lleva por dentro, en el alma, sin necesidad de exteriorizarse, como yo lo llevaba por mi abuelo Rafael, pero el maldito «qué dirán» pesaba socialmente como una losa, ciñendo el ansia de libertad de las huérfanas, ahogando el lícito impulso de volver a vivir de las viudas. Hasta mi abuela, nada más enviudar, se enfundó en ropajes negros. Ella, que se saltaba las normas a cada paso y se ponía el mundo por montera. Aún me parece estar viéndola, junto a mi madre, tiñendo algunas prendas en un balde grande. De todos modos, la abuela no guardó luto demasiado tiempo, convenciendo a mi madre para que hiciera otro tanto.

Agustín, el marido de Adela, era tan insignificante como su esposa. Bajito, delgado, con una buena mata de pelo negro y más feo que Picio. Buena gente, pero tan falto de luces que a veces me encrespaba los nervios.

—¿Con quién iba a casarse el pobre desgraciado? —rezongaba mi abuela ante mi comentario—. Anda que menudo elemento ha ido a encontrar Adela; claro que tampoco ella es una mocetona como para conquistar a un buen bigardo, que parece que la hicieron llorando.

—Pero se llevan bien.

—Claro que se llevan bien. Ella lela y él lelo y medio. Sin oficio ni beneficio, ya lo ves, no sirve para nada. Ahí, la que corta el bacalao es Cayetana, que les lleva por donde quiere. ¡Hay que tener cuajo para vivir a expensas de lo que gana con la portería! Hay hombres que más que hombres parecen perros falderos, Agustín bien podría ser uno de los gatos de mi amiga, sólo le falta el cascabel.

En verdad que en la portería olía a gato que tiraba de espaldas; el olor, mezclado con el de la humedad que corroía los bajos de las paredes, se hacía insoportable en verano. Aun así, chascarrillo por aquí, cotilleo por allá, pasábamos tardes doblando prospectos para no sé qué empresa farmacéutica, única manera de olvidarlo.

—Nuria, léenos algún prospecto mientras doblamos.

—Abuela...

—Anda, mujer, anda, demuéstrales lo bien que lo haces. Han vuelto a darle un sobresaliente en literatura, ¿os lo he dicho? ¿De quién era el trabajo que hiciste en el colegio, niña?

—De Calderón de la Barca.

—Ése. Un sobresaliente, nada menos —proclamaba orgullosa, como si hubiera sido ella quien hiciera el examen—. La única que vale de toda la familia, porque lo que es mi otra nieta...

Sí, encontraba cualquier ocasión para meterse con Almudena.

—Almudena saca mejores notas que yo en su curso —defendía yo a mi hermana, que una cosa es que estuviéramos siempre a la gresca las dos, como suele pasar entre hermanos, y otra, muy distinta, que la abuela la dejase por mema delante de extraños.

Lo que mi abuela y el resto de la familia no supieron nunca es que en el ejercicio que puntuaba para las notas finales no me habían pedido a don Pedro Calderón, sino a Luis de Góngora, del que debo reconocer que no tenía ni pajolera idea en ese momento. A mí se me atragantaba la asignatura de literatura, me parecía aburridísimo tener que aprenderme la vida y obras de esos señores, pero era cierto que con mi buena retentiva conseguía excelentes resultados. Como de Góngora no recordaba ni dónde había nacido, en ese examen tiré por la calle de en medio, me dije que no perdía nada porque el cero ya lo tenía ganado y así, como de despiste, desplegué en los folios lo que sabía de Calderón. Escribía rápido y entregué el examen al catedrático —un hueso duro de roer que se paseaba por el aula con aires de sargento para ponernos nerviosas—, mucho antes que el resto de las chicas. El señor Blanco, así se llamaba, tenía la costumbre de no dejar salir a nadie del aula hasta que todos hubieran terminado, de modo que regresé a mi pupitre y esperé. Al ver que empezaba a leer mi examen me dio un vuelco el corazón.

—Cero patatero, cero patatero —me decía yo con un nudo en la garganta.

Entre otros muchos, podría haber pasado desapercibido pero así ya era imposible, el condenado lo estaba ya puntuando y buscando seguramente las faltas de ortografía donde cargaba las tintas y cateaba a media clase. No sé si es que me vio la Virgen de Fátima o tuve ayuda de la de Lourdes, pero lo cierto es que cuando acabó de leer, lo hizo a un lado y fue recogiendo los que le iban ya entregando mis compañeras. Cuando hubo tenido todos en su mesa —situada sobre un estrado para impresionar más—, dio permiso para que saliéramos. Traté de escabullirme, sin lograrlo.

—Nuria.

La expresión aquella de que los dedos se te hacen huéspedes, nunca fue tan cierta. Me acerqué a él con la presión enorme de salir corriendo hacia el lavabo y orinar.

—Diga usted, señor Blanco.

—¿Puedes decirme de qué autor he preguntado yo en el examen?

Lo miré con los ojos como platos, como si no entendiera la pregunta y en ese momento la vena artística heredada de mi abuela afloró oportuna como nunca.

—De Calderón de la Barca —respondí con todo el descaro del mundo, no me quedaba más que seguir la farsa.

—No. Era de don Luis de Góngora.

Abrí la boca como pez fuera del agua. La cerré. Volví a abrirla. Cero patatero, cero patatero, cero patatero... repetía mi cabeza. La había cagado, pero bien.

—Lo siento. Yo...

—Se ve que has estudiado —dijo él cortando mi atropellada disculpa, regalándome una sonrisa que sólo se guardaba para los mejores alumnos—. No has dejado nada por poner de don Pedro, hija. Nada. Tus trabajos suelen ser buenos, pero en estos años de profesor no había visto un examen tan completo y sin una sola falta de ortografía. Te felicito. Voy a olvidarme del despiste, está claro que ha sido eso. Hala, puedes irte.

Cuando nos dio las notas y vi aquel sobresaliente no me lo creía.

Haciendo caso, por tanto, a la petición de mi abuela, tal vez en penitencia al engaño que nunca confesé, leía yo el prospecto del medicamento que nos tocaba plegar esa tarde.

—El ácido acetilsalicílico es...

—¡Coño con la palabreja! Sáltate eso —decía la abuela.

Yo buscaba entonces las contraindicaciones.

—No se debe administrar a pacientes con hemofilia, alérgicos o intolerantes a los salicilatos, asmáticos o con broncoespasmos. Existe riesgo de sangrado intestinal...

—Déjalo, déjalo, Nuria, que me estoy empezando a poner mala escuchándote. ¡Va a tomar más aspirinas el Caudillo! Anda Chato, háblanos de tus tiempos de revolucionario que ésos aburren pero no tienen efectos secundarios.

Doblaba yo el prospecto con toda la calma, mordiéndome el carrillo para evitar echarme a reír. Mi abuela me pillaba haciendo esfuerzos por mantenerme serena, me echaba una mirada de reproche y decía por lo bajo:

—Ya te daré yo, tunanta.

28

La amistad más chocante de mi abuela fue, sin lugar a dudas, su amiga de siempre, Amalia.

—1944 fue un año terrible, Nuria; nos marcó la vida a muchos madrileños, una de ellas la mía. —Intentaba Amalia retener el dique de lágrimas que se rompía en sus ojos reconstruyendo en su memoria cómo el destino la privó del premio de envejecer junto al que fuera su esposo—. Mi Constantino falleció en el hundimiento del edificio que se construía en la calle Maldonado.

—Menudo desastre —asentía mi abuela—. Murieron más de cien obreros y no sé cuántos quedaron mal heridos. A saber con qué materiales estaban haciendo la obra.

—Un hombre tan bueno... ¡Tan bueno! Era feliz con poca cosa, él leyendo la columna de los combates de Paulino Uzcudun —más tarde supe que fue un famoso pugilista que en el año 1926 conquistó el título europeo de pesos pesados—, ya tenía suficiente.

—Para el carro, Amalia, para el carro. Que también te sobaba el morro —no se contuvo la abuela con muy mala leche—. Que cuando llegaba borracho el muy c...

—¡Emilia, por Dios!

—Era como mi Paco. Y ¿sabes lo que te digo? Que bien muertos están los dos.

—¡Emilia! Te vas a condenar. Vas a ir al infierno por decir esas cosas.

—Sí, a las calderas de Pedro Botero, no te fastidia. Pobre de él si caigo por allí, soy capaz de caparlo. Anda y que te ondulen. Tu bendito Constantino era un borracho y te ponía los cuernos con el primer pendón verbenero que se le cruzaba en el camino. Tú eras entonces idiota, que te matabas a trabajar o te abrías de piernas cuando te lo pedía. Vas a negarme ahora lo que han visto mis ojos...

Amalia suspiraba, dando respuesta asintiendo cabizbaja a su amiga de siempre, dejando por un momento la mirada perdida en el infinito para después, con una nueva inspiración, extender una mano y tomar una pasta para mojarla en el café. Ya llevaba más de una docena, aunque no parecía darse cuenta. O sí se la daba, pero no iba a reprimir la voracidad que siempre mostraba cuando venía a vernos. Era una mujer entrada en kilos, yo siempre la vi así, oronda, mofletuda, achaparrada, todo lo contrario a la abuela que, a pesar de los años, se mantenía firme como un junco, con las carnes prietas ancladas en robustas pantorrillas que seguían confiriéndola ese andar de chulapona que siempre tuvo.

Curiosa vieja amistad entre ellas, porque eran totalmente opuestas. Amalia era sensible, de carácter afable, a la que nunca escucharías un exabrupto, siempre con una sonrisa en la boca, un cumplido para todos. La antítesis de la abuela, que se caracterizaba por una actitud permanentemente agria, rácana en parabienes que entregaba a cuentagotas, la más de las veces, por cierto, al que menos se los ganaba.

Amalia y su hija, María, que ya había pasado la cuarentena, tiesa como una vara, de mirada huidiza porque era vergonzosa e introvertida, eran como un apéndice de nuestra familia. Cada poco tiempo las teníamos en casa. A mí no me incomodaba su presencia, me caía bien, pero no evitaba que me preguntara cómo era posible que María hubiese acabado por encontrar marido con esa cara de mosquita muerta, aspecto lechuguino y sosa como una sopa sin sal. A quien no soportaba era a su marido, Pepe. No era mala gente, todo lo contrario; era trabajador, se desvivía por su mujer, sabía llevar a su suegra y adoraba a sus dos chavales. Pero me superaba lo desagradable de su aspecto en general, su cabello aceitoso, su dejadez, su apocamiento. ¡Vaya pareja de ensimismados hacían!

Almudena y yo nos llevábamos a matar con sus chicos. Tenían 9 y 10 años, los tuvieron tarde, por chiripa como suele decirse, después de comunicarle a ella que iba a ser imposible traer hijos al mundo por algún problema de ovarios. Pues bien: llegaron dos, a cual más cabestro. Probablemente, como ya no los esperaban, hizo que se les malcriara. Tocaban todo, se subían a los sillones, gritaban e incordiaban a cuantos estábamos a su lado. Realmente irritantes. Pero como sus padres les reían las gracias...

Más de una vez me tocó bajar con ellos a la calle para que se desfogaran, nunca demasiado lejos de casa, no fuera que se me escaparan o cruzaran la acera y tuviéramos un disgusto. En tales ocasiones en que me tocaba hacer de niñera de aquellos dos bárbaros, me resarcía luego sacándole unas perras a la abuela en cuanto se iban.

—Por tan buena mano como tienes con ellos —me decía—, que dan más guerra que un batallón.

Lo que en verdad me resultaba chocante es que siempre, siempre, cuando venían los cinco, aparecieran a la hora de la comida, y en domingo.

—Pasábamos por aquí cerca...

—Queríamos traeros esto... (Normalmente unas galletas que no había cristiano que les hincara el diente, cocinadas por ellas mismas.)

La excusa para personarse en casa justo a la hora de poner

los platos podía variar, pero el resultado era siempre el mismo y era mi madre quien lo provocaba.

—Mujer, ya que estáis aquí, quedaros a comer. —A mi hermana y a mí una se nos iba y otra se nos venía porque la actitud se repetía con una desfachatez mayúscula—. Cómo os vais a ir ahora, con lo lejos que vivís.

Total, que se abría la muy gastada mesa del comedor, Almudena y yo íbamos a pedir sillas prestadas a la vecina, y nos apretujábamos como podíamos en tan reducido espacio. Me repateaba, aunque ahora tiene su punto de gracia equiparándolo con el monólogo de Miguel Gila contando las vicisitudes de comer en un avión, codo a codo con el vecino.

Mi madre, tan dispuesta y servicial como siempre, emulando el milagro de los panes y los peces, repartía la comida que había preparado para cinco, entre diez. Luego, como todos habíamos quedado con más hambre que Calleja, se me encargaba bajar a comprar unas pastas para la merienda. Ahí era cuando Amalia, sin recato alguno, se ponía pepona mojándolas en su vaso de café —o malta— con leche.

Un día trajeron pasteles.

—Un detalle por el cumpleaños de Javierito —dijo María poniendo el envoltorio sobre la mesa—, que mi angelito cumple once añitos ya.

El «angelito» estaba ya subiéndose por los sillones, aullando como un sioux mientras su hermano menor esperaba turno para hacer de las suyas.

Eran las dos de la tarde. Lógicamente, se quedaron a comer y, además, se llevaron veinte duros que les regaló mi abuela para que le compraran algo a la criatura.

Dicen que de los errores se aprende. En casa, esos errores se reprodujeron algunas veces más porque al aprendizaje iba muy despacio a causa de mi abuela, complaciente con los gorrones a los que disculpaba por la compañía que le daban.

Fue por esos días cuando mi padre nos sorprendió con la mejor noticia que se podía recibir:

—Nos vamos a la costa.

Hasta entonces no habíamos salido juntos de veraneo (yo sí pasé algunas vacaciones en Luarca gracias a mis tíos), así que para mi hermana y para mí fue como si nos hubiera tocado el famoso décimo de la Lotería de Navidad con el que todos los españoles soñábamos —y seguimos soñando.

El problema era la abuela, era imposible dejarla sola en casa, no por su cojera o sus años, estaba como una rosa valiéndose por sí misma, sino porque se defendía como gato panza arriba cuando se insinuaba, aunque sólo fuéramos al cine, tal posibilidad. Pero una vez planteado con firmeza que nos íbamos, no le quedó otra que renegar: se acordó de mi abuela paterna, atizó un muletazo al mueble del comedor y se marchó a su cuarto despotricando pasillo adelante, pagando su mal humor con un portazo que descolgó los goznes de los marcos. Afortunadamente en casa había un manitas, mi padre, que una vez pasados los humos arregló los desperfectos.

Cargamos todos los bártulos en el Simca 1000 que había comprado mi padre, dijimos adiós a mi abuela y partimos rumbo a la playa. Mi madre estaba radiante, lejos de una insolencia de años, mi padre ufano por poder llevarnos de vacaciones a Gandía, aunque sólo fuera una semana. Era un auténtico logro que celebramos los cuatro.

Rodando por la carretera, mis padres charlaban animadamente sobre lo que haríamos al llegar; mi hermana, de rodillas en el asiento trasero —los cinturones de seguridad ni se conocían—, disparaba a imaginarios cuatreros que nos perseguían, en eso de la aventura se manejaba con soltura desbordante.

—Vamos a pasar por Bellreguard, estamos muy cerca del sitio al que vamos.

Almudena se olvidó de los vaqueros y se acodó en el respaldo del asiento de mi padre.

—¿Dónde está eso? ¿Tiene playa? Suena como un cuento.

—Sí, tiene playa, cariño. Desde ahí a Gandía hay un paso.

—¿Por qué vamos? —quise saber yo, aunque entretenida con la revista que tenía entre manos.

—Allí vive Amalia con los suyos —explicó mi madre—. Tu abuela me ha pedido que les llevemos un paquete de chorizos y queso, que parece que no lo están pasando bien.

—¡Acabáramos! —La revista perdió todo interés con sólo pensar en los dos arcángeles de María y Pepe—. Ya me extrañaba a mí que no se hubieran presentado recientemente a comer los domingos.

—¡Nuria!

—Era demasiada felicidad —protesté, mordaz. Cuando me enfurruñaba podía serlo tanto como la abuela—. ¿Cuánto tiempo vamos a estar? Si es una visita rápida yo ni me bajo del coche, no soporto a esos niños.

Mi padre aminoró la marcha frenando en el arcén. Se volvió clavando en mí sus ojos oscuros y me dijo de ese modo que sabes que te la has ganado:

—Tú —me habló muy despacio y bajito, lo que significaba que estaba a punto del cabreo—, bajarás del coche, entrarás en su casa y te comportarás con educación.

—¡Ni lo sueñes!

—Yo tampoco quiero bajar —intervino mi hermana, a mi estela como siempre.

—Ni a tu madre ni a mí nos vais a dejar en ridículo. Es un compromiso y son nuestros amigos. Soy capaz de poneros el culo tan rojo como la capa de Satanás, así que vosotras veréis lo que hacéis.

Me desinfló. Más de una vez me había ganado una reprimenda, casi siempre por culpa de mi hermana que era quien tiraba la piedra y escondía la mano. Ella cometía las fechorías, pero las pagaba yo porque, según mi padre, yo era la mayor y tenía que procurar que Almudena no hiciera tal o cual cosa. Pero esas amonestaciones se habían ido aparcando con el tiempo así que, ahora, cuando me consideraba casi una mujer, el posible correctivo lo veía como un ultraje.

Yo adoraba a mi padre, A pesar de algún lejano coscorrón que más que doler escocía mi orgullo, de las discusiones que manteníamos constantemente y en las que mi madre actuaba como árbitro templando gaitas. Yo era terca como una acémila, me creía la dueña del mundo, con la euforia propia de la adolescencia. Vamos, que pensaba que «yo lo valía», como en el anuncio. Nunca he agachado la cabeza asintiendo si no estaba de acuerdo en algo, si pensaba que mi padre se equivocaba —fuera el tema que fuese— le llevaba la contraria y defendía mis argumentos a toda vela. Y mi hermana, aunque más niña, no se quedaba atrás.

—Nuria, Almudena, no discutáis con vuestro padre —nos avisaba mi madre.

—Deja a las chicas, mujer —dijo él entonces—. Yo no quiero borregos en casa, tienen que aprender a pensar con libertad. Si no están de acuerdo, que lo digan, el intercambio de pareceres es otra manera de aprender.

—Pero Fernando...

—Que expongan lo que piensan. Demasiado hemos tenido que callar nosotros para educar ahora a las chicas como si fueran tontas. Suficiente es que tengan que callar en el colegio de las monjas, con nosotros que hablen claro, ya estamos tú y yo para indicarles la línea que no deben pasar.

—Sor Adela nos deja decir lo que pensamos.

—Y sor Bene también —me apoyaba Almudena.

—Seguro que sí.

El clero no era santo de devoción de mi padre, por más que Almudena y yo mostráramos nuestro apoyo a las monjas que nos daban clases. Él sabía que lo hacían como nadie, pero no le gustaba el matiz religioso de la enseñanza.

Una de cal y otra de arena, mi padre ganaba. No éramos quién para dejarles en evidencia delante de los conocidos, así que a callar tocaban. Total era cuestión de aguantar a los dos cafres no demasiado.

Al llegar, atravesamos una zona en la que sólo había campos labrados. Al parecer, Pepe, el yerno de Amalia, había aceptado un trabajo en el campo porque las cosas se les torcieron en Madrid y aquí les daban sueldo y casa; no lo pensaron demasiado para mudarse al pueblo valenciano.

No se veía un alma cuando entramos en Bellreguard. La mayoría eran casas bajas, de una sola planta, alineadas a lo largo de una calle que moría cerca de la playa. Las paredes de un blanco sucio estaban desconchadas, como las ventanas y puertas cerradas a cal y canto. No me gustó el lugar, lo encontré decrépito, radiografiaba una España que se arrastraba recobrándose de antiguas heridas. Imaginé que entrábamos en un pueblo fantasma del lejano Oeste, como el de las películas que Almudena y yo saboreábamos con el mismo deleite que la onza de chocolate y el suizo que nos compraba mi abuela, cuando nos llevaba al cine de López de Hoyos. Si teníamos que pasar el día allí, al menos le echaría imaginación.

La casa de Amalia —mi padre llevaba un plano que nos habían enviado por carta— era la cuarta más cercana a la playa. Destartalada su fachada como el resto, la cerraba una puerta grande de madera cuarteada por el sol y el agua. No hizo falta que nadie nos dijera que aquel sitio había sido, no mucho atrás, un establo o un cobertizo.

No sería cierto no reconocer que tanto Amalia como su hija nos recibieron con alegría, que se fue acrecentando a la vista del abultado paquete que les enviaba mi abuela. Pero a mí la casa me dejó bloqueada en la entrada, no podía dar crédito a lo que estaba viendo. Se trataba de una estancia grande, cuadrada, al fondo de la cual ardía una lumbre. En medio de la pieza, una mesa oscura, enorme y cuadrada. Muy humilde todo. Pero no fue eso lo que me impactó, sino que sobre la mesa se diseminaban trozos de sandía y cáscaras, rivalizando con las que alfombraban el suelo. Nunca había visto nada igual.

María pareció reparar en mi asombro y musitó:

—Lo limpio todo en un segundo —se puso a la tarea.

Era la primera vez que no se me ocurría qué decir a pesar de que a mí las respuestas me solían salir sin pensarlas, mi madre decía que tenía un resorte para contestar a la gente. Afortunadamente no estaban los chicos de modo que, cuando estuvo todo más o menos presentable, nos sentamos a la mesa, se abrió el paquete, sacaron una jarra de vino y nos invitaron a comer. Fue una suerte que mi abuela aportara su provisión de viandas porque, en caso contrario, tendríamos que habernos conformado con lo que se estaba guisando en la lumbre, que olía a rayos. Era evidente que, como adelantara mi madre, no lo estaban pasando bien. Para colmo de males llegó el marido de María con la nueva de que el patrón huertano no les había pagado esa semana porque no había aparecido por los campos.

Como mi padre no digería bien las injusticias ¿qué hizo?, pues tirar de cartera antes de despedirnos y dejar un par de billetes sobre la mesa.

—No, Fernando —Amalia empujó el dinero hacia él—, vosotros tampoco sois millonarios, ya nos apañaremos.

—Digamos que es un préstamo a largo plazo, mujer. Para eso están los amigos, para los momentos malos.

—Eres un bendito —le agradeció abochornada, pero la necesidad obliga, cogió el dinero y lo guardó en el bolsillo del delantal—. Dios te premiará con el Cielo.

Él no dijo nada pero por su gesto presentí que se estaba preguntando el motivo por el que todo el mundo quisiera enviarlo con san Pedro.

Al arrancar el coche, entre gestos de despedida de unos y otros, respiré hondo sin poder remediarlo, recibiendo una mirada recriminatoria de mi madre, a la que no le gustaban ciertos gestos.

—Olía a cerdo —se aventuró a decir mi hermana.

—No, Almudena —repuse yo—, olía a pobreza, que es peor. Ojalá puedan regresar pronto a Madrid, aunque sigan viniendo a casa los domingos.

Por el espejo retrovisor aún tuve tiempo de captar una película acuosa en los ojos de mi padre. Nunca supe si por la miseria en la que vivían ellos o por mi respuesta.

Los días que pasamos en Gandía nos revivieron de penas propias y ajenas. Poca ropa, sol, sin horarios fijos, mar, refrescos, paellas, caminatas por el paseo marítimo... Lo que fue más importante, hicieron que mis padres se olvidaran de mi abuela, víctima como eran de la dictadura de su limitación física y su mal talante, un eczema que padecían desde que se casaron. Deberían haberse independizado tras la boda, o tras la muerte del abuelo, pero mi madre se doblegó al chantaje moral de mi abuela a causa de sus impedimentos. Nunca supo rebelarse a su carácter agresivo. Y mi padre no se opuso, porque habría ido a un infierno en el que no creía, por ella.

Regresamos a Madrid. Mi madre roja como un tomate, picada por el sol; mi padre, mi hermana y yo, negros como chorizos a la brasa. No mucho después también lo hicieron Amalia y los suyos escapando de una tierra que les había prometido el maná y sólo les procuró indigencia, para alegría de la abuela que volvía a tener auditorio a su medida. Por medio del pariente del conocido de un primo que era amigo de un funcionario del Ministerio de la Vivienda —o algo similar—, es decir por el enchufismo imperante, les concedieron un pisito en Parla. Eso estaba entonces en el quinto pino, pero no por ello renunciaron a sus visitas dominicales que mi madre solventaba echando más garbanzos a la olla.

A su vez, nos invitaron ellos a conocer su piso, no bien tuvieron la oportunidad de hacerse con cuatro muebles. Llegado el momento emprendimos la excursión, porque excursión era entonces.

Ciertamente, la familia de Amalia era peculiar, pero nunca imaginamos hasta qué punto.

El edificio olía a nuevo, a sueños recién estrenados en un

marco de yeso blanco y ladrillo visto. Nos encontramos en un piso como los chorros del oro, de tres habitaciones, apenas amuebladas con cama y mesilla, sin armario; el cuarto de baño, diminuto pero coqueto, y una cocina pequeña pero suficiente, nada que ver con la vivienda de Bellreguard, sin olores de abandono y suciedad.

Mi abuela, que nos había vuelto locos durante el trayecto hasta allí indicándole a mi padre cómo debía llevar el coche, se paseaba acompañada del chirrido de su muleta, asintiendo y sonriente.

Sin embargo, cuando nos mostraron la pieza principal de la casa, el salón, se nos nubló el horizonte. ¡No era posible! Pepe, que no sé yo si es que era tonto de capirote, había levantado una pequeña empalizada, rellenando medio salón de tierra sembrada de tomateras. Para completar el cuadro, dos patos y tres gallinas correteaban sobre un suelo de baldosas a sus anchas. Mi hermana y yo rompimos a reír.

—¡Es que sois la monda! —exclamó mi abuela entonces haciéndonos coro.

Un coscorrón de mi madre con el nudillo en plena coronilla me cortó a mí de raíz las ganas de reír.

—Ya sabéis como son los chicos... —acertó a disculparse.

Mi padre, con la cabeza gacha, asentía esforzándose en mantenerse serio sin perder la compostura. No así mi abuela, que se lo estaba pasando en grande y hasta tuvo la osadía de pedirle tomates a Pepe antes de regresar a casa.

29

—¿Qué? ¿Cómo vas de amoríos, Nuria?

Según me iba haciendo mayor, contaba menos cosas en casa, lo reconozco. Mi abuela, a la que no se le escapaba una y quería estar al tanto de todo, se daba cuenta de que acababa de despertar al mundo de los adultos. Supongo que también los demás. Pero a mí me daba cierto reparo hablar de algunas cosas a mi madre. Por eso la pregunta llegó que ni pintada. ¿Quién mejor que ella para sacarme de dudas, con su experiencia de un par de maridos y algunos novietes?

—Hay un chico que me gusta —le dije, dejando a un lado los libros.

En realidad, el chico me gustaba a mí y a las otras doce compañeras de estudios. Desde la ventana de la clase de matemáticas en la que nos instruía sor Adela, había una vista inmejorable al taller que estaba al otro lado de la calle y al muchacho que trabajaba en él como aprendiz. Calculo que tendría unos dieciocho años. Espigado y rubio como el oro, de cabello permanentemente en desorden, ataviado con un mono azul oscurecido de grasa, era para nosotras un Adonis. Nunca nos hizo el menor caso, para él debíamos ser unas niñatas que se aprovechaban de actuar en grupo para mostrar su desinhibición desde la ventana mirándole con caras embobadas. Como el resto de mis compañeras de estudios deseaba que, en algún momento, alzase sus ojos claros y me sonriera. La que lo conseguía se dejaba caer hacia atrás entre las risas y exclamaciones del resto y ese día era la reina de la clase. Tonterías de crías, sí, pero un acicate para hallar una manera de saber cómo podía una llamar la atención de un chico.

—¿Quién es el mozo? ¿Le conozco?

—No, abuela. Trabaja en un taller de mecánica, frente al colegio.

—¡Válgame el cielo! Así que el mastuerzo es de esos que van todo el día con lamparones de grasa.

—Pues no le quedan mal —sonreí yo.

—Ya imagino. A vuestra edad, cualquier ceporro medianamente guapo os enamora. ¿Te ha dicho algún requiebro?

—Ni siquiera nos habla. Todo lo más, nos mira y se ríe, debe pensar que somos tontas. Si al menos fuésemos sin uniforme... Toda la clase está coladita por él y hasta hacemos apuestas para ver quién se lo liga.

—Apuestas, ¿eh? ¿Qué habéis apostado?

—Cincuenta alfileres de los gordos —se le escapó la risa—. Abuela, ¿cómo hacías tú para conseguir novio?

—¡Ay, niña! Si ya ni me acuerdo de eso. Han pasado muchos años.

—Pero enamoraste a Alejandro, ¿no?

Igual que si le hubiera nombrado al demonio, mi abuela perdió el buen humor. Desvió la mirada y volvió a retomar la costura. Llegaba hasta nosotras el delicioso aroma de una tortilla que preparaba mi madre para la cena, el repiqueteo de la paleta laminando las patatas, entremezclado con el sonido de herramientas con que mi padre se aplicaba en una reparación casera y la voz armoniosa de mi hermana canturreando la canción del verano de ese año.

Una tormenta estival que acababa de estallar golpeaba los cristales de la ventana.

A mí me parecía que el momento era inmejorable para confidencias que sólo nos atañían a las dos. Pero la abuela parecía haberse retraído, como si el nombre de Alejandro la hubiera trasladado en el tiempo. Ya no estaba allí, conmigo, sino ausente.

Miró de reojo la fotografía de su último marido, Rafael, pareció dudar y luego, ante mi asombro, la puso boca abajo.

—El amor es ciego, Nuria —susurró tan bajo que apenas la oí.

No dije nada. Sabía que esa frase podía traer otras muchas que yo aguardaba expectante, esperanzada en que ella me abriera los ojos, en que me orientara en el modo de ganar aquellos cincuenta alfileres con los que engrosar mi buena colección de bonis de colores —era de las mejores de la clase, casi siempre salía airosa en ese juego—. Si de paso maquinaba sobre la manera de conseguir que el rubito me pidiera ir a dar un paseo a solas, hasta podía convertirme en la capitana del curso.

—El amor es ciego, pequeña —repitió, dejando definitivamente la costura para retreparse en el sillón—. Es hermoso, pero a veces hace mucho daño.

—¿Alejandro te lo hizo?

Suspiró, cerró los ojos y se friccionó las sienes. Intuía yo que batallaba entre soltar la lengua o guardar silencio, como siempre hizo a propósito de ese hombre, del que ella decía hasta la saciedad que fue su primer marido aunque todos sabíamos que no era cierto. Para una persona como la abuela, cínica hasta la exasperación, deslenguada cuando no impúdica, debía de ser difícil abrir su corazón a una pardilla como yo.

—Alejandro fue el amor de mi vida, Nuria. Ese hombre al que te entregas sin reservas, al que ofreces el corazón y hasta el alma, con el que no te importa compartir penas, pasar hambre o convertirte en una paria a los ojos de la sociedad. Tú no puedes entenderlo ahora, pero cuando le conocí yo no era una jovencita a merced de los sueños, sino una mujer madura a los que esos sueños que tuve, alguna vez, se le habían hecho pedazos.

—¿Por ser coja?

—Por eso y por otras cosas más. La vida es muy cruel, cariño, te va marcando, va dejando regueros de heridas, cicatrices que no acaban de borrarse. Yo había pasado ya la edad del tortoleo, ya no pensaba enamorarme, sin embargo lo hice como una adolescente, con el mismo ardor e igual locura. A su lado, no me importaba nada. Él me hizo sentirme entera, no sé si me comprendes. No le importaba que me faltara una pierna, me quiso tal y como era, con todas mis trabas, que mira que ya eran un huevo entonces.

—Si era así, ¿por qué lo abandonaste?

Tuvo un sobresalto. Me miró con ojos escrutadores, como si se negara a aceptar que le hubiera hecho tal pregunta. Mordaz como era, yo casi podía esperarme que me mandara a freír gárgaras, algo habitual en ella cuando la irritabas. Su historia urdida a lo largo de los años, una mentira dilatada en el tiempo sobre su verdadera relación con Alejandro salía a la luz, había dejado de ser su secreto: una simple pregunta hacía saltar por los aires el velo de los secretos escondidos, la gangrena de una herida cuyo dolor se soporta en silencio, la tristeza de una añoranza que ella pensaba que era solamente suya y de nadie más, atesorado todo ello en el baúl de su memoria.

—¿Qué sabes tú de eso? —tanteó, pero sin pizca de resentimiento en la voz.

—Sé que no te casaste con él, como siempre cuentas, que no murió al caerse de un andamio, que lo dejaste al enterarte que estaba casado y tenía hijos.

Tragó saliva y clavó la vista en los regueros de gruesas gotas de lluvia resbalando por los cristales a modo de lágrimas, como las que corrían por su alma. Un relámpago atravesó el firmamento acompañado del fragor del trueno que lo sucedió estallando como un rugido de cólera. Después, una vez que el cielo hubo desahogado su enojo, cesó de llover; poco a poco, la luz del sol se fue abriendo paso e iluminó el cuarto y el rostro de mi abuela.

—¿Lo sabe tu madre? —Asentí—. Sí, claro, qué pregunta tan estúpida. Si lo sabes tú es porque ella te lo ha dicho. ¡Hay que joderse!

—Fue Amalia.

—¡Así se quede muda, la muy cabrona! Esa agonías no vuelve a entrar en esta casa.

—No te enfades con ella, no la dejé tranquila hasta que me contó todo. Ya sabes que cuando persigo algo...

—En eso eres como yo, es verdad. Eres igual de cabezota, claro que has mamado a mis pechos, como se suele decir, porque a ver quién sino yo te cuidó de pequeña, si tu madre la pobre no paraba en casa y se mataba a trabajar.

La alusión a mi madre, así, con un afecto que nunca había demostrado, me dejó atónita. ¿Sería posible que mi abuela no fuera realmente esa mujer sardónica que no aparentaba sentimientos? Debió adivinar mis pensamientos y medio sonrió al tiempo que palmeaba mi mano.

—¿Sabes lo que es sufrir de verdad, Nuria? No, gracias al Altísimo no lo sabes. Yo sí. Algún espíritu debió echarme el mal de ojo cuando nací, digo yo, que de otra forma no se explica que alguien tenga tan mala fortuna. Yo sé lo que es pasar hambre, padecer una invalidez maldita cuando empezaba a despertar a la vida, clavándome las uñas en las palmas para no renegar del Dios que rompía mis sueños de adolescente. Tuve que aprender a permanecer erguida, pero temblando de miedo mientras las bombas estallaban a mi alrededor mezclando su estruendo de muerte con los ayes de los heridos y los rezos de las madres que parapetaban con sus cuerpos a sus hijos —se le iba la voz, que más parecía un sollozo—. Sé lo que es sobrevivir en una sociedad desgajada en facciones que se iban desmoronando, refrenar las lágrimas que se desbordaban ante amigos de siempre, hombres guapos y fuertes como castillos regresando a casa tullidos... o que simplemente no regresando porque habían muerto en el frente. Sé lo que es respirar miseria, bañarse en ella y vestirse de ella. Era la vida o yo, Nuria, era la vida o yo. Supe entonces que, o me hacía fuerte o me dejaba morir. No podía tejer mi felicidad sobre el abandono a su mujer y a sus hijas, por eso no quise volver a saber nada de él. Rasgué esa página de mi vida en pedazos. Pero decidí seguir viviendo, aunque para eso tuviera que blindarme de frialdad e insolencia. El mundo o Emilia Larrieta, así de simple y así de triste.

—Todos piensan que eres una bruja, abuela.

Dejó que una larga carcajada flotara en el aire. Me asombraba que la divirtiera el comentario. Era una arpía, al menos si me remito a las faenas que les hizo a mis padres y el desapego con el que siempre trató a todos. Sin embargo, esa tarde, se abrió ante mí una Emilia bien distinta, tanto que era incapaz de reconocerla. Me pregunté por qué en la pugna de esas dos personalidades que bregaban por salir a flote, siempre ganaba la infame.

—Deja que lo piensen. ¿Sabes una cosa? Pues que de la buena gente nadie habla, nadie les recuerda cuando se van, son como hojas que arranca el viento revoloteando en el aire para acabar perdiéndose en el vacío. De los otros, los menos buenos, por el contrario, todos comentan. Ya sabes eso de «que hablen de mí aunque sea mal». Ten por seguro que a mí me despellejarán mucho tiempo después de que me vaya a la tumba.

—Eso no es del todo cierto, hubo santos que volvieron a la buena senda.

—¡Santos! ¡Ja! La de bobadas que te han enseñado las monjas.

—Hay gente buena y gente mala. ¿A ti te gustaría que todo el mundo fuera como tú? ¿Que yo fuera como tú?

—No, hija, no. Ni debes, ni sabrías. Para eso hay que estudiar latín. —Se reía con ganas—. Latín y hasta ruso, cariño. O mamarlo desde la cuna.

—Entonces, endurecerte te ayudó a olvidar a Alejandro —afirmé, tozuda, retomando el tema.

Esa vez su suspiro fue un lamento.

—Eres aún joven para entender ciertas cosas, Nuria. Algunas es imposible olvidarlas nunca, te acompañan hasta que te entierran. Nunca he olvidado a Alejandro, al padre de mi hija, al hombre que me hizo soñar un tiempo equiparándome al resto de las mujeres, que me iluminó con la idea de formar una familia como todas mis amigas. Se puede olvidar, quien pueda porque yo no, una mala época, incluso un fracaso amoroso que se diluye en el tiempo hasta desaparecer, pero ¿cómo hacerlo con los únicos instantes de felicidad de los que dispuse? Eso es tan imposible como lo que cuentan los curas del burro y el ojo de la aguja.

—Camello.

—¿Qué?

—Que es un camello el que no puede pasar por el ojo de la aguja, abuela y no un pollino.

—Lo mismo da. Total, no entraría ninguno. Hay que ver la cantidad de chorradas que sueltan los de la sotana.

—Es una metáfora.

—Si empezamos con palabrejas sigo cosiendo y te dan morcilla, Nuria.

—Una metáfora es... un cuento.

—Ah, bueno. Pues eso, carajo, que es imposible olvidar ciertas cosas y una de ellas ha sido Alejandro. ¿Qué ves en mi cara?

Me quedé en blanco. La observé con atención, fijándome en su rostro, ya marchito. El cabello tirante amarilleaba de puro viejo aunque no tenía más que algunas canas sueltas; la frente surcada por mil arrugas; los ojos habían empequeñecido tras las gafas pero mantenían una chispa de viveza astuta; la nariz inundada de puntitos negros —ni quería oír hablar de hacerse una limpieza de cutis, decía que eso eran mariconadas—; labios gruesos que diluían los frunces de la edad; algún pelo rebelde en la barbilla que yo insistía en arrancarle con las pinzas cuando era demasiado largo. ¿Qué veía? Pues un rostro que había perdido hacía mucho tiempo la tersura de la juventud, cuajado de pliegues y pequeñas manchas. Una cara de anciana, sí, pero que aún conservaba cierto porte de la belleza que la acompañó en su primavera.

—Sigues siendo guapa, abuela —respondí con sinceridad.

—No, pequeña, no. Hace mucho que no lo soy. La belleza es fugaz, se marchita como se marchita una flor.

—El tiempo pasa para todos. También yo estaré arrugada como tú cuando sea mayor.

—No es el tiempo lo que desluce, Nuria. Son las penas, las amarguras, la desolación y la burla.

—¿La burla?

—¿Qué crees que es la vida, cariño? Algo que se nos da sin pedirlo, que tenemos que aceptar y tratar de conservar a toda costa porque sólo hay una; después de ella, no hay nada, por mucho que los curas te digan que sí, que eso de la Vida Eterna es una mentira como un castillo. Y la vida nos arrastra, nos zarandea a su antojo, se ríe de nosotros porque sólo somos bufones del destino que nos ha tocado en suerte. Lo que ves en mi cara no son las arrugas del tiempo, niña, son las señales de la piel burlada, con las que nos va flagelando la existencia.

Era un diagnóstico cargado de desengaño y amargura que yo, entonces, no podía calibrar pero que me permitió verla mucho más humana. Ella siguió a lo que estaba, dando por finiquitada la conversación. Pero no había resuelto mis dudas e insistí.

—Bueno, entonces, ¿me dices o no qué tengo que hacer para que el rubio se fije en mí y ganar la apuesta?

Me señaló con las tijeras a modo de espada, moviéndolas delante de mis narices. Sonreía, condescendiente.

—Tírale tú los tejos, Nuria. No hay hombre que se resista al halago de una mujer. Plántale cara, dile que te gusta.

—¿Y si se ríe de mí?

—Mándale a la mierda y da por perdidos esos alfileres de colores. De lo uno y de lo otro hay millones en el mundo.

30

Compramos un televisor Werner.

A la abuela, amante del cine como era, le hizo ilusión, en parte porque podía disfrutar en casa de las proyecciones, en parte porque dilataba nuestras perseverantes visitas semanales a casa de mi tía, donde disfrutábamos de las series cada domingo.

Tener un televisor suponía un desembolso, pero también una diversión casera de la que mi padre no quiso privarnos. ¡Cuántos recuerdos me trae ese televisor en blanco y negro! Grande, aparatoso, combado, daba miedo hasta quitarle el polvo por si se nos estropeaba.

La abuela empezó a salir menos, sin hacer ascos a ninguna programación. Comedias, dramas, aventuras u Oeste, todo era bien recibido. Se pegaba al aparato y en su mundo, huérfano de sonido, se hacía el quién y el cómo a su medida. No por eso dejó olvidadas sus constantes visitas para irse a gastar su pensión en invitaciones a colegas aprovechadas.

La abuela no se enteraba de nada, pero guiándose de las imágenes casaba a los hermanos, liaba al padre con la hija...

—¡Ya podrá, el muy desgraciado! —Soltaba en medio de

una escena—. ¡Un vejestorio así rondando a una criatura! A más de uno debían capar. ¡Fernando, apaga esa guarrada!

No había modo de hacerle ver que las películas no eran sino historias inventadas, a veces lo más opuesto a la vida cotidiana, y que ella no estaba entendiendo el argumento.

Mi padre no hacía ni caso, siempre era la misma monserga, ponía verde al actor de turno para arrellanarse luego en su sillón y quedarse atrapada en lo que veía, por más que despotricara, al precio de convertir al malo en héroe y a éste en villano a quien, por cierto, habían matado hacía bien poco en el duelo de otra película.

—¿Cómo es posible que ahora esté vivo? ¡Vaya jaleo!

Ésos eran los comentarios habituales con que iba amenizando las sesiones para malestar de la familia, que la hacía señas de silencio inútilmente.

Hubo también momentos entrañables en los que, con su simplismo, muchas veces llorábamos de risa.

Recuerdo sobre todo un programa que tuvo gran audiencia a mediados de la década de los setenta: *La clave*. El presentador, José Luis Balbín, daba paso a una película sobre la que se desarrollaba un coloquio posterior. Pues bien, cada semana, una y otra vez, la abuela preguntaba lo mismo:

—La clavé —decía muy seria, acentuando la «e» y achicando sus ojos para ver mejor la tele a través de los cristales manchados de sus gafas. Hacía un gesto raro, como de asco, como de no entender de qué iba la cosa. Luego esperaba a ver el argumento de la película y al cabo de cierto tiempo nos miraba interrogante—. ¿Qué es lo que le clava?

¿Para que batallar por hacerle ver que sólo se trataba del título del programa?

Deliciosa era su manera de adecuar los nombres de ciertos actores a su propia lectura: Gargable, Jonvaine o Tironepover. Por no hablar de las presentaciones de la MGM.

Todos buscábamos acomodo. La abuela en su sillón —tenía el suyo y de ahí no la apeaba nadie— se calaba las gafas sobre el puente de la nariz y esperaba el fin de los anuncios como el resto. Pero en cuanto aparecía el famoso león chascaba la lengua, maldecía por lo bajo y se levantaba para irse a su cuarto renegando:

—¡Vaya por Dios! ¡Ya la hemos visto!

—Mamá, que es una nueva.

—Déjala, María del Mar —pedía mi padre, la mirada fija en la pantalla—, después de tantos años sigue sin aprender. Al menos veremos la película tranquilos.

Con mi abuela era quimérico explicarle lo que no quería concebir. Ni asimilaba que el fulano muriera para resucitar después, ni admitía que los televisores tenían entonces dos únicos canales —UHF y VHF—, y que en todos los hogares que gozaban de aparato se veían los mismos programas.

—Si es que tu padre no compra más que mierda —se quejaba cuando estábamos a solas—. En casa de Cayetana sí que se ven cosas entretenidas, no como aquí. Lo que vale, hay que pagarlo, Nuria. Ese televisor es barato, por eso no echan más que cosas repetidas.

—Compra tú uno nuevo —pinchaba yo, harta ya de escucharla despotricar de cuanto hacía mi progenitor.

—¡Sí hombre, sólo faltaba eso, que pague los vicios! Yo pongo esta casa, que a mi nombre está, con los muebles. ¿Comprar yo uno de esos cacharros? ¿Para qué? ¿Para que lo disfrute tu padre cuando yo la diñe? ¿Para eso?

—No, para que la veas tú. ¿No dices que la de tu amiga Cayetana es más entretenida?

—Lo digo y lo mantengo.

—¿De qué marca es su televisor? Anda, dímelo.

—¡Qué coño sé yo de marcas! Un televisor, cuadrado, que se enchufa, como todos, ya lo has visto.

Hacerla razonar era como intentar ablandar una piedra a golpes de cabeza, acababas con los sesos hechos papilla. En la llegada del hombre a la luna traté, con toda mi paciencia, de explicárselo. No me atizó con la muleta de milagro, convencida de que me estaba burlando de ella.

—¡Pero qué leche van a subir a la luna, si no es más grande que nuestra mesa camilla! ¡A mí con choteos, no, niña!

—Pero, abuela...

—¡Chitón! Que en boca cerrada no entran moscas.

31

La abuela nos dio el primer susto serio de los muchos que vendrían después, una noche. Tuvimos que ingresarla de urgencias.

Julio Iglesias había ganado el Festival de Benidorm y dos años después, en 1970, los votos de quince regiones lo eligieron para representar a nuestra Gloriosa Patria en el de Eurovisión, tras el estruendoso triunfo de Massiel en 1968. Como sucediera cuando la Selección ganó la Eurocopa, España se puso cabeza abajo. Parecía que estábamos en racha, que empezábamos a destacar en el concierto musical aunque fuera con éxitos puntuales. Se magnificó y publicitó a Massiel por activa y por pasiva, hasta el punto de insinuar que el Régimen franquista había comprado votos para que el pueblo español «volviera a resurgir».

A mi abuela, que poco a poco iba admitiendo que había otros cantantes que no fueran Sara Montiel, Lola Flores, doña Concha Piquer, Estrellita Castro o su adorado Antonio Molina, le gustaba ver los festivales... por criticarlos más que nada.

—Menudas paparruchadas cantan ahora. Si las voces de

siempre levantaran la cabeza... Y esos vestidos —comentaba echándose hacia delante, achicando la mirada ante la pantalla. Reponían una y otra vez imágenes del Festival del 68, como si indujeran a animar a la audiencia que esperaba ansiosa que Julio Iglesias volviera a reeditar la hazaña de veinticuatro meses atrás o que, como mal menor, consiguiera empatar como hizo Salomé el año anterior—. Es una desvergüenza, poco más que bragas al aire —sacaba el tema en cuanto se le daba oportunidad.

—Abuela, se llevan así.

—Lo que se lleva es el libertinaje. Que una cosa es la libertad y otra la indecencia y la guarrería. ¿Es que no os dais cuenta? Se os va viendo hasta el culo y los escotes dejan las *domingas* al aire.

—Es la moda —rebatía yo, defendiendo mis minifaldas de mínima expresión—. No vamos a ir con las sayas que se usaban en tus tiempos, que parecíais monjas de clausura.

—¡En mis tiempos íbamos decentes, no como esa pedorra! —señalaba la televisión con un dedo tembloroso—. O como tú, que cualquier día vienes con un disgusto —se abombaba la tripa.

—¡Ay, abuela, eres insufrible!

—¿Insufrible?

—He dicho insufrible, sí. Petarda. Pesada. Plasta.

—¡Qué pena, Señor, qué pena! A lo que ha llegado la juventud. Hasta el respeto a los mayores se ha perdido.

—Por decirte lo que eres no he perdido nada, igual que por ir con la falda corta no se es menos decente.

—Eso es lo que tú dices.

—Claro que lo digo. ¿Acaso te piensas que por vestir a la moda dejamos que nos metan mano? Lo que hay que escuchar.

—Eso, lo que hay que escuchar. Que no conocéis a los hombres, Nuria, que ellos sólo piensan en una cosa, que tienen el cerebro en la bragueta, niña. Las faldas largas y el escote alto, mi madre siempre me lo decía.

—Ella vivió en la época de las cavernas, como tú —me irritaba y alzaba la voz—. Cállate, que va a empezar el festival. Además, menudo ejemplo eres para dar consejos.

—El demonio sabe más por viejo que por demonio.

—¡Ya salió aquello!

—El refranero español es muy sabio.

—Y tan arcaico como las pinturas de Altamira.

—¿Las pinturas de quién?

—Déjalo, anda, luego te lo explico que ya empieza.

Amante de los viajes que soñaba con realizar algún día, mis ojos no se apartaban del televisor, atenta a los planos que publicitaban la ciudad de Ámsterdam, donde se celebraba el acontecimiento. Allí tuvo lugar y se expandió lo que se dio en llamar la revolución sexual, hacía ya una década. Donde se derribaron muchos tabúes, donde los hippies andaban a sus anchas defendiendo la igualdad entre hombres y mujeres, practicando el amor libre y el uso del preservativo y exhibiendo la libertad de expresión. Igualito que en España, vamos, donde unos pocos amigos reunidos en los aledaños de la Ciudad Universitaria representaban un peligro de orden público que los grises se apresuraban a disolver. ¡Cuántas cargas y cuántas carreras para silenciar la concienciación estudiantil que la información oficial se encargaba de omitir! ¡Qué diferencia! Ámsterdam constituía para mí la panacea de la libertad y la ciudad del ensueño.

—No saldrá otra vez esa que iba vestida de oso, ¿verdad?

—¿Qué?

—La del año pasado.

—¿Salomé?

—¡Qué narices sé yo cómo se llamaba! La de los flecos.

—No, abuela, no, este año canta un chico. Julio Iglesias.

—¿Y qué hace la Iglesia metida en este berenjenal? ¡Virgen de la pata a rastras!

—¡Por el amor de Dios! ¿Quieres callarte de una vez? No, si al final me tendré que ir a ver el festival a casa de la vecina.

—Yo lo que me voy a ir es a la cama.

—No caerá esa breva.

—Eres una deslenguada.

—Y tú, una intolerante.

La encantaba discutir, claro que sí. En las discusiones se movía como pez en el agua expulsando al exterior las frustraciones de sus silencios permanentes. Yo, con los nervios del festival —por ese entonces casi todos lo seguíamos—, ni me había percatado de que la estaba dando cancha. ¿Cómo iba a irse a la cama cuando tenía una buena contrincante a quien rebatir? Para ella, polemizar era tanto como un revitalizante. Así que, en vez de desaparecer, se recostó en el sillón con una sonrisilla guasona, dispuesta a fastidiarme el acontecimiento del modo que fuera.

Por si su enojosa presencia como comentarista a la que se invitó sola, no fuera suficiente, llamaron a la puerta cuando actuaba el segundo concursante. Esa noche mis padres habían decidido ir al cine, mi hermana estaba en una excursión con el colegio y yo me había prometido una noche estupenda con cubata, patatas fritas y mortadela —lo que me gustaba de verdad, nada de cena tradicional y a la porra la prohibición de la Coca-Cola.

Me levanté acordándome de todos los santos a los que siguió buena parte de la jerarquía eclesiástica. Abrí. El alma se me cayó a los pies. En el umbral estaba la última persona que esperaba encontrarme: la Malhuele.

—Jodeeeeeeeeeer —solté sin contenerme.

—Buenas noches, hija. ¿Está tu abuela Emilia?

Debatiéndome entre dejarla entrar o cerrarle la puerta en las narices, me hice a un lado aguantando la respiración. «Calma, Nuria —me dije—, calma, la educación ante todo.» Al pasar a mi lado, una vaharada de fetidez, mezcla de orín de gato y otro efluvio que fui incapaz de determinar, me mareó.

—Elvira, qué alegría —saludaba ya mi abuela—. ¿Cómo tú por aquí a estas horas? ¿Pasa algo?

—Se me ha estropeado el cacharro y pensé que no te importaría que viéramos juntas el festival —explicó, tomando asiento en el sillón que yo ocupaba momentos antes.

«Se jodió el plan», pensé. Ni festival, ni cubata, ni asiento, ni la madre que lo parió. Harían falta tres días aireando bien el sillón antes de poder volver a utilizarlo.

Probablemente, tanto mi hermana como yo nos mostrábamos crueles con Elvira, pero es que resultaba imposible respirar en su presencia, de ahí que nos despacháramos con el mote con que nos referíamos a la pobre mujer, a la que nunca vimos con otro atuendo que no fuera una bata oscura de florecillas blancas y las mismas zapatillas gastadas. La Malhuele. Dicen que los niños y los borrachos son los únicos que dicen la verdad. Yo ya no era una niña y borracha no estaba, pero no podía evitar el rechazo casi patológico que su presencia me provocaba asociado al olor que despedía, repugnante. La abuela, que parecía haber perdido no sólo la pierna y el oído, sino también el sentido del olfato, no se daba ni cuenta de nuestra incomodidad o, tal vez, disimulaba por jorobarnos.

Todos trataban de poner buena cara a la señora, porque era propio de buena gente apiadarse de alguien que vivía en soledad desde hacía años, con la única compañía de cuatro gatos y a la que casi nadie hablaba. Hasta mi madre, cuando nos visitaba, se esmeraba en atenderla y servirla un café con galletas. Yo intentaba escabullirme como fuera; a veces, como esa noche, no iba a poder lograrlo. Tampoco era plan incordiar a la vecina con la que manteníamos más amistad, cuando sabía que estarían a punto de acostarse porque el maldito festival les importaba un pimiento. De modo que impregné un pañuelo en colonia Maderas de Oriente —perfume favorito de mi abuela y de olor bien penetrante— y sin ningún disimulo me lo apliqué a la nariz antes de servirle un refresco, buscando luego acomodo lo más lejos posible de Elvira, harto difícil en una habitación tan pequeña.

Por fortuna, permaneció quieta, atenta a la pantalla, sin hacer intención de airearse el refajo, como otras veces. Con el tiempo, habíamos sustituido el brasero de cisco por una estufa de butano; eso también colaboró a que los efluvios no fueran tan intensos.

—¡Ésta es mi casa, y en mi casa entra quien se me pone a mí en el fandango! —así respondía la abuela a nuestras quejas y protestas cada vez que Elvira se iba de casa, todo el mundo a la carrera para abrir las ventanas aunque estuviésemos a bajo cero.

Ahí terminaba toda discusión.

Subí pues el volumen del televisor hasta donde no afectara el respeto vecinal, decidida a presenciar lo que pudiera del certamen tomando, quizá, más cubata del debido aun a riesgo de una bronca con mi padre a su regreso del cine.

Fue hacia la mitad del festival cuando mi abuela sufrió un ataque de tos. Primero pensé que lo hacía adrede, para llamar la atención, pero luego me di cuenta de que no podía parar. La acerqué un pañuelo. La tos fue en aumento provocando que se doblara en dos asustándome al descubrir sangre en el lienzo. Creo que ella también se asustó y revoloteó sobre su mente el recuerdo de la tisis de su marido Paco, al tiempo que yo me sorprendía porque, de sopetón, me di cuenta de que nunca había estado enferma, mucho menos de los pulmones.

No esperé la llegada de mis padres, llamé a urgencias y apagué la puñetera televisión cuando estaba dando alaridos el representante de no sé qué país. En ese momento, ante la angustia del rostro de la abuela todo, salvo ella, perdió importancia.

El médico se personó un buen rato después; tras examinarla, decidió que lo mejor era su ingreso en el hospital para llevar a cabo unas pruebas.

—¿Cuánto tiempo hace que tu abuela usa la muleta?

—Desde que tenía trece años.

Movió la cabeza y volvió a auscultarla.

—¿Qué es, doctor? ¿Estoy mal? —preguntaba ella.

—Tranquilícese, señora, nada grave.

—¡¿Qué ya estoy fiambre?! —Se asustó de veras—. ¡Maldita sea su estampa, hombre, no es forma de...!

—Señora...

—Doctor, no se moleste, está sorda como una tapia —le advertí—, entiende por los pies.

Para calmarla, no se le ocurrió nada mejor que propinarle unos cachetitos cariñosos en la mejilla; ella respondió con un manotazo.

—¡Deje de tocarme, so cerdo! Primero me dice que estoy cadáver y ahora me sobetea. —Tosiendo aún se alejó hacia su cuarto con Elvira pegada a sus faldas—. Y aún les extrañará que se diga que el mejor médico, colgado, como los curas.

Se me escapó una carcajada ante la cara de pasmo del pobre hombre, todo un poema.

—Además de sorda, está un poco loca, doctor.

—Si tiene los pulmones como el genio, no tienen de qué preocuparse —me dijo al fin, forzando una sonrisa, recogiendo ya el estetoscopio—. Posiblemente se trata de una pequeña lesión que ha ido provocando el constante roce de la muleta, pero a estos años...

A pesar de sus comentarios, ligeramente jocosos, yo estaba con el alma en vilo, doblemente avergonzada: por el nauseabundo olor que impregnaba nuestro comedor por un lado, por los rezos en voz alta de Elvira por el otro, mezclados con los insultos de mi abuela, que venían desde la habitación. Gracias a Dios, el médico no hizo un mal gesto, de lo contrario hubiera retorcido el cuello a tamaño dúo de arpías.

Siempre me había considerado a mí misma una persona independiente, demasiado independiente incluso, pero en esos instantes eché en falta la presencia de mi padre y la decisión con que afrontaba los problemas. Estaba escribiendo una nota para advertirles a su regreso de nuestra acelerada salida hacia el hospital cuando, afortunadamente, aparecieron. En el mismo instantes en que los camilleros enfilaban ya a la abuela escaleras abajo, renegando por tener que maniobrar camilla y enferma cinco pisos sin ascensor, todo ello aderezado con las críticas de la vieja hacia todo bicho viviente.

Varios inquilinos, alertados por el jaleo, se habían dado cita en los rellanos para no perderse detalle de lo que sucedía. Llegué a escuchar frases de lástima y alguna que otra en la que decían que era una pantomima.

—Vuelvan a sus casas, por favor. Dejen pasar a los camilleros. Vamos, dejen paso —pedía mi padre.

—¿Es grave, Fernando? —preguntaba la portera.

—Por favor, hágase a un lado...

—Pero ¿es grave, hijo?

—¡Señora! —le gritó un sanitario, que empezaba a perder los nervios ante el circo que se estaba montando—. Métase en su casa, pregunte mañana y déjenos hacer nuestro trabajo.

Antes de que los vecinos se dispersaran, la abuela no pudo remediar volver a demostrar ante un público volcado sus artes escénicas. Elevando una mano hacia el cielo, echó un vistazo a todos y dijo con voz quejumbrosa:

—Adiós a todos. ¡Hasta la eternidad!

32

El susto pasó y ella se recuperó como por ensalmo, retomando sus historias en cuanto volvió a casa.

Había veces que la abuela me abría puertas que el tiempo y la actualidad iban cerrando, en forma de personajes o tradiciones.

Así reeditó en mi memoria el tipismo perdido de la figura de los serenos. Yo llegué a convivir con el de nuestra calle. Se llamaba Anselmo y se enorgullecía de su origen gallego que nunca olvidaba, aunque su vida transcurrió en la capital. Alardeaba de su acento y hasta lo enfatizaba, intentando acaso avivar en él el flujo de la ría en que nació, el aire limpio de las mareas y espacios abiertos, en contraste con los humos y las calles del barrio cuyo paso precedían los golpes del chuzo que le acompañaba, y de donde sólo salió cuando lo jubilaron. Delgado, moreno, de mirada vivaz, picaresca rápida y graciosa, lo mismo traficaba con pequeñas cosas que hacía de alcahuete para varones atraídos por carne más fresca que la de sus esposas, o mozalbetes que querían estrenarse en asuntos del sexo. Él conocía bien a algunas damas del oficio, con las que establecía un punto familiar hasta el extremo de acompañar a los novatos puertas adentro, hasta el despliegue de medias y ligas, no fuera a ser que se cohibieran y rehusaran.

El chuzo: ¡cuánto eco retumbando en las aceras, rasgando la noche oscura y el silencio, sonido guía de unas palmadas que necesitaban de su presencia!

—¡Vooooy!

Los serenos nacieron en el reinado de Carlos III y se esfumaron en la década de los setenta. Doscientos años de nocturnidad resguardada, de poner coto a las broncas, de guiar al vecino que zigzagueaba con unos carajillos de más, incapaz de alcanzar su portal, quizá porque bebía para olvidar que regresaba a un piso pequeño, sin más ventanas que las de su patio interior sin airear, con un mañana sin futuro, tan difuso como su cerebro embotado.

Ciertamente, su marcha nos privó de un halo protector, aquel que conjuraba los silencios negros de la noche al abrigo del resonar de un garrote y una voz que los espantaba.

—¡Allá vaaaaa!

En las tardes de invierno, cuando se encendía la estufa de butano, mi abuela solía contarme también historias de jarana y música.

—Se engalanaban los balcones con mantones de Manila cuando llegaban las fiestas de San Isidro. Los patios de las casas eran como cuadros de luces, Nuria, en los que se exhibían mantones y serpentinas de papel de colores. ¡Menudas juergas se montaban, con baile y bebida! No como ahora, que no sabéis más que ir a esos sitios de perdición donde bullen chicos con pantalones anchos y niñas con faldas demasiado cortas, que es que vais enseñando las bragas, no sé yo de dónde ha salido esa moda —retomaba la crítica.

—Abuela, estamos en otros tiempos y en éste, la minifalda se impone.

—¡Qué me vas a contar! Ya sé que se lleva, ya, si no hay

más que salir a la calle, todas con el trasero al aire, sin esconder las vergüenzas, que así nos va. ¡Cuándo se ha visto que las mujeres dejen de ser decentes!

—Y ahora lo somos —protestaba yo, encantada de lucir unas minis de campeonato, que hacían que mis padres dudaran de si me había puesto un cinturón o una prenda de vestir.

—¿Cómo se va a ser decente enseñando hasta el...?

Le tapaba la boca para que no se explayara en su vocabulario sin concesiones.

—Deja de meterte con la ropa y dime qué pasaba en esas fiestas, abuela.

—Y esos pelos que llevan los muchachos, largos como si fueran tías. ¿Qué me dices de los cascabeles en los bajos de los pantalones? ¿Dónde se ha visto que la juventud vaya por la calle como si fueran gatos en celo? Entre eso y las faldas...

—Abuela, déjalo ya, ¿vale?

—Bueno, pero si luego te meten mano, no te extrañes, que parece que vais pidiendo guerra y al hombre que es hombre se le van los ojos con tanta carne. Ya en mis tiempos se les salían de las órbitas si nos veían un tobillo.

—Pues anda que tiene mucho de erótico un tobillo.

—Bastante más que un culo, criatura, bastante más. Vamos a ver, ¿qué dejáis ahora a la imaginación? Al macho le ha gustado siempre imaginar más que ver, te lo digo yo que entiendo de hombres porque he conocido a unos cuantos y me he casado tres veces.

—Han sido dos, pero vale, abuela —cedía yo, harta de monserga.

—¡Pues eso! ¡Vale! —zanjaba, suponiendo que había quedado encima.

—Venga, cuéntame de las fiestas.

—Dale más potencia a la estufa, que me estoy enfriando.

Hacía lo que pedía para acomodarme luego y seguir escuchando.

—Se preparaban barreños de limonada, cuando había dinero, con algo fuerte, algún orujo o anisado, para alegrarnos la pajarita. Durante esos días olvidábamos las penurias, la falta de medios, y juntábamos unas mondas para celebrar el patrón de Madrid. Hasta se ponían bombillas rojas, amarillas y verdes. Los vecinos pasaban de un patio a otro, intercambiábamos chismes, bailábamos... No había para más, aunque a mí, lo que me gustaba de verdad, era poder escaparme alguna vez y ver a las artistas.

Eso era otro cantar. Me nombraba a La Fornarina, Pilar Montarde, Amparo Taberner... A muchas de ellas ni siquiera llegó a verlas actuar, pero hablaba de ellas como de algo suyo, que llevaba en el atillo de una juventud devorada por los años.

—María Guerrero —susurraba con añoranza.

María Ana de Jesús Guerrero Torija, una de las mejores actrices dramáticas españolas de todos los tiempos, que triunfó tanto en nuestro país como en Latinoamérica, interpretando multitud de obras —desde *El sí de las niñas*, de Leandro Fernández de Moratín, hasta *El abanico de lady Windermere*, de Oscar Wilde—, era a quien se recurría en casa, comparando a la abuela con ella cuando se entregaba al juego de sus lamentos. Era imposible no hacerlo viéndola montar uno de sus «espectáculos» diciendo que se moría o cosa similar.

—María Guerrero, al lado de tu abuela, era una principiante —solía comentar mi padre.

Y era cierto. La abuela tenía un don especial para el melodrama. Sobre todo cuando le interesaba aparentar enfermedad para conseguir sus fines. ¡Cómo lograba que estuviéramos pendientes de ella!

Una tarde, mi madre y yo la acompañamos al dentista. Le molestaba una muela picada, o un diente, no estoy muy segura. La consulta estaba llena a rebosar. Mientras pasaba el paciente de turno matábamos el tiempo con alguna de las manoseadas revistas desperdigadas sobre la mesita de la sala de espera, poniéndonos al día acerca de casorios o nacimientos, de la última película estrenada o del extraordinario champú X para el cabello.

Emilia permaneció tranquila y hasta se puso a charlar con una señora de sus enfermedades comunes, aunque la falta de oído de la abuela, y el de la otra, que tampoco andaba muy bien de él, entorpecían la conversación. Siempre me ha asombrado esa reciprocidad que surge así, de repente, en las consultas de los médicos, que bien podría definirse como una rivalidad de achaques, en la que los interlocutores enfatizan sus males frente al vecino.

—Yo tuve paperas de pequeña.

—Yo varicela, y casi me lleva al huerto, oiga.

—A mí me operaron de apendicitis.

—¡No quiero contarle yo lo de mi hernia!

—Hace un año me tuvieron que quitar dos muelas a la vez.

—A mí, tres dientes.

—Y tengo la espalda...

—¿Qué me va a contar? Ni puedo moverme casi.

Al tocarnos el turno la abuela, que había acumulado más dolencias que la otra señora, porque no se podía luchar contra su cojera y la falta del oído, aceptó la palmadita en la mano de la mujer, que le daba ánimos, y entramos a la consulta del odontólogo. Tuvimos que ir con ella porque, en su sordera, alguien debía pasarle las instrucciones del especialista; un tipo rechoncho, bajito, medio calvo, con unas manos prodigiosas, al que conocíamos de toda la vida, acostumbrados a que tratara a toda la familia.

Era una estancia pequeña, toda blanca, donde instrumentos aterradores imprimían su presencia y que a mí por ese entonces, debo reconocerlo, me daba pánico tanto punzón que asociaba a la tortura.

La abuela se acomodó en esa especie de diván que sube y baja a instancias del pedal del dentista para situarte en posición, es decir, más a su merced. Más acojonado, decía ella.

Nada más moverse el sillón, comenzó a dar alaridos haciéndonos respingar a los cuatro —había también una enfermera—. Ni siquiera había llegado el pobre doctor a echar mano del clásico espejito, ni una pinza, nada. Tan sólo se paralizó, más blanco que la bata que llevaba puesta. Eran unos gritos desaforados, propios de alguien al que están despellejando vivo. Él nos miraba. Y nosotras le mirábamos a él y a la enfermera, pero ninguno dijo ni media palabra. ¿Qué se podía hacer ante una persona mayor tan fuera de sí?

La abuela armó tal escándalo que el dentista cesó en su intento de mirarle la boca, la hizo levantar y nos acompañó hasta la puerta. Al otro lado, para nuestro asombro y vergüenza, la sala de espera se había quedado vacía. Vamos, que los que aguardaban habían puesto pies en polvorosa. Nunca he pasado un bochorno mayor. ¡De que buena gana la hubiera sacudido! Y ahí la tenías a ella, despotricando del buen hombre, que ni siquiera la había tocado.

El odontólogo, muy digno, nos rogó que no volviéramos a la consulta con semejante burra parda. Bueno, no lo dijo así, era educado y supo contenerse, creo que muy a su pesar.

33

Aunque para representación, lo que se dice representación, el susto que me dio una noche y que aún, cuando me acuerdo, me pone los pelos de punta, si bien es cierto que aquí no hizo teatro, simplemente sucedió.

En casa, desde siempre, especialmente a mi padre, a Almudena y a mí, nos encantaban las viejas películas de terror. En más de una ocasión nos fuimos los tres al cine a disfrutar con los colmillos de Christopher Lee interpretando a *Drácula*, dedicándose a morder a todo lo que se meneaba, o con Paul Naschy, que nos hacía encogernos de miedo con su *Noche de Walpurgis*. Pero esto era una excepción. Nos conformábamos con Chicho Ibáñez, grande entre los grandes, que tenía al país colgado del televisor con sus *Historias para no dormir*, una bendición para los amantes del género. Podíamos pasar miedo sin gastarnos una peseta y compartirlo en casa todos juntos, aunque a mi madre esa serie no le hacía demasiada gracia porque le impedía dormir bien.

La abuela, por supuesto, también se apuntaba, pero como no se enteraba, veía gritar a los protagonistas y eso le hacía gracia.

Una de esas noches en particular, el capítulo fue especialmente espeluznante. Se titulaba «El pacto», la historia de un médico al que interpretaba el actor Manuel Galiana, capaz de mantener vivo a un hombre después de morir. Al final, cuando decidía despertarlo para que descansara definitivamente, el cadáver soltaba un alarido que te traspasaba de puro miedo.

Mi abuela se quedó como si tal cosa; mi hermana y yo pegamos un salto en el sofá, mi madre se abrazó a mi padre que presionaba la espalda contra el asiento como si quisiera poner distancia con la televisión...

Pasó el agobio del momento y entre risitas un tanto nerviosas nos acostamos.

Un par de horas después, acaso afectada por las fantasías vividas, yo no podía pegar ojo. Creí escuchar ruidos en el comedor. Nunca he sido miedosa, pero las escenas del capítulo volvían a mí en tropel. Como era y soy partidaria de mirar las cosas de frente en vez de cubrirme la cabeza con las mantas, ni corta ni perezosa me levanté a ver qué era lo que pasaba. Otra en mi lugar, tal vez habría dado media vuelta en la cama, pero a mí me vencía la sed de aventuras. Algo me decía que esos ruidos iban en serio, porque seguían. Recordé al muerto-viviente, los efectos utilizados por Chicho en la descomposición del cadáver, y no pude evitar que se me pusiera un nudo en las tripas, pero me hice la valiente y salté de la cama.

—¡Muertos a mí! —me dije en un alarde de bravura.

Salí de mi cuarto al pasillo a oscuras, despacio, casi sin respirar para evitar despertar a mis padres, los latidos del corazón retumbándome en la cabeza, tras la estela de los ruidos. Atravesé el comedor sin ver nada y llegué a la puerta de la vivienda, supongo que a comprobar si estaba echado el cerrojo «Fac» que aún sigue protegiendo la intimidad de la casa, porque mira que salían buenos aquellos cerrojos, no los de ahora que se abren con el canto de una tarjeta de crédito.

Nada por aquí.

Me encaminé a la cocina y allí descubrí el origen: la ventana estaba entreabierta y golpeaba la pared, mecida por el aire. Respirando más tranquila cerré, para regresar a la cama.

Al volverme, ¡allí estaba ella! Con un camisón blanco hasta los pies, el cabello suelto de horquillas, con el aspecto siniestro que yo imaginaba debían de tener las locas, sujetando una palmatoria en la mano derecha con una vela a medio consumir que iluminaba un rostro arrugado y sonriente, más escalofriante, dadas las circunstancias, que cualquier otro que yo hubiera visto en el cine de terror. El salto que pegué llevaba aparejado un grito de Guía Guinnes. Lo que pude soltar por mi boca aquella noche, traspasando tabiques vecinales dormidos, mejor no repetirlo.

34

En el mar de la nostalgia de la abuela también había hueco para viejos maestros de las corridas de toros.

—Emilio Torres, *el Bombita* —me decía—. ¡Qué macho era! Pero macho, macho. Sin mariconadas. Y no te digo nada de Félix Velasco o Vicente Pastor, a éste se le conocía como el Chico de la blusa, nunca supe por qué.

Para mí, defensora de los animales, que solamente asistí una vez a Las Ventas, a una corrida de payasos, la mención a esos héroes en los que mi abuela convertía a los diestros del capote, me dejaban fría. Ella me miraba y sonreía, sabiendo como sabía que el tema no era santo de mi devoción. Entonces cambiaba el tercio para evitar que yo me pusiera a estudiar en lugar de seguirle la corriente.

—Los carteles en sí eran verdaderas obras de arte, Nuria, no como los de ahora, en los que sale una botella y ahí se acabó todo. Recuerdo los que anunciaban a Nerón.

—¿Qué Nerón? ¿El emperador romano?

—¡Qué empapelador ni qué leches!

—He dicho emperador.

—¿Y qué es eso?

—Como un rey.

—¡Ah! —Se quedaba pensando unos segundos, luego se encogía de hombros y barajaba las cartas si nos entreteníamos con el juego.

La abuela no ganaba una mano, era un desastre en ese terreno y yo no tenía reparos en hacerle trampas porque a ella la divertía que lo hiciera y a mí me proporcionaba unas perras. Mis padres me lo recriminaban cuando se enteraban, pero ¿a quién hacía daño? Era una especie de acuerdo tácito: ella se lo pasaba bien, estaba acompañada, y yo no tenía que aflojar tanto el bolsillo para acercarme al puesto de golosinas, conocido en el barrio como «el puesto del Tío Caca» y comprar algún que otro pitillo suelto que escondía a buen recaudo después. Además, era la única de la familia con la que la abuela estaba dispuesta a soltar un poco la mano.

—Nerón era un elefante —decía mirándome por encima de la montura de las gafas, los cristales repletos de huellas como siempre, intuyendo que mis cartas eran mejores que las suyas por mi gesto irónico—. Ya has pillado, ¿eh?

—No llevo ni para pipas, abuela —intentaba engañarla, algo que no lograba.

—A otro perro con ese hueso, niña, que yo soy ya muy vieja para que me vaciles.

Echaba un cinco de copas y yo soltaba muy ufana el copón anunciando:

—¡Las cuarenta!

—Si ya lo sabía yo, se nota que has cazado lo mismo que si te hubieran metido una zanahoria por el culo. Mira que eres tramposa.

Yo ponía sobre el tapete un oro para evitar que cantara las veinte de ese palo.

—¡Me cago en la sota de bastos! —protestaba rindiendo el caballo—. ¡Acabas de joderme las veinte!

Nos despachábamos a placer porque estábamos solas en casa, mi madre había ido a la compra, mi padre estaba en el tajo y mi hermana en casa de una amiga, estudiando.

—Anda, abuela —incitaba yo—, dime algo más de ese elefante que te voy a dar matarile en esta partida.

Se echaba a reír porque sabía que iba a ser así, como solía suceder. Lo más curioso es que nunca me han gustado los juegos de mesa, las cartas españolas en particular, pero esos ratos sentadas codo con codo, escuchando sus confidencias, me resultaban beneficiosos.

—Nerón luchaba contra un toro.

—Se fastidió la cosa —decía yo—. Otra vez los toros.

—Es que aquella actuación fue muy especial. Creo recordar que fue un 13 de febrero y el toro se llamaba *Sombrerito*. Yo no fui a verla, claro, era muy pequeña, pero he visto el cartel.

Viendo que yo volvía a poner mala cara, cambiaba el tema.

Ya he dicho que la abuela sabía leer, escribir y las cuatro reglas —como ella decía—. Solía ojear en su tiempo *El Heraldo de Madrid*, *Blanco y Negro* y la *Revista Moderna*, pero dejó todos de lado y se pasó a *El Caso*.

Su periódico.

Su vena sobresaliente para el dramatismo se veía alimentada por aquel periódico, si es que se le podía llamar así, porque sólo venía a ser un panfleto de sucesos. Pienso yo que al ver impresas las desgracias ajenas, olvidaba las propias, regodeándose con la lectura.

Lo peor no era que disfrutara con sus hojas cargadas de tintes morbosos, sino que después me las comentaba a mí, como si me adelantara la noticia de que el mundo había dejado de ir cabeza abajo y se había arreglado de una maldita vez.

—Mira, mira lo que dice aquí. —Me mostraba la foto del cuerpo inerte de un desdichado que se había tirado desde el viaducto, el cadáver de una mujer apuñalada o el de cualquier atropellado en la Puerta del Sol. Me río yo de los telediarios de ahora. Menos mal que las fotografías eran en blanco y negro.

Una cosa llevaba a la otra, su mente retrocediendo en el tiempo para narrarme, con todo lujo de detalles, algún crimen de cuando era joven, la manifestación que hubo en Madrid en 1917 por la subida del pan, donde se armó una de órdago, o el incendio del teatro Novedades, allá por septiembre de 1928. Sin olvidar la boda de Alfonso XIII, cuando un anarquista, Mateo Morral, lanzó una bomba desde un balcón de la calle Mayor, con víctimas mortales y numerosos heridos.

—Los reyes no sufrieron daño alguno —comentaba frunciendo el ceño—. Oye, y es que los de arriba siempre parecen estar protegidos por Dios, digo yo si será por eso, por lo arriba que están. Si esa bomba hubiese ido destinada a algún pobre desgraciado, menuda escabechina, pero como eran los reyes...

No era fácil seguirla. Daba saltos en el tiempo y mezclaba sus invocaciones al son que las recordaba. Así, mientras barajaba de nuevo las cartas, aludía a una bronca que tuvo con su hermano mayor o te decía que en 1920 existía un local de jazz en la Moncloa.

—La Parisina. Un sitio finísimo donde alternaban las señoras de postín con vestidos de seda y raso y los caballeros de bolsillo repleto, no como el Racataplán, que era un cabaret de golfas en Bravo Murillo, donde se bailaba el tango y el charlestón.

—A mí me encanta el tango. ¿Qué tiene de malo?

—Que enseñaban el fandango las que iban a bailar allí —afirmaba, cargada de su razón.

Yo miraba mis cartas y asentía, sin ganas de discutir.

—Sales tú, abuela.

—¿Tú has oído hablar de la Chelito, criatura? No, claro, de eso hace mucho... Pues la Chelito se hizo famosa en ese cuchitril, en el Racataplán, buscándose una pulga en el escenario mientras cantaba. ¡Si sería zorra!

Cualquiera le llevaba la contraria cuando entraba en el terreno del insulto...

35

Tal como previó años antes el médico de guardia, la afección de la abuela no era nada de lo que hubiéramos de preocuparnos. Nos anticiparon, eso sí, que los esputos de sangre se podían repetir y que, a la larga, tenderían a ir a más, como así fue.

La abuela navegaba, como solía decir, en la misma barca que el Generalísimo. A pesar de sus años, se sentía como una mocita, la invadían las mismas ansias de vivir de siempre, salía y entraba de casa, acudía a las salas de cine e incluso se atrevía a darse una vuelta por los grandes almacenes en busca de telas con las que hacerse nuevas batas —nada de negro, que eso era para las viejas, rezongaba.

Su vitalidad nos asombraba a todos. Era increíble la tenacidad con que se armaba de su muleta, escalón a escalón abajo, escalón a escalón arriba, nada menos que cinco pisos. Casi a diario, a veces más de una vez, bajaba a la calle aunque fuese a por papel higiénico, el caso era salir. Pero yo sabía que el entusiasmo con el que acometía sus escapadas era pura fachada. Bastaba con oír sus comentarios frente al televisor siguiendo las apariciones de un Franco omnipotente moviendo la mano derecha en actitud admonitoria, arriba y abajo, como sentenciando, escapando del aparato su voz cansina, levemente sostenida, engañosamente apacible, dando paso a las aclamaciones de miles y miles de gargantas, brazos en alto, palmas extendidas o cánticos de *Cara al sol.*

Franco envejecía. Como ella. Las arrugas del rostro del dictador militar que gobernaba España con mano férrea, eran el fiel reflejo de las suyas propias, el cristal en que se reflejaba.

—Fíjate, Nuria, fíjate —murmuraba quejumbrosa—. Lo que ha sido y lo que es. Menuda estampa tenía cuando era joven. Bajito pero de buen porte. Mírale ahora...

—Ha pasado ya de los ochenta, abuela, es natural.

—Nos llevamos dos meses. No vas a decirme que yo estoy tan tocada como el Caudillo, ¿verdad? ¡Vamos, ni de coña! A ése le quedan dos partes de noticias, te lo digo yo. Pienso enterrarlo.

—Nos enterrarás a todos.

—¿De qué va a servirme? Al final acabaremos en el mismo sitio: jodidos y bajo tierra.

—Yo no tengo intenciones de que me entierren.

—No, aquí te vas a quedar, para simiente de rábanos. Ahora te ves joven, hija, pero los años no pasan en balde, si Dios te da salud acabarás hecha una pasa como yo, o como él, por mucho que se llame Franco.

—Pero no ocuparé dos metros de espacio. A mí, que me incineren.

—¡Qué cantidad de idioteces hay que escucharte, Nuria!

—No son tonterías, abuela. ¿Tú has visto el cementerio de la Almudena, el de San Isidro? Parecen ciudades.

—Lo que son, ciudades para los muertos.

—Donde se podrían construir viviendas, ambulatorios, jardines...

—¡No te jeringa! Y salas de fiestas. Pero, chica, ¿qué has aprendido con tanto estudio? ¿No estaréis pensando en quemarme cuando la palme? Por ahí sí que no paso; a mí, cuando me toque enfrentarme a la Parca, me enterráis como está mandado, como yo hice con mi madre, mis hermanos, como hice con Paco y con tu abuelo.

—Dejemos eso, abuela, valiente conversación.

—Es que las cosas hay que dejarlas muy claras, que luego pasa lo que pasa. Además, para eso estoy pagando al Ocaso, ¡qué coño! Seguro que lo de quemarme son cosas de tu padre y de tu puñetera hermana, que mira que me tienen asco, estarán temiendo que me pueda levantar para joderles.

—¡Abuela, por Dios!

—Cría cuervos y te sacarán los ojos —refunfuñaba mirando de reojo el discurso de Franco en la tele—. No sé para qué me he molestado en daros una casa, en manteneros a todos —incidía siempre en el mismo tema incluso sabiendo que no era cierto—. Ahora estáis pensando en no darme ni cristiana sepultura.

—Pero ¿de dónde te has sacado eso? —me exaltaba yo—, tú no nos has dado ninguna casa, recuerda que el contrato estaba a nombre del abuelo; a esta familia la ha mantenido papá con su trabajo, no tú que te fundiste un buen fajo de billetes en menos de lo que canta un gallo. Además, ¿qué porras dices de cristiana sepultura cuando te has pasado la vida renegando de la Iglesia? A buenas horas te sale la vena religiosa.

—Todo eso no me lo dices tú a la cara —se envalentonaba.

—Pues claro que lo digo. El vino mejora con los años, ya podías haber hecho tú lo mismo; pero no, tú vinagre, que es lo que te gusta y lo que siempre has dado.

—Nuria, no me calientes...

—Cállate, abuela, que estás más guapa.

Me iba por no acabar a voces; como venganza, se acercaba al televisor y ponía el sonido a tope. A pesar de tener cerrada la puerta del cuarto, hasta mí llegaban los gritos extasiados de «Franco, Franco, Franco» que proclamaba una masa enfervorizada glorificando a su líder.

A mi abuela le importaba un comino la política, el acto que estaban dando y todos los que acompañaban al general, pero sabía que yo no comulgaba con un Régimen liberticida que reprimía, encarcelaba o eliminaba, con más de cincuenta mil ejecuciones a la espalda, repudiado por Europa. Obligarme a escuchar el lamentable rugido que salía de la caja tonta, era su modo de desquitarse por lo que le había dicho.

—«La paz que hemos disfrutado durante tantos años ha levantado las envidias...» —me llegaba la voz—. «La prosperidad de nuestro pueblo... la bandera nacional... ¡Viva España...!»

Mi abuela, mientras, daba su discurso particular a voz en cuello.

—Cuando Franco la casque vendrá otro igual, uno de su camarilla, a ver si os vais a creer que esto va a cambiar de la noche a la mañana —disfrutaba pronosticando unos acontecimientos en los que ni creía ni deseaba—. Esos de la ETA han hecho volar a Carrero Blanco, que era su apuesta, pero ya buscará a otro que continúe con la dictadura.

Muchos tenían la esperanza de que los acontecimientos, el futuro de nuestro país, fluyeran por otros cauces. Ya estaba bien de ostracismo, de ser el culo de Europa. Al Régimen comenzaban a enseñarle los dientes sus viejos enemigos. El Partido Comunista, Comisiones Obreras, los socialistas y las fuerzas de oposición en bloque parecían haberse puesto de acuerdo tras el proceso de Burgos, juicio sumarísimo contra algunos miembros de ETA acusados de tres asesinatos. Se dictó pena de muerte para los imputados, pero el clamor del PNV y el clero progresista entre otros, levantaron la barrera acusando al Gobierno de genocidio y represión. Franco no tuvo más remedio que conmutar las penas de muerte por prisión, pero de poco sirvió puesto que la hendidura que gran parte del pueblo esperaba para el cambio, ya estaba abierta. El Régimen era un animal herido que, como su líder, se apagaba a ojos vista.

Francisco Franco Bahamonde y su gobierno autoritario y opresivo daban los últimos coletazos en 1975. Todo se desmoronaba.

Como si el Caudillo deseara dejar constancia de que era él quien manejaba el timón, que aún tenía fuerzas suficientes para diezmar a quien se le opusiera, en septiembre de ese año, ocho miembros del conocido FRAP, siglas del Frente Revolucionado Antifascista y Patriota, fueron condenados a muerte. Varios países retiraron a sus embajadores en señal de protesta y el Régimen asistió impertérrito a los ataques a las embajadas españolas en Europa.

—El Caudillo no se amilana, ya lo ves —señalaba mi abuela el televisor que emitía, el 1 de octubre, el último discurso del Jefe del Estado—. Es que los tiene cuadrados.

—Está más muerto que vivo, abuela. ¿Es que no lo ves?

—Sube ese trasto, que no oigo bien lo que dice.

—Para lo que hay que oír... Dice lo mismo de siempre, que si España tiene paz desde hace cuarenta años, que si somos la hostia, que todo es culpa de una confabulación.

—¿Qué es eso de la confabulación?

—Una maniobra judeomasónica.

—¿Eso qué significa?

—Para Franco, los rojos.

—Como Alfonso, el del tercero, entonces —afirmaba con gesto de preocupación—. Menuda cruz la que tiene su pobre madre con ese chico, mira que meterse en el Partido Comunista. Acabarán llevándolo al garrote vil.

—No me extrañaría, porque parece que estemos aún en la Edad de Piedra. Aquí puede pasar cualquier cosa.

—¿Qué acaba de decir el Caudillo?

—Que España es grande.

—¿Más que Rusia?

—No, mujer, no, más que Rusia no. Seguro que eso ni se le pasa por la cabeza.

—Ya me parecía a mí.

Herido de muerte, acorralado por un pueblo que ansiaba libertad rigiendo su propio destino al amparo de una palabra que crecía como un rugido, democracia, Franco tuvo agallas aún para presidir un Consejo de Ministros. Pero todo se terminaba, el personaje que había dirigido nuestro país durante tantos años, estaba a punto de desaparecer. Superó varios paros cardíacos que lo mantuvieron postrado en una habitación de hospital, rodeado de un equipo médico que, parte tras parte, anunciaban a cámara lenta su final. A finales de noviembre, recibía la extremaunción y moría.

Mi abuela, que había padecido los avatares de una guerra, no se fiaba ni del Papa.

—La cosa pinta jodía, niña —murmuraba poco antes de la desaparición de Franco.

Empezó a comprar todo tipo de alimentos enlatados que se apiñaban en los cajones, bajo el aparador del comedor, incluso en cajas debajo de la cama.

—Emilia, a usted no le rige la cabeza —le decía mi padre—. María del Mar, a tu madre se le ha caído el último tornillo que le quedaba.

—¡Qué sabrás tú, payaso! He pasado hambre en una guerra y no pienso volver a pasarla, que aquí se va a liar más gorda que la de Cuba.

—No diga tonterías, mujer.

—Ya veremos, ya, cuando se muera el Caudillo. Todos los lobos van a querer el pastel, si lo sabré yo, siempre ha sido lo mismo, el muerto al hoyo y el vivo al bollo. El bollo es España, por si no lo cazas...

—Usted si que caza, pero moscas.

—¿A que te rompo la cara, desgraciado?

—Lo dicho —se rendía mi padre—, como un cencerro.

Y es que a Emilia Larrieta, mi abuela, le dio por pensar que se nos venía encima otra guerra civil, o lo que era igual, escasez de alimentos.

No se lio la gorda, como vaticinaba ella, gracias a Dios.

Juan Carlos de Borbón fue investido Rey de España por más que muchos dijeran que no sería más que un títere en manos de los políticos que abrigaron a Franco hasta su agonía. Un hálito imparable de esperanza hacía brillar los ojos de la mayoría de los españoles. Quedaba atrás la despedida lacrimógena de Carlos Arias Navarro anunciando por millones de televisores: «Franco ha muerto», el entierro multitudinario, el miedo y el encorsetamiento vital y políticos de un pueblo que clamaba por un futuro mejor. Entramos en la Transición.

Ahora sí, España resurgía de sus cenizas.

36

El sol calentaba la casa como un horno y el ventilador apenas daba para remover el aire pesado y pegajoso, hiriendo mis oídos el ruido zumbón que se mezclaba, impertinente, con el siseo del abanico que mi abuela manejaba al ritmo del vaivén de su muñeca.

Intentaba leer, pero un entorno sofocante me lo hacía difícil, no conseguía centrarme. En la tele pasaban una película a la que no prestaba más atención que alguna rápida ojeada cuando un grito me interrumpía o una musiquilla estridente me alertaba del peligro. Además, ya la había visto. Pero la abuela debía seguir con atención el argumento, seguramente porque ya se estaba montando en su cabeza el propio, casando al asesino con la chica o adjudicando al policía, un rubio con bigotito, el papel de desalmado.

Alguna de las escenas debió de llamarle la atención porque de pronto se volvió hacia mí diciendo:

—¿Te he contado alguna vez lo de la Trini?

—¿Qué Trini? —pregunté sin levantar los ojos del libro.

—Mi vecina, la chica a la que casi matan de una paliza. La que era cigarrera. La puta.

Expresiva en su lenguaje como siempre, despertó mi curiosidad.

—Creo que no.

—Una pena de muchacha, una pena —se abanicaba cada vez con más ímpetu, abriendo y cerrando el abanico a cada poco, provocando que su tirante y repeinado cabello se le fuera escapando de las horquillas que lo sujetaban—. Niña, ¿no se puede poner esa mierda de aparato más fuerte?

—El ventilador está al máximo, abuela.

—Pues no sé para qué coño lo ha comprando tu padre, si no sirve para nada. Ni en las calderas del infierno puede hacer tanto calor.

—Estamos en agosto.

—Ya sé que estamos en agosto, ya, que no estoy senil aún, todavía sé en qué día vivo.

—¿Quieres un poco de limonada?

—Mejor una nube del Mono. Anda, que mientras te cuento lo de la Trini.

Coloqué el trozo de hoja de periódico que me servía de marca páginas —detesto doblar las hojas— y cerré el libro. Tenía por delante otra sesión de los recuerdos nostálgicos de mi abuela; cuando eso sucedía, nada la apartaba de dar rienda suelta a la lengua relatándome el suceso, quisiera o no, así que me levanté, abrí el frigorífico —gracias a Dios habíamos prescindido tiempo atrás de la antigua nevera, una de aquellas que enfriaban gracias a una barra de hielo que se depositaba dentro, y que ahora nos servía para guardar los libros a mi hermana y a mí—, casi llené un vaso de agua fría al que añadí un chorreón de la botella de anís del que solía beber mi abuela y sus amigas cuando venían a visitarla. Una vez consumida, mi hermana la usaba para rascarla con un cucharón acompañándose del ruido en su cántico de villancicos de Navidad. Me preparé otro mejunje para mí por ver si me refrescaba más que el agua sola.

—Desde muy jovencita —se arrancó después de beberse

la mitad de su vaso de un trago—, dio que hablar. En realidad se llamaba Tomasa Benedicta, que no sé yo por qué le pusieron dos nombres, como a la gente de tronío cuando a los pobres nos sobra con uno. A los doce años tenía ya cuerpo de mujer. ¡Y qué mujer! Un pelo lustroso, negro, grandes ojos de color azul, buenas tetas, cintura estrecha, caderas generosas. Toda la vecindad intuía que con su físico, a poco que se desviara, iba a tener problemas, vaya si lo sabíamos. Algunos decían que se parecía a una artista de cine, a esa que salía en aquella película de la selva con el orejotas que tanto me gusta, el que se parece a tu padre.

—¿A la protagonista de *Mogambo*?

—Sí, a ésa —respondió. Se terminó la «pajarita» y volvió a emprenderla con el abanico a toda marcha—. ¿Cómo se llamaba la artista?

—Ava Gardner.

—¡Paca Garner, eso! Pues a ella se parecía, oye, con un porte que cualquiera diría que era una señorita de altos vuelos en vez de la hija de un limpiabotas.

—Vale, la chica era muy atractiva, ¿y qué?

—Creció y se casó al cumplir los diecisiete años. Nadie pensaba que ese matrimonio podía durar, porque él no valía una puñeta. Era maestro de escuela, daba clases particulares a los niños bien y ella ayudaba trabajando como modista. Ganaban sus buenos duros, por eso se trasladaron a vivir a una casita cercana, algo más grande que la que tenía alquilada su madre, la Petronila, aunque no lo suficiente como para llevarse con ellos a la vieja. Sin embargo, Tomasa, o sea la Trini, se pasaba todas las noches, cuando regresaba del trabajo, para atender a su madre, limpiar la casa y prepararle cena y comida para el día siguiente, algo que la honraba.

—Si se llamaba Tomasa, ¿por qué lo de Trini? ¿Era un apodo?

—No, hija, no. Era su nombre de guerra, el que empezó a usar cuando perdió la honra.

—¿Por qué se echó a la calle? ¿No dices que ganaban lo suficiente entre los dos?

—La culpa fue de un cabrón. Un médico que se encandiló de ella en la cárcel de mujeres de Las Ventas. —Movía la cabeza pesarosa—. Las ideas revolucionarias del marido, Evaristo se llamaba, contagiaron a Trini. Cuando quiso darse cuenta, estaba tan involucrada que ya no había vuelta atrás. Ya sabes lo que pasó cuando Franco ganó la guerra: las ilusiones de los que pocos meses antes enarbolaban la bandera de la libertad se vieron truncadas y acabaron engrosando por millares la larga lista de prisioneros del Régimen.

—¿Los encarcelaron?

—Evaristo se movió cuanto pudo para conseguir documentos con los que salir de España, siempre era mejor exiliarse que caer en manos de unos vencedores dispuestos a cortar de raíz todo germen que no oliera a sus razones patriotas. Pero no lo logró y sí, acabaron ambos en la cárcel. Por aquel entonces los centros penitenciarios se esparcían como hongos, en Madrid había más de quince. Todos a rebosar. Pero a él le destinaron a la Prisión Central de Burgos y a ella la recluyeron en la de Las Ventas. Dos veces pude ir a verla acompañando a su pobre madre, que tuvo acceso a un pase gracias a Benito, el que te conté que salvó la vida de Cosme, el republicano, enviándolo a un pueblo, ¿te acuerdas?

—Sí, me acuerdo.

—Nos dejaron llevarle algo de comida, una pastilla de jabón y cigarrillos, la condenada fumaba como una chimenea, igual que tú. Dentro de la prisión no había de nada, te lo puedes figurar, por no haber no había ni comida. No era de extrañar, claro, con tanta penuria fuera. Construida para unas quinientas reclusas, se decía que hacinaron allí a más de cinco mil, así que ya imaginarás cómo estaban. Aquello era una verdadera mierda.

—Ya me lo imagino.

—¡Qué vas a imaginar! Nadie que no lo haya visto puede

hacerse una idea, Nuria. Famélicas, llenas de piojos, sucias, una ruina... A la postre, a quienes les raparon el pelo como represalia fueron las más afortunadas, al menos se libraron de sufrir los parásitos, aunque las chinches hacían de las suyas en unos cuerpos tan hambrientos y decrépitos. A la Petronila, su madre, me la tuve que traer medio a rastras por miedo a que la enchironaran allí mismo con su hija, tales fueron las barbaridades que soltó contra los celadores, el Régimen, el Gobierno y todo quisque. Menos mal que al Caudillo ni lo nombró, de otro modo no quiero ni pensar dónde habríamos ido a parar las dos, yo sin comerlo ni beberlo. ¡Mira que me hizo pasar mal rato, la jodía!

A esas alturas del relato, a mí se me había olvidado ya el libro y el televisor —al que había eliminado la voz—, que permanecía encendido por pura inercia.

—¿A ella no le raparon el pelo?

—No lo permitió el médico. El muy cabrón que la echó a la mala vida. Tenía un pelo precioso, ya te digo, aunque cuando la visitamos por primera vez, después de tres meses de cárcel, había perdido lustre, lo llevaba sucio, enredado, pegado a la cara. Estaba delgada como un hueso, pero seguía siendo guapa, con unos ojazos que quitaban el aliento; por eso aquel malnacido la enfiló. Vete a saber qué coño hacía el muy cerdo en la cárcel, pero el caso fue que desde que la vio ya no hubo más presa para él. No me extraña que al final lograra salir la buena de la Trini de presidio y regresar a casa.

—Si el tal médico logró sacarla de un lugar tan repugnante, ¿por qué lo llamas cerdo?

—Porque lo era. Tenías que haberlo visto, tan fino, tan bien vestido, tan por encima del bien y del mal como creían estar la mayoría de los que apoyaron a Franco. Tenía las manos blancas, de dedos largos y uñas bien cuidadas. Parece que lo estoy viendo, con su pelo ondulado impregnado de gomina, oliendo a colonia de la cara, de la que traían del extranjero, con una sonrisa tan falsa como el bellaco que se escondía tras su ridículo bigotito.

—Como para enamorar a cualquiera, ¿no?

—Lo que enamoraba era su cartera y sus influencias, Nuria, lo único que valía en ese tiempo, porque España se moría de hambre y muchas mujeres no tuvieron más opción que hacer la calle.

—¿A Trini le gustaba ese tipo?

—Ni una pizca así. Trini estaba colada hasta las trancas por su marido, por Evaristo, que penaba lejos, en Burgos, en condiciones tan negras como ella misma, o peores. Por lo que pudimos saber por Benito, Dios le tenga en su Gloria —se santiguó, cosa rarísima en ella—, su expediente figuraba entre los que sufrieron un Consejo de Guerra sumarísimo. A ella le carcomía no saber la suerte que correría su esposo, lo mismo podía permanecer recluido por años que acabar en el paredón, frente a un pelotón de fusilamiento. ¡Si los patios de las cárceles y las tapias de los cementerios hablasen, hija...! ¡Sabías que casi hubo cincuenta mil muertes en el 39? Las hubo, más que en toda la puta guerra, ahí es nada.

—¿Qué fue del médico, abuela?

—¿Queda más agua fría?

—Claro.

—Ponme otra «pajarita», anda, que voy a terminar siendo un charquito en medio del suelo. Ni ventilador, ni abanico, ni leches en vinagre, en esta casa no sirve nada. ¡Joder con agosto!

Mientras se lo preparaba eché un vistazo al reloj recordando, y renegando por ello, que tenía que bajar —lo que era peor, subir cinco pisos— a comprar aceite.

—Supe del nombre de ese miserable porque la propia Trini me lo confesó la noche en que casi la mató de una paliza. Salvador se llamaba, el hijoputa, nunca me enteré de su apellido.

—¿Qué pasó?

—¡Qué iba a pasar! Lo que estaba escrito desde que ese mal bicho le echó el ojo encima, que acabó calentándole la cama, para más desgracia su propia cama, en la que se había acostado con el pobre Evaristo. La sacó de prisión, le compró un par de vestidos caros (que sólo podía usar cuando salía con él), zapatos, ropa interior —negra y con puntillas, de zorra—, colonias, cosméticos...

—Y Trini cayó —concluí.

—Ni ante el abrigo de piel que le puso delante, ¡qué va! Lo que la hizo agachar la cabeza y la dignidad fue la promesa de que liberaría a Evaristo de la cárcel de Burgos. La muy tonta le creyó, pero que otra cosa podía hacer.

—¿No lo sacó del penal?

—¿Por qué iba a molestarse? Evaristo era un enemigo del Régimen, no tenía intenciones de mancharse las manos moviendo influencias por él. Podía haberlo hecho, porque buenas agarraderas en las altas esferas sí que tenía el desgraciado. ¿Qué le hubiera costado interceder por un hombre que enfermó gravemente en la prisión, que no duraría mucho porque la tuberculosis se lo comía vivo? A fin de cuentas se lo debía, se estuvo tirando a su mujer un año largo. Bueno, él y su hermano, un abogado que tramitaba muchos de esos expedientes que acababan archivándose después de decretar para el prisionero cárcel o fusilamiento.

—¿Cómo que los dos? —me asombré—. ¿Quieres decir que...?

—Quiero decir lo que he dicho, ya no eres una niña, aunque a veces pareces una colegiala con esas faldas tan cortas. No creo que vayas a escandalizarte ya, teniendo novio como tienes.

—Yo no me escandalizo por casi nada, en eso me parezco a ti, pero se me revuelve el estómago con lo que cuentas, no puedo remediarlo. A ver si te piensas que estoy en la inopia, abuela, pero una cosa es hacerlo con quien quieres o quienes quieres, y otra obligada. Por lo que me dices, esa mujer aguantó lo suyo.

—¡Acabáramos! ¡Ésta sí que es buena! Así que para ti que una mujer se lo monte con los que quiera, está bien. —Me miraba alarmada, como si acabara de decirle que Jesucristo había resucitado de nuevo—. Toda la juventud está podrida, Señor. Podrida.

—Que no es eso, abuela. Lo que digo es que cada uno tiene sus gustos en eso del sexo, ni tú ni yo somos nadie para criticarlos.

—Pero ¡¿en qué país vivimos?! —Accionó el abanico con tantas ínfulas que acabó por despeinarse del todo.

El cabello encrespado, los ojos saltones, un rictus de asco en los labios, expresaban a las claras que la abuela por ahí no pasaba. No era de extrañar, criada como había sido en una época en la que la inhibición del sexo en una mujer equivalía a un estandarte de decencia, frecuentemente pura fachada. Pero mandaban los cánones puritanos que imponía la Iglesia, una Iglesia que miraba para otro lado cuando se trataba de asuntos de faldas en el entorno del poder. Claro que infinitamente peor lo tenían los homosexuales, mariconas degeneradas que había que eliminar; se les denigraba, se les apaleaba, se les encarcelaba o directamente los mataban. Ésa era la España real en sus tiempos.

Yo no tenía interés alguno en inmiscuirme en las apetencias sexuales de la gente, simplemente vivía en el mundo actual, el sexo forma parte de la vida y, además, vende. En las tertulias, quien más, quien menos, se hacía eco del escándalo que provocó el estreno de la película de Bernardo Bertolucci, *El último tango en París,* protagonizada por Marlon Brando y María Schneider. Hubo desbandada de españoles que cruzaban la frontera en procesiones de fin de semana al sur de Francia, Biarritz o San Juan de Luz, con el único objetivo de visionarla. Se filtraron imágenes borrosas y de pésima calidad que se proyectaban en reuniones privadas a las que se asistía con una enorme carga morbosa porque aquello representaba una ruptura absoluta contra la moral vigente, y una burla a la censura que se había ensañado del pensamiento y las costumbres de una España falsa.

Era evidente que las relaciones sexuales no se podían circunscribir a hacer el amor a oscuras y en silencio.

—Abuela, que estamos en el siglo XX, por favor.

—¡Qué siglo XX ni qué hostias! ¿Ahora me vas a decir que porque van pasando los años hay que tragar con la inmoralidad? ¿Es ésa la nueva moda, como la de los pelos largos en los chicos o las faldas, que enseñan más que lo que tapan?

—Olvidemos el tema, que te estás alterando.

—Claro que me estoy alterando. Si tu abuelo levantara la cabeza y te escuchara.

—¿Cuál de todos? —La fustigué con bastante mala leche, al fin y al cabo no había sido ella un modelo de abstinencia—. Cálmate, que te va subir la tensión. —Traté de enrabietarla ahora que tenía tema para darle cuerda—. ¿Te preparo una tila?

—Tómatela tú, demonio, que eres capaz de decir que no hay Dios bajo la capa del Cielo.

—Hoy tienes el día beato.

—¡Tengo el día que me da la gana!

—Pues estamos aviados.

—Seguro que también te parece bien que dos hombres se metan mano, ¿verdad?

—¿Qué tiene eso que ver ahora?

—Todo. Si te parece sano que una mujer se acueste con varios hombres, estarás de acuerdo en otras desviaciones.

—¿Quién ha dicho que yo esté de acuerdo? Además, ¿por qué lo llamas desviaciones?

—Porque no es natural. Dos fulanos con bigote dándose el morro es asqueroso.

—Pareces un cura dando un sermón.

—¿A ti te resulta bonito?

—Y dale con el tema. Abuela, hay que dejar vivir a la gente.

—Vamos, que te parece bonito.

—Ni bonito, ni feo, simplemente no me parece nada. Cada persona es libre de elegir su propio camino mientras que no jorobe al resto. Haz el amor y no la guerra, se dice.

—Eso lo has sacado de los *tippis* esos de melena larga que no hacen más que dar alaridos, moviéndose como unos obscenos en los escenarios.

—Se dice hippie.

—¡Se dice leches! No me cambies de tema.

—La que cambias de tema eres tú, que me estabas contando lo de Trini y ese médico y te has ido por los cerros de Úbeda.

—¡Pues sí! Lo de ese médico y su hermano, el abogado, tan cabrón como él.

—Vamos, entonces, que sigas y dejes de discutir, a ver si ahora vamos a liarnos en una trifulca filosófica sobre lo que hace la gente bajo las sábanas, ¡no te fastidia!

—¿En una trifulca de qué?

—Acaba de contarme lo de esa mujer, si es que vas a hacerlo, tengo que bajar a por aceite y me cierran la tienda. Claro que si no quieres, me bajo ahora mismo y le cuentas tus historias al Sursuncorda.

Al ver que me levantaba, cambió de actitud. Si algo le repateaba a la abuela era que alguien la dejase con la palabra en la boca.

—Está bien, pero ponme otra «pajarita».

—Llevas dos, vas a acabar piripi —le avisé para zaherirla más que otra cosa porque de alcohol apenas llevaba unas gotas de anís.

—A veces me gustaría pasarme el día borracha, como mi difunto Paco, al menos no escucharía tantas sandeces como dices.

Le preparé su tercer vaso, demorándose en continuar dando vueltas a la bebida entre sus arrugadas manos, fija la mirada en el trocito de hielo que bailaba dentro. Luego dijo:

—A Salvador le ponía ver a la Trini con otro hombre, me lo contó todo aquella noche, entre sollozos y quejidos a medida que le curaba los cortes del labio y de la ceja. El hijo de puta le había dejado la cara como un mapa.

Según la escuchaba iba aumentando mi mala uva. Era en

momentos como ése cuando me gustaba fantasear que me convertía en Bruce Lee, el maestro de artes marciales que fascinó a toda una generación, causante directo de que me apuntara a un gimnasio para tomar clases de kárate junto a un amigo que estaba tan loco como yo. Pero es que fabricarme el sueño de poder hacer justicia a gentuza como Salvador, me motivaba. Curiosa manera de resolver conflictos aplicando impropia justicia a los malos, cuando siempre mediaba en las peloteras entre los amigos para que hubiera paz.

—¿No lo denunció?

—No lo hizo. ¿Tú sabes lo que era denunciar a un falangista en ese tiempo?

—Pues algo se podría hacer, imagino.

—Sí, claro: ajo, agua y resina, es decir joderse, aguantarse y resignarse, lo que hizo ella. Todo ocurrió una tarde de verano, tan asquerosamente calurosa como la de hoy. Salvador le engatusaba con que la liberación de Evaristo estaba al caer y ella, la pobre, esperanzada, se arregló con uno de sus vestidos de ocasión, se calzó zapatos de aguja, se acicaló para recibir su visita. No le importaba prostituirse de nuevo para él, ni someterse a la humillación de que el abogado se la trajinara en presencia del hermano, sólo le importaba ver a Evaristo fuera del presidio, soñar que volverían a estar juntos. «Ya me encargaré yo de cuidarle, Emilia», me decía con los ojos encandilados, brillantes por la emoción.

—Entonces...

—Entonces le llegó una carta. Era de otro preso en circunstancias semejantes a las de Evaristo, al que por uno de esos golpes de fortuna, milagrosamente, retiraron los cargos y quedó libre. Parece que habían sido compañeros de celda. En esa carta le daba el pésame.

—¿Cómo que el pésame?

—Evaristo había sido fusilado en la prisión dos meses antes. Salvador nunca se lo dijo, quería seguir manteniendo una esclava.

—¡Qué hijo de perra! Yo le hubiera matado.

—Ella lo intentó, claro que lo intentó. Leyendo la carta se vino abajo y cayó en un mar de lágrimas. Después, el odio tomó el relevo. Tiró por la ventana sus regalos, sus frascos de perfume, su abrigo de pieles... pero poco más. Se fue calmando y se dio cuenta de la situación en que se encontraba, sola, destruida por dentro, arrancada de cuajo la razón por la que merecía la pena hacer lo que fuera, su Evaristo. Se repintó, borró los churretes que las lágrimas habían dejado en su cara y esperó, sentada, como una estatua, la llegada de Salvador.

—¿Qué fue lo que pasó?

—Llegó solo, un poco bebido, con urgencias. Se saltó los prolegómenos ordenándole que se desnudara de inmediato, exigiendo su tributo sin miramientos. Trini hizo lo que pedía, como siempre, alargando en lo posible el momento de entregársele, consciente de que el muy desgraciado no sólo no había hecho nada por Evaristo, sino que la había envilecido hasta el punto de que ya todo le importaba un pito. Su marido había muerto y ella se había convertido en la fulana de un ser despreciable y odioso contra el que nada podía hacer, así que ¿qué le quedaba?

—Su vida, por supuesto, y el premio de la venganza.

—Trini nunca fue una mujer echada para adelante, hasta ese día. Otra, en su lugar, tal vez hubiera llorado la muerte de su marido, tratando de rehacer su futuro, marchándose de Madrid quizá para borrar su vida y a Salvador, qué sé yo. Ella no. No vio otra salida que la de morir también, pero llevándose al médico por delante. Había escondido la navaja de afeitar de Evaristo bajo la almohada, que afiló debidamente con sangre fría mientras esperaba. Ya te puedes imaginar lo que pasó.

—Que no fue capaz de hacerle frente.

—Al contrario —le brillaron los ojos al decirlo—. Al contrario, Nuria, sí que fue capaz de usar la navaja. Le pegó un mandoble en un hombro, cerca del corazón, que era su objetivo. Sólo que no llegó a más. Contra un tipo mucho más fuerte que tú, o aciertas a la primera o estás perdida. La desarmó y la inmovilizó por más que ella pateara, braceara y le escupiera su inquina por la muerte de Evaristo.

—¿Cuándo ibas a decírmelo, hijo de puta? —se le enfrentó— ¿Cuándo?

—No pude hacer nada, mujer, los expedientes llevan su curso...

—¡Basta ya de mentiras! Me has mantenido engañada todo este tiempo, he sido tu prostituta y la de tu hermano para nada, ¿verdad? ¡Para nada! Eres un cabrón repugnante, malparido.

El insulto lo enfervorizó, zarandeándola a conciencia, escupiendo insultos que fueron incendiando su estado violento.

—Has sido mi puta, sí, ¿acaso sirves para otra cosa? ¿Qué eras cuando te conocí sino un despojo humano?

—Una mujer con principios —repuso ella, llorando.

—No, cariño, no. Entonces ya eras una puta en potencia, sólo que desnutrida y sucia. Yo te saqué de la mierda, te regalé ropa, te he dado dinero...

—Puedes meterte tus regalos en los cojones, Salvador —le contestó con toda su rabia—. Se acabó, ¿me oyes? Se acabó. Sal ahora mismo de mi casa y no vuelvas o soy capaz de...

—¿De qué? —Fue entonces cuando le atizó la primera bofetada, partiéndole el labio y lanzándola contra el aparador—. ¿De qué vas a ser tú capaz, zorra, que no eres más que una zorra barata? ¿Qué me recriminas? El desgraciado de Evaristo ha salido ganando muriendo, librándose de una furcia como tú.

La abuela se tomó una pausa, recolocándose el pelo que el aire del ventilador por un lado y su abanico por otro habían ido enmarañando.

—Salvador perdió los papeles y empezó a darle patadas. No la mató porque a las voces de socorro de Trini acudieron algunos vecinos; antes que pudiera abrirles el muy cobarde se dio a la fuga saltando por la ventana del patio. Como sabían que nos llevábamos bien, la trajeron a casa.

—¿A nadie se le ocurrió llevarla a la Casa de Socorro?

—Mira, hija, las broncas de vecindario eran asuntos vecinales y a la gente no le gustaba retratarse. Si la hubieran llevado a urgencias habría intervenido la policía, flaco favor a la Trini que estaba fichada ya, por revolucionaria.

—Entonces, el fulano se fue de rositas.

—Así eran las cosas.

—¡Pues vaya mierda!

—Sí, Nuria, sí, vaya mierda, pero era lo que había. Trini no fue sino otra de tantas mujeres a las que la vida golpeó a conciencia. Si aún vive, no creo que se olvide jamás de aquel día.

—¿Dónde fue a parar?

—Seis meses después de estos sucesos, me escribió una postal desde Murcia. No volvimos a saber de ella.

Se me hacía tarde. Con la moral tocada por tanta víctima inocente, por tanto sinvergüenza sin castigo, tomé el monedero dispuesta a airear el mal humor que me había dejado su relato bajando a la calle.

—Vuelvo enseguida, abuela.

Tiraba ya del picaporte de la puerta cuando la escuché decir:

—¿Sabes, Nuria...? Me encontré con aquel hijo de mala madre algún tiempo después, en las escaleras de la calle del Toro, yendo de paseo con Amalia.

Paré en seco y me volví a mirarla. Conocía la calle, había caminado por allí con los amigos de la pandilla. Lo que me llamó la atención fue el modo en que la abuela dejó caer la palabra *escaleras*. Piensa lo peor y acertarás, me dije. Acerté de pleno. Ella me observaba con una sonrisa ladina asintiendo con la cabeza.

—¿Qué hiciste, abuela?

—¿Yo? Nada, hija, qué iba a hacer. Fue mi muleta, que se enredó con su pierna, sin querer claro, y le mandó escaleras abajo dando tumbos. A mí porque me sujetó Amalia, que si no...

—¡Ya...!

—Se rompió una pierna y la clavícula, al decir de los enfermeros que lo metieron en la ambulancia.

—¡Ya! —repetí, alegrándome en mi fuero interno.

—Volvimos a verlo Amalia y yo, años más tarde, en Gran Vía. Iba tan repeinado como siempre, tan pulcro como cuando visitaba a Trini. Caminaba con la ayuda de un bastón.

Me eché a reír, realmente aliviada.

—Que le joda, pensé. ¿No te parece, niña?

—Eso, abuela, que le joda.

37

En 1976, mi hermana se afanaba en acabar sus estudios, yo estaba a punto de casarme y mi abuela se apagaba poco a poco, sin saltarse el guión de ser la Corrompe de siempre, continuando en ser la espina clavada en el trasero de cada uno de nosotros, demostrándolo con hechos además de con palabras. Lo mostraba en un simple tic que la definía: su costumbre infantil de ponerle los cuernos a mi padre cada vez que pasaba a su lado. A lo que él sonreía cansadamente, viéndola por el reflejo del espejo. Era ya como un protocolo cotidiano que daba ínfulas a una e ignoraba el otro.

Las normas debían ser las que marcaba ella. No oía, pero si mi padre encendía la radio demandaba silencio a voz en grito. Y si apagaba la radio y dejaba la luz encendida para leer en la cama, lo reprochaba igual.

—Eso, tú gasta electricidad, que luego la pago yo —censuraba.

En el esquema mental que se había creado de redentora de la economía familiar, tantas y tantas veces repetido a quien quisiera oírlo, terminó por dar validez a su propia mentira: ella tenía pensión, todos vivíamos en su casa, luego se hacía allí lo que ella mandaba.

Mi padre, por no discutir, e inducido por el «déjala, Fernando» de mi madre, acababa por ceder, apagaba y dejaba el libro para otra ocasión.

Mi abuela esperaba un rato, sin convencerse del todo aunque la luz que saliera por debajo de la puerta se hubiese apagado. Se levantaba, se acercaba, creía ella que sigilosamente porque al no oír no sabía que la muleta rechinaba a cada paso, al cuarto de mis padres y abría la puerta. Ése era el momento en que mi progenitor llevaba a cabo su pequeña venganza. Aprovechando la claridad que se colaba por la ventana, ahuecaba la sábana simulando una erección de campeonato. Los ojos de Emilia recorrían las siluetas bajo la ropa, resoplaba indignaba y cerraba la puerta murmurando:

—¡Cerdo! ¡Más que cerdo!

Muy de tarde en tarde, cada vez menos porque yo me ocupaba ya de preparar mi nuevo hogar, sin apenas tiempo libre, aún manteníamos algunos ratos de conversación.

Casi al anochecer de un día de primavera, filtrándose muy lejana, a través del patio, con la megafonía de fondo de altavoces de los vehículos que pregonaban propaganda de los partidos políticos, me sorprendió contándome un episodio que me intrigó. Con el horizonte de unas elecciones generales en perspectiva, las tertulias de taberna, las reuniones de amigos, las sobremesas vibraban en charlas, cuando no discusiones, ponderando, ensalzando o vaticinando el futuro de tal o cual candidato.

La escasa luz se tamizaba a través de los cristales y visillos e incidía en su rostro, pálido y cansado tras haber superado otro internamiento en el hospital.

—Le vi hace un mes, Nuria.

—¿A quién?

—A él.

No hizo falta que dijera su nombre, lo adiviné. Al amparo de sus viejas confidencias supe de quién se trataba. La tomé de la mano y me transmitió su pulso desbocado, como el de una jovencita rememorando su primera cita de amor. Tantos y tantos años y aún se alborotaba su baqueteado corazón por su recuerdo.

No me atrevía a preguntar nada, reprimiendo el impulso de intriga que pretendía escudriñar en sus secretos y sus sentimientos. ¿Era posible que después de cuatro lustros aún aflorara una chispa de ternura hacia Alejandro? De difícil aceptación para quien la conociera mínimamente, pero no para mí porque estaba enamorada y mi espíritu y mi cuerpo bullían al abrigo del que iba a convertirse en mi marido. Yo era joven. Ella, una anciana. Pero el corazón no entiende de tiempos ni de edades.

Clavamos los ojos la una en la otra y sonreímos, cómplices de un pequeño secreto que a nosotras y a nadie más pertenecía.

—En el mismo Cardenal Cisneros, niña, por donde paseamos tantas veces.

—¿Hablasteis?

Se tornó en mueca su expresión, movió la cabeza y luego la dejó descansar sobre la almohada.

—¿Para qué? Ya no se puede avivar un fuego que se ha convertido en cenizas, las que seremos ambos dentro de muy poco.

—No digas eso, abuela.

—Negar lo inevitable es de estúpidos, Nuria, ya sabes que yo no lo soy. Al pan, pan y al vino, vino. A todos nos llega la hora y la mía está al caer. O como dice tu hermana, que sé que lo dice refiriéndose a mí, a todo cerdo le llega su san Martín. Apenas quedan granos de arena en el bulbo superior del reloj e irremediablemente se agotan, hija.

—A ti te queda mucho por guerrear, abuela, que bicho malo nunca muere.

Se le escapó una risa cascada y seca apretando mi mano.

—Pienso durar hasta que se vote en España, nunca he votado. Mi padre sí lo hizo, ¿sabes? No quiero ser menos.

—¿Por quién votarás? Te advierto que no puedes hacerlo por Rusia —bromeé yo para animarla.

—No, mujer —seguía mi chanza—, por ese guapetón moreno que sale en la tele tan repeinado. ¿A quién representa?

—A la UCD. Unión de Centro Democrático.

—Suena bien, aunque no sé qué coño quiere decir. ¿Por qué no se ha quedado Arias Navarro? Pobre hombre, cómo lloraba cuando anunció la muerte del Caudillo.

—¡No iba a llorar...! —Me mordía la lengua para no decir lo que pensaba sobre el asunto—. Se tiene que ir porque el Rey, don Juan Carlos, no está de acuerdo con su forma de gobernar.

—Ese muchacho llegará lejos. Juan Carlos, quiero decir. Parece un poco tímido, ¿verdad? Quién lo iba a decir, después de casi medio siglo. Aún me acuerdo del día en que su abuelo, Alfonso XIII, tuvo que salir a escape de España, y mira ahora, su nieto en el trono. España es monárquica, Nuria, eso no tiene remedio.

—Si tú lo dices.

—¿Cuándo hay que ir a las urnas?

—A mediados de junio.

—No falta nada. Aguantaré hasta entonces. Luego, hala, a la caja de pino. Oye, recuerda lo que te dije una vez, Nuria, que a mí de quemarme nada, que ni se les ocurra.

—Anda que te ha dado fuerte con el tema.

—A mí que me entierren como está mandado. Así se joden y tienen que ir a visitarme de cuando en cuando —se jactaba de su humor negro.

—Abuela...

—No, si seguro que luego no irá ni Cristo al cementerio, que ya me conozco yo el paño. Anda, abre el primer cajón de la cómoda y saca la bolsita roja que hay a la derecha.

Me incorporé para hacer lo que me pedía.

Al abrir el cajón, se me hizo un nudo en la garganta. Hasta entonces, nunca había hurgado en los cajones de mi abuela, ella no dejaba que nadie arreglara su cuarto. Una vaharada a hierbabuena se expandió por la habitación. Dentro, una fotografía antigua, manoseada, doblada por los bordes, me devolvió la mirada de mi abuelo Rafael. Un rostro que nunca olvidaré, de ojos vivaces y mejillas redondas y sonrosadas. A su lado, unos cuantos pañuelos bordados con motivos florales, impecablemente doblados, una cajita de porcelana, algunas medias enrolladas, un repuesto de la goma de la muleta, una toquilla que mi madre le había regalado por Navidad, su monedero rojo —se negaba a usarlos de otro color—, un rosario que había pertenecido a su madre y me había enseñado en varias ocasiones, un fajo de cartas atadas con una cinta azul, los naipes sobadísimos de tanto usarlos para hacer solitarios, el parchís con sus cubiletes, fichas y dados de colores...

Y la bolsita que me pedía.

A primera vista parecía que allí estaba todo su mundo, que su vida se reducía a esos breves retazos de sus vivencias apolillándose en el cajón de su vieja cómoda. Pero no era así, había mucho más, lo que yo alcanzaba a ver con un dolor punzante en la boca del estómago. Veía sus fantasías de niña, sus travesuras, sus juegos, los sueños de adolescente, risas y llantos, amores olvidados, añoranza de cartas de amor nunca leídas y otras que no se escribieron, fruto solamente del pensamiento o tal vez del deseo; sus miedos, sufrimientos, júbilos y tristezas, sus delirios de grandeza, nostalgias del ayer, alborozo, desdicha, fracaso... Cada objeto, pulcramente dispuesto, hablaba de primaveras lejanas con olor a lilas, de veranos ardientes aliviados por las viejas fuentes de Madrid, de otoños ocres de vientos raudos atizando las hojas cuya caída parecía un lamento, del invierno que se ceñía ya sobre mi abuela.

—Qué frágil es una vida, ¿verdad, Nuria? —escuché que preguntaba a mi espalda, como si hubiera adivinado mis pensamientos.

Sin responder, tomé la bolsita, cerré el cajón y volví a sentarme en el borde del lecho. La tomó con dedos temblorosos, tiró del cordel que la abría, volcó en su palma el contenido observándolo brevemente y luego, tomando mi mano, lo pasó a la mía.

—Mi cadena con la medalla y mis pendientes. Son tuyos.

Me quemaron la piel porque izaban bandera de rendición y atenazó mi garganta un ramalazo de angustia. Ella, cuyo sentido de la posesión evitó siempre darnos nada, excepto disgustos, ¿me regalaba ahora lo único de valor que poseía?

—No lo quiero, abuela, es tuyo y así debe seguir siendo.

—No tengo más. Sé que es poca cosa, algo más podría haberte dejado, pero me gasté todo el dinero, qué voy a contarte a ti. La cadena y la medalla, ya lo sabes, las compró tu abuelo Rafael en una joyería de la Puerta del Sol. Los pendientes... —se le ahogó la voz—. Los pendientes son un regalo suyo.

—¿De Alejandro?

—No quise venderlos nunca, Nuria. Muchas veces el hambre nos roía las entrañas, ya sabes lo que pasamos durante la guerra. ¡Cuántas veces tuvimos que apañarnos con cáscaras de sandía para hacer un pisto, o lavar las mondas de patatas para freírlas después y llevarnos algo al estómago! Pero no podía venderlos, era lo único que aún me unía a él.

—Guárdalos, no prescindas de tus recuerdos. Me quedaré con la medalla si quieres, pero no con los pendientes.

—Hazme caso aunque sea por una puñetera vez, cabezota. Yo sólo me voy a mover de esta cama para ir a meter el puñetero papel en la urna, para eso no hacen falta abalorios. Luego, donde iré, hay que presentarse como llegamos, Nuria, sin nada. Sólo quiero que me dejéis las alianzas —mostró su mano temblorosa para que viera su anillo y el que fue de mi abuelo—. Éstas, sí quiero llevármelas a la tumba, Rafa se lo merecía; nunca le tuve demasiado en cuenta hasta que murió, lamento que ya fuera tarde para pagarle todo lo que hizo por mí y por tu madre.

Carraspeé, tragué con esfuerzo y reintegré las joyas a la bolsa para guardarlas en el bolsillo de mi bata.

—Si te vas a quedar más tranquila... Cuando te acompañe al colegio electoral te las pones.

—No. He de romper con todo, hija. Haberle visto otra vez, después de tantos años, me ha hecho decidirme. Alejandro es un fantasma del pasado que yo he mantenido vivo porque me resistía a rechazar su ausencia. Cada vez que recordaba sus manos, su sonrisa, sus promesas, algo se rebelaba en mí. He sido una persona amargada que no ha sabido valorar todo lo bueno que la vida me ha dado después. Es hora de dar fin a ese pasado y a los espectros que me han acompañado desde entonces. Guárdalo tú y úsalo, si quieres, cuando me haya ido.

Todavía conservo las joyas de mi abuela y, desde entonces, llevo colgada al cuello su medalla y me pongo los pendientes.

38

La abuela se recuperó de esa recaída, aunque pasaba ya más tiempo en la cama que sentada frente al televisor.

Una noche se fue la luz en toda la barriada por no sé qué problema. Un vecino, comentando la incidencia con otros en los descansillos de la escalera, centro siempre de reunión cuando sucedía algo que afectaba a la mayoría, a la luz de las velas, afirmó haber oído decir que el causante había sido un condenado gato, electrocutado al fisgar donde no debía.

—Siempre es bueno que haya niños para echarles las culpas, Lucinio —negaba otro—. Le digo yo que esto es cosa de la compañía eléctrica; ya verá, ya, a que nos suben la luz en el recibo del mes que viene, a cuenta del apagón.

—Mire que es usted mal pensado, Teo.

—Piensa mal y acertarás, dice el refrán.

—Lo malo es que la película que ponían estaba la mar de entretenida, y nos la van a chafar —protestaba la del cuarto derecha, doña Eloísa, una mujeruca que se arrebujaba en una bata de franela que le llegaba hasta los pies, de color indefinido, como siempre que la veía por la escalera, cubierta su prominente calvicie con un pañuelo negro, al estilo de los piratas.

Estaba en lo cierto, la película se nos había fastidiado del todo. Era un oeste espléndido, *Duelo al sol*, protagonizada por Jenifer Jons, José Coten y Gregorio el Pecas, entre otros, al decir de mi abuela. A ella siempre le llamó la atención Joseph Cotten, protagonista de ese filme que, según se decía, se rodó para lucimiento de Jennifer Jones. A Peck, sin embargo, le catalogaba de crudito y falto de garra.

—Coten un tío como Dios manda —solía exclamar cada vez que se asomaba a la pantalla—, aunque donde esté Gargable o mi Antoñito Molina...

Pues bien, la tal película parecía no haber sido puesta para que nosotros la viésemos esa noche. Mi padre nos había contado a todos, varias veces, la escena de una doma que llevaba a cabo Gregory Peck, se ilusionaba sólo con recordarla. Así que antes del apagón, recién empezada la proyección (en esta ocasión mi abuela no se levantó de su sillón cuando apareció rugiendo el dichoso león de la MGM, diciendo que ya habíamos visto la película, como era su costumbre), estábamos todos locos por ver el western de romance que mi progenitor tanto alababa.

Por desgracia, el viejo aparato marca Werner se conjuró también contra nosotros, justo cuando se acercaba la famosa escena de la doma, le dio por parpadear a la imagen hasta que desapareció aunque permanecía el sonido.

Mi padre se puso a jurar en arameo, qué voy a contar.

—¡Maldita sea la hora! —despotricaba cabreado, aporreando la caja por ver si volvía la imagen en esa actitud tan común que busca apaciguar nuestra frustración.

Acostumbrado a ser el manitas para familiares y vecinos, se dispuso a desmontar la carcasa trasera poniendo manos a la obra. Era difícil que a mi padre se le resistiera algún aparato, igual daba que se tratara de un frigorífico o un despertador; por ese lado estábamos tranquilas, seguro que solucionaba el problema antes o después. A qué punto de la película llegaríamos, era otra cuestión. Pero no hubo suerte, el aparato se negaba a transmitir, se resistía y se resistía. Lo que hizo que mi padre se fuera encrespando poco a poco. Y nosotros con él. La impaciencia se iba apoderando de nosotros, la avería no llevaba trazas de solución y mi padre renegaba con mayor violencia a medida que el tiempo pasaba.

—Mira que le doy un meneo que lo dejo para el arrastre, María del Mar —amenazaba mirando a mi madre, aunque quien realmente le airaba era el maldito trasto que había desbaratado nuestras expectativas de cine—. Mira que le doy...

—Vamos, Fernando, cálmate —mediaba ella—. No te vayas a desquiciar por tan poca cosa, ya veremos la película en otra ocasión, seguro que la repiten.

Él seguía allí, con el televisor en el suelo, erre que erre, agachado sobre el perverso artilugio que nos estaba chafando la diversión, sudando ya tinta china mientras hurgaba con una aguja de hacer punto entre el cableado que sujetaba con un alicate con otra mano.

Yo pensaba que no merecía la pena tanto trabajo, mi madre llevaba razón; además la tele tenía ya sus años, iba siendo hora de jubilarla. Pero mi padre no cedía, empeñado en solucionar la avería porque estaba acostumbrado a salir del paso por sí mismo, aunque después fuese a la tienda a comprarse un aparato nuevo.

—Es ya cuestión de orgullo, María del Mar —argumentaba, quitándose con su antebrazo las gotitas de sudor que perlaban su frente.

—Pero si es que te estás matando para nada.

—¡Cuestión de orgullo, coño!

Almudena y yo observábamos el puño que se levantaba a cada poco, debatiéndose entre el control necesario para seguir confiando en un posible arreglo o un arrebato colérico que llevaría al televisor al cubo de la basura. El problema era que mi padre no se caracterizaba, precisamente, por ser paciente.

La abuela, revitalizada viéndole así, asistía complacida al

cabreo de su yerno, con el que estaba gozando más que una rana en una charca.

—Dale, ya, hombre —lo animaba—. Si es una mierda, poco se va a perder, a ver si el próximo que compres tiene una programación más entretenida, como el de Cayetana.

—Mamá, cállate.

—¡No me da la gana, que estoy en mi casa!

—Abuela, por favor.

Mi padre intentaba hacer oídos sordos a las puyas de las que se sabía sujeto destinatario, afanándose en su ardua tarea sin poder evitar abstraerse de los comentarios. Apagaba, tiraba de cabes, recolocaba el circuito, encendía la tele de nuevo. Nada. No había manera.

—¡La madre que lo parió, nos la vamos a perder!

—¿Qué? —Fustigaba la vieja, ponzoñosa—. ¿Lo rompes o no lo rompes?

—¡Que te calles, abuela! —me enfadé de veras, viendo que a mi padre ya se la iban y venían las ganas de atizar un buen golpe al aparato, caliente por no ser capaz de solucionar la avería y más caliente aún por los comentarios tóxicos que ella vertía.

—A mí no me grites, Nuria.

—Lo que voy a hacer es ponerte un bozal.

—Eso se lo pones a tu padre, que es el único perro que hay aquí.

Muchas veces me pregunto cómo soportábamos la carga de su mala uva. Y cómo lo logramos durante tanto tiempo. Era una persona mayor, estaba imposibilitada y además sorda como un tabique, sí, pero desbordaba con creces la paciencia de cualquiera. Decidimos no hacerla más caso que el que oye llover, por si con un poco de suerte se marchaba a su cuarto, aburrida de esperar una película que no iba a poder ver.

Todos salvo ella confiábamos ciegamente en la habilidad laboral de mi padre para manejar este tipo de arreglos. No había reparación que se le resistiera. Y si no, se le aparecía la

Virgen, como en aquella cierta ocasión en que se las apañó para reparar el filtro de aceite del coche —nos habíamos quedado tirados en medio de la Nada—, confeccionando una junta con la suela de tocino de una sandalia de mi madre y una navaja. Era único. Años más tarde le regalábamos el oído diciéndole que se habían inspirado en él los guionistas de Mac-Gyver, la serie protagonizada por Richard Dean Anderson, en la que abría una caja fuerte con un simple clip o fabricaba una bomba con la hebilla de un zapato y un petardo de feria.

El caso fue que, de repente, el Werner volvió a funcionar. Lo había conseguido como por arte de magia con la única ayuda de una aguja de hacer punto y su pericia.

Ahora bien... la escena de la doma del caballo ya era historia, quedaría para otra ocasión. Y como el que no se consuela es porque no quiere, nos conformamos con saber que ya teníamos tele otra vez, no nos quedaba otro remedio.

—Al menos podemos ver el resto de la peli —dijo, colocando de nuevo el aparato en su hueco, con mucho mimo; aún tenía clavada la aguja, a modo de estoque.

Bueno, pues no.

No pudimos ver lo que quedaba de filme porque entonces, en ese preciso instante, se produjo el apagón general. Ahí ya no hubo nada que hacer salvo las oportunas quejas y maldiciones cuyo testamentario era la compañía de suministro eléctrico.

En otras ocasiones los cortes de luz habían durado unos minutos pero esa noche todos los elementos estaban en nuestra contra, y las expectativas que nos habíamos creado de ver *Duelo al sol*. El corte de luz se prolongaba. En vista de la tardanza, fue cuando los vecinos comenzaron a salir a los descansillos con velas y palmatorias para enterarse de si alguien sabía algo. Media hora después, la escalera parecía el metro, todos charlaban, elucubraban o renegaban de los operarios encargados de restablecer la energía, que no acababa de volver.

Almudena decidió que se iba a la cama, al día siguiente se examinaba; otro tanto hicieron mis padres.

Yo no tenía ganas de dormir pero salió al paso mi abuela que, medio en penumbras, me dijo una de sus frases definitivas.

—Esto no es nada. Para cortes, los que llevaban a cabo los maquis.

El nombre por el que se conocía a los republicanos que integraron la guerra de guerrillas contra las fuerzas franquistas, me dijo que estaba ante una nueva historieta made in Emilia Larrieta. Preparé una «pajarita» para ella, me serví un poco de Cola-Cao para mí y con un par de velas encima de la mesa, a solas ya ella y yo, me dispuse a escucharla.

—¿Tú sabes quiénes eran los maquis, Nuria?

—Claro.

—Seguro que no lo sabes por tus estudios, esas cosas no se enseñan en los colegios, se creen que con llenaros la cabeza de números, dibujos, costura y otras tonterías, se arregla todo, cuando lo que realmente interesa es la historia de lo que pasó aquí durante la guerra, porque si se aprende, se evita que vuelva a pasar.

—No dirás lo de la costura por mí.

—Ya, ya, tú no eres de las de aguja y dedal, sí que lo sé.

—Es que no me gusta, abuela. Además, se me da fatal.

—Que se lo digan a tu madre, que tuvo que tirar ese almohadón a festón que habías empezado a hacer. ¿Cuántas veces te deshizo la monja aquel trabajo?

—Ocho o nueve.

—¡Qué barbaridad, hija! Una mujer tiene que saber coser. Tu bisabuela se ganó la vida con el hilo, a mí me enseñó ella y yo enseñé a tu madre, ahí la tienes, que hacía cosas primorosas con la aguja.

—Dejándose los ojos y además la espalda, ya lo sé. Menos mal que ahora sólo cose por entretenerse.

—Pues gracias a eso pudo aportar un dinero para sacaros

adelante, que no es que tu padre ganase el oro y el moro, criatura. No sé qué le ves de malo a coser.

—No tiene nada de malo, abuela, si a mí me dan envidia las manos que tiene, y Almudena va por el mismo camino.

—Mira, en eso sí que te doy la razón, en que tu hermana es una artista con los trabajos manuales, pero una artista de verdad, no como tú, que no se te puede sacar de otra cosa que no sea leer, escribir o tomar notas. Total, para lo que te sirve. Yo me he casado tres veces y sólo aprendí lo que me enseñaron en casa, las cuatro reglas.

—Dos, abuela.

—¿Dos qué?

—Que te casaste dos veces, no volvamos a las andadas y pretendas endilgarme la batallita, que estás hablando conmigo.

—Bueno, dos o tres, qué importa. Lo que quiero decirte es que no hace falta ser una lumbrera estando todo el día dale que te pego a los libros. ¿Te crees tú que no sé que por las noches lees debajo de las mantas con una linterna? Te vas a quedar cegata.

—No digas bobadas.

—No son bobadas, Nuria. Te quejas de que tu madre se gastaba la vista cosiendo, y vas tú y la gastas leyendo. Si fuera otra labor, pero eso no da un duro.

—Convendrás conmigo en que es muy esclavo eso de la costura.

—Igual de esclavo que trabajar en una fábrica ajustando tornillos, o jugarte la vida con el estraperlo, que yo conozco a muchos que se la jugaron en tiempos de la posguerra. A ver si te piensas que todas las mujeres pueden trabajar en una oficina, como tú.

Me había terminado el Cola-Cao y se había ido por derroteros que no me interesaban, así que la azucé:

—¿Me cuentas lo de los maquis o me voy a la cama? Mañana madrugo.

Ella se quedó un momento callada, seguramente retomando sus recuerdos.

—Lo que son las cosas. Yo hice un encargo para ellos.

—¡¿Para los republicanos?!

—¿Qué te extraña tanto? Para los republicanos, sí, aunque indirectamente.

—Pero vamos a ver, abuela, ¿qué me estás contando? Tú, que has sido una incondicional de la Chata, la infanta María Isabel, hermana de don Alfonso XII. Y más tarde de Azaña, porque para eso has sido de ideas variopintas. Tú, para la que las teclas que orquestaban tu música han sido siempre *El Amor Brujo* y el *Sombrero de Tres Picos* y no existía otro sabio más sabio que don Ramón y Cajal, al que otorgaron el Nobel de Medicina, que por algo sería, como siempre comentas... —me burlé.

—¿Que he sido yo incondicional de la Chata?

—Vamos, que te caía bien la Corona.

—¿Cuándo he dicho yo que me caía bien la Corona?

—Pero si bebías los vientos por la hermana del rey, que tú me lo has dicho muchas veces.

—Yo no he bebido los vientos por nadie, que quede claro. Pero sí, me gustaba Isabel de Borbón. Lo cortés no quita lo valiente.

—Que te compre quien te entienda, entonces. Te gustaba una Borbón, colaboraste con los republicanos, te has tragado por la tele las comparecencias de Franco, sus desfiles y ahora piensas ir a votar por la UCD de Suárez. ¡Menudo cacao, abuela! Explícamelo, porque eso es jugar a todos los bandos.

Le dio un traguito a su bebida, se retrepó en el sillón y me miró como si yo no me enterara de nada.

—Pero qué cortitos sois los jóvenes de ahora, hija, qué cortitos. ¿Qué hay que explicar? La Chata era una mujer cercana al pueblo, como lo fue Alfonso XII, por eso me gustaba a mí y caía bien a todo el mundo. Franco, no, por supuesto que no, pero tienes que reconocer conmigo que se supo montar unos saraos a su medida con los que entretenía a la gente, bien aclamado por los suyos para que se viera que España estaba con él. Además, inauguró un montón de pantanos.

—Eso sí, un huevo de pantanos.

—Y Suárez es un hombre de buena planta, guaperas. Me da a mí que va a hacer bien eso de llevar a España por una nueva senda, como dice el yerno de Cayetana, que mira tú por dónde el chico parece lerdo pero se ha apuntado a la política. ¡Vivir para ver! A sus años...

—Pues a ése como no le pongan de conserje... Pero, entonces, ¿tú qué piensas de los políticos, abuela?

—Que son los mismos perros, con distinto collar.

—¡Toma ya!

—Nuria, tú eres joven, no has conocido más que una etapa de Franco y ahora esto con lo que todo el mundo está tan entusiasmado, la democracia. Pero yo soy vieja, hija, estos ojos han visto demasiado para creer ahora que un pimpollo recién llegado como quien dice, nos va a sacar a todos de la miseria. Los perros y la longaniza...

—Si piensas eso, no sé por qué quieres ir a votar.

—Porque sí, porque me hace ilusión eso de meter un papel en la urna.

—¡Buen motivo...!

—El mío, y se acabó. Más de uno irá sin saber a ciencia cierta qué es lo que pone en la papeleta. Además, ¿qué más da el que salga elegido? Ya te digo que todos son iguales.

—No estoy de acuerdo, ¡qué cosas dices!

—Como no lo estás en casi nada, si es que eres una inconformista, lo tuyo es llevar la contraria, Nuria.

—Tengo a quién parecerme.

—A mí, ya lo sé —se echaba a reír—. Mira, niña, cuando en España estaba la monarquía, vivían bien cuatro gatos, los de arriba, los poderosos o los que tenían amistades con quien manejaba el cotarro. El resto se moría de hambre. Llegaron los republicanos ilusionando con sus panfletos de libertad, de derechos, de divorcio. «La tierra es para el que la traba-ja», decían. Pues yo no he conocido a ningún labrador al que le hayan dado ni siquiera un trocito de las muchas hectáreas que trabajaba para el amo, así que ya me dirás en qué se que-dó tanta promesa. Con la República vivieron bien otros cua-tro pelagatos, los que estaban en el partido, pocos más, y no tuvieron tiempo de disfrutarlo.

—Ya, pero...

—Luego vino Franco, que entró a saco con su Guardia Mora de las narices, que mira que jodieron los del turbante —me interrumpió, lanzada ya en su diatriba política—. ¿Qué hizo? Pues lo mismo que los demás, prometer, comernos la cabeza con eso de que España era Una, Grande, Libre, con que debíamos caminar abrazados al Régimen y a él, de lo con-trario volverían los enemigos de siempre, rojos y masones, que Rusia nos amenazaba, fíjate qué barbaridades —ahí le toca-ba el punto flaco a la abuela, tan reaccionaria como fiel a sus principios—. Prometió casas, trabajo y paz. Igual que Alfon-so XIII cuando tomó el trono, igual que los republicanos cuan-do le obligaron a marcharse a Francia. Fue más de lo mismo, criatura.

—Trabajo sí que dio Franco. Algunos dicen que hay que agradecerle que no entráramos en la guerra europea.

—¡Pues bueno estaba el país para entrar en ninguna parte! Hubiera sido el acabose. En cuanto al trabajo, tampoco es mucho el mérito, España era poco menos que una escombre-ra cuando acabó la guerra, con edificios en ruinas, fábricas destruidas, sin servicios básicos, sin carreteras ni suministros. No quedaba otra solución más que levantarlo todo de nue-vo. Tutelados, bien sujetos, porque de libertad, poca; de dere-chos, los mínimos; de comida, la cartilla de racionamiento. Por si no fuera bastante, había más ministros, delegados y chupa-tintas que piojos en costura.

—Cada vez me asombra más que estés decidida a votar, abuela, con el concepto que tienes de la política.

Se acabó el agua con anís y miró su reloj de pulsera. Por empatía, hice otro tanto. La una de la madrugada. Los murmullos que provenían de la escalera, donde empezaba a escucharse algún que otro exabrupto por la tardanza en el retorno de la luz, seguían llegándonos amortiguados.

—¿Tú has oído eso de que el único gilipollas que tropieza dos veces en la misma piedra es el ser humano? —Me eché a reír por el apaño de la frase, muy a su manera—. No te rías, no, que es cierto. Nos darán de hostias una y otra vez pero volveremos por otra, Nuria. Debe ser porque la esperanza es lo último que se pierde, siempre nos quedará el anhelo de que el que venga lo hará mejor que el que se va. Anda, vamos a la cama, o veremos la salida del sol si seguimos aquí largando, y me parece que no hay más velas que éstas.

—¡Pero si aún no me has contado lo de los dichosos maquis!

—Mañana.

—Joder, abuela...

—Mañana, Nuria, hoy estoy cansada.

39

Así lo hizo al declinar la tarde del día siguiente, de vuelta a la normalidad, restablecida ya la corriente.

Una vez más, frente a frente, ella contaba y yo, absorta, escuchaba ese desgranar de la memoria, de antaño, que me trasladaba a los años de una España de escasez, cuyas secuelas nunca olvidarían los que la padecieron.

—Jorge se integró en el Ejército Popular Republicano —empezó diciendo.

—¿Quién era Jorge?

—Un vecino que fue churrero. Un iluso que lo dejó todo para luchar por lo que creía que era justo. Ganándose la vida a los hervores de la olla de aceite, vendiendo los churros y las porras en las verbenas y al vecindario, no vivía mal, iban tirando, como todos. Claro que no daba para filetes, pero en su casa nunca faltó un plato de patatas para su mujer y sus nueve hijos.

—No me entra en la cabeza que la gente tuviera tanta descendencia estando las cosas tan mal.

—Juana, su mujer, era de las que pensaban que debían tenerse tantos hijos como Dios mandara. A falta de otros entretenimientos, prontito a la cama a ver si entramos en calor, lo que venía a significar follar; luego pasaba lo que pasaba, una caterva de mocosos a los que casi no se podía alimentar, mucho menos darles estudios, que la ciudad no era como los pueblos, donde siempre se podía sembrar unos garbanzos o unas judías. En la capital había que trajinar para sacar dos reales y él dejó el negocio a pesar de todo.

—¿Ese vecino dejó la churrería?

—Si así podía llamarse al cuchitril que tenía en la parte trasera de la vivienda —se encogió de hombros—. Un cuartucho sin ventilación ni higiene donde convivían los utensilios y ellos, reñidos con un agua que había que acarrear. La Juana ya tenía suficiente con bregar con los chiquillos, unos demonios, y preparar un plato de gachas para darles de comer. Eso sí, Jorge elaboraba unos churros deliciosos, se disfrutaban de lo lindo si no te ponías a pensar de dónde procedían. En ocasiones hacía de más y se los llevaba a los chicos, que eran el abecedario.

—¿Qué es eso de que eran el abecedario?

—Les pusieron los nombres siguiendo las letras: Andrés, Bernardo, Casimiro, Dorotea, Enrique..., así sucesivamente, hasta el último que se llamaba Isidoro. Apenas se llevaban un año de diferencia entre uno y otro. Cuando les sacaba al patio para lavarlos, parecía una tropa. Yo, en vez de elegir nombres, les hubiera numerado, que resultaba más fácil.

—Ni que hubieran querido hacer un equipo de fútbol mixto.

—Por ahí iban, por ahí. Lo malo es que Jorge se metió en camisas de once varas, empezó a buscarse problemas con los republicanos y acabó en el Campo de Rivesaltes.

—¿Qué era eso?

—¿Ves cómo no te han enseñado nada las monjas?

—Vaaaale.

—Cuando cayó el frente de Cataluña, al que el idealista de Jorge se había unido, muchos tuvieron que cruzar la frontera francesa escapando de las fuerzas franquistas. Miles de refugiados acabaron en ese campo. Al estallar la Segunda Guerra Mundial aquello se convirtió casi en un campo de concentración, con más gente de la que podían albergar. Más tarde fue un centro para prisioneros de guerra y después, creo, un penal.

—¿No pudo regresar a España?

—Regresó, sí. Allí parece que estuvo trabajando en labores de mantenimiento, colaborando con la Resistencia francesa en la invasión alemana.

—Buen argumento para una película.

—Sí, de terror, ¡no te digo!

—Luchar contra los nazis fue encomiable.

—Ahí podía haber quedado todo, pero no. Decidido a volver a España, a él no se le habían quitado las ganas de pelea, y eso que volvió lisiado a causa de un trozo de metralla. Junto a otros tres compañeros cruzaron la frontera de nuevo, durante el invierno del 45. Uno de ellos fue abatido nada más poner los pies en territorio español, dicen que se quedó allí, entre la nieve, porque ni tiempo tuvieron de enterrarlo como es debido. Jorge y los otros dos consiguieron llegar a Soria, uniéndose a un grupo que llevaba escondido en el monte desde el año 39. Allí estaba cuando se montó un escándalo monumental porque los americanos tiraron una bomba no sé dónde. Salió en todos los diarios.

—No fue una, sino dos, abuela, en Hiroshima y en Nagasaki.

—¿En dónde?

—En Japón. Es que los japoneses estaban en guerra con los americanos.

—¿Dónde queda Japón? ¿Ahí es donde viven esos que tienen los ojos estirados, que parece que están enfermos del hígado?

—Ahí, sí —le confirmé, riendo de buena gana por la simplicidad con que se expresaba—. Japón está muy lejos.

—¡Ah! —dijo con su mirada clavada en la mía porque, como era su costumbre, pensaba mal, manteniendo sus dudas de que la estuviera tomando el pelo, para acabar por encogerse de hombros—. Bueno, pues a lo que íbamos: Jorge estaba en los montes.

—No me irás a decir que te fuiste a Soria para colaborar con los maquis, ¿verdad? ¿Por qué me da que me estás contando una batalla de indios, abuela?

—¡Qué coño me voy a ir yo a Soria! Tú estás idiota, Nuria. Lo que pasó es que Juana sí quería reunirse con su marido y preparó todo para irse con sus diez hijos, así que...

—¡Alto, alto, alto! ¿Cómo que diez hijos? ¿No eran nueve? ¿No estaba su marido en Francia?

—¿Tú eres tonta, o qué? Que yo sepa, criatura, sólo la Virgen se quedó en estado por obra del Espíritu Santo, según los curas. Eso es para el gato, que yo nunca me lo he tragado. ¿Tengo que explicarte, a tus años, cómo se hace un niño?

Dejé escapar un resoplido. A ella le encantaba burlarse de la gente y yo acababa de ponérselo a huevo.

—O sea que... —extendí la mano para que siguiera.

—O sea, que a la Juana le picaba la cuestión —acabó la frase—. Sí, hija, sí, es lo que estás imaginando. Era una mujer de esas con un par de narices bien puestas, flamencota y guapa a pesar de tanto embarazo. Se decía en el barrio que tenía una delantera mejor que la del Real Madrid, de manera que no le faltaron pretendientes para calentar su cama cuando su marido escapó. En España había mucha hambre. El negocio de los churros, que siguió llevando ella, fue a menos porque no daba abasto para atenderlo bien con tanto hijo, era mucho lo que había que hacer, muchas bocas que alimentar y pocas manos a la labor aunque los vecinos ayudábamos, así que acabó aceptando los favores de un elemento que trabajaba en Gobernación.

—Vaya panorama para Jorge, porque se enteró, ¿verdad?

—Lo mataron antes de saber que Juana le había convertido en un cornudo con Elías, que así se llamaba el fulano. Oye, pero un tío muy bien plantado, no vayas a creer. Daba gusto verle, siempre con camisa y corbata, oliendo a limpio, cada vez que venía a recogerla para dar una vuelta por la Gran Vía o acercarse a Galerías Preciados a comprar alguna cosilla para los mocosos. Les tomó aprecio a los críos hasta el punto de costear los estudios del mayor, al que se le daba bien el dibujo. Se enamoró de Juana como un percebe.

—¿Qué pasó con el niño?

—Lo que tenía que pasar, que ella le puso el apellido de Jorge. Pero ya te digo que él nunca supo de esa criatura. Le pegaron tres tiros antes de recibir la documentación falsa que iba a darle una nueva identidad y una nueva vida. No llegué a tiempo.

—¿Tú, no llegaste a tiempo? —me quedé asombrada.

Al entrar mi madre, cargada con la compra, la abuela guardó silencio. Eso me hizo pensar que, tal como temía, su relato de aquella tarde guardaba poca fiabilidad. A mi madre le extrañó que se callara tan pronto la vio, pero no dijo nada. Dejó las bolsas sobre la mesita de la cocina y empezó a manipular en los armarios.

—¿Te ayudo? —me ofrecí.

—No, hija, no, sigue escuchando a tu abuela, que ya veo que estáis de nuevo de confidencias.

—¿Qué hay de cena?

—Acelgas rehogadas y boquerones.

—Te ayudo a limpiarlos.

—Deja, eso le gusta hacerlo a tu abuela, así de paso se come tres o cuatro crudos.

—¡Mira que me da asco eso, mamá!

—¿Qué es lo que te da asco? —se dio por aludida en cuanto captó que hablábamos de ella.

—Que te comas los boquerones crudos.

—¡Hambre de quince días os hacía falta a los jóvenes!

—Ya salió con eso.

—¡Hambre de quince días! —repitió—. Entonces sí que

te comías tú los boquerones crudos. El que no sabe, es como el que no ve. Pues que lo sepas, es mucho más sano comerlos crudos que fritos, que los médicos dicen que el aceite llena las venas de grasa y luego la cascas de sopetón.

—Deja de decir cosas raras, abuela. —Me eché a reír.

—Que se lo digan a mi amiga Amalia, que casi se va al otro barrio por comer todo frito. Mira cómo se ha tenido que poner a régimen.

Puse los ojos en blanco y a mi madre se le escapó también la sonrisa. Sacó los boquerones, los colocó en una fuente disponiéndolos frente a ella junto con otra vacía. No hizo falta más, mi abuela se levantó, se lavó las manos y se puso a la tarea. Ella no solía acercarse a la cocina. Sólo lo hacía para preparar unos callos a los que añadía jamón, plato que bordaba, actividad en que mi padre alababa su buen hacer; para ella, que su yerno se doblegara admitiendo que eran inmejorables, era todo un triunfo. Bueno, también se paseaba junto a los fogones si hervía el cocido, pero era para comerse el chorizo, diciendo luego que se había deshecho porque era de mala calidad.

Enfrascada ya en la tarea de limpiar boquerones con paradas intermitentes para llevarse uno a la boca, mi madre se interesó por lo que hablábamos cuando llegó.

—Me contaba algo sobre un tal Jorge.

—El churrero.

—Así que tú le conociste.

—Era muy pequeña.

—¿Es verdad que fue maqui?

—Es verdad.

Enseguida me sacó de dudas sobre la presunta participación de mi abuela colaborando con la causa republicana.

—Lo mataron a tiros cuando intentaba poner una bomba en una central eléctrica, como represalia al ajusticiamiento de diez camaradas a últimos de febrero del 46, entre los que se contaba Cristino García, un héroe para los franceses.

—Eso me estaba contando, que lo mataron.

—Tu abuela se arriesgó por su mujer y sus hijos, pero las cosas no salieron como estaban previstas.

—¿Qué sucedió?

Continuó ella dando aguas a las acelgas, como si no me hubiera escuchado.

—¿Quieres pelarme unos ajos, cariño?

Me puse a ello mientras ella troceaba la verdura a la espera paciente de que continuara hablando. Estaba ya intrigadísima por saber el papel desempeñado por mi abuela en este caso. Sólo tuve que esperar a que pusiera las acelgas en una olla con agua y prendiera el fuego. Entonces me respondió.

—Tu abuela podía haber acabado en Yeserías.

—Pero ¿qué hizo?

—Eso, pregúntaselo a ella, yo sólo recuerdo que faltó poco para buscarse un follón de consecuencias imprevisibles.

Se limpió las manos en el delantal y añadió:

—Vigila la olla, que no se evapore el agua. Bajo un momento a ver en qué puedo ayudar a la vecina del tercero.

Me fastidió quedarme en ascuas, pero lo primero era lo primero; la mujer a la que se refería vivía sola, era muy mayor y había caído enferma, dependiendo del cuidado de otras vecinas que se turnaban en atenderla, hacerle las comidas y asearle la casa.

Mi abuela había terminado de limpiar el pescado, levantándose a lavarse las manos de nuevo con jabón, al tiempo que masticaba, ateniéndose al guión de tomar su aperitivo de boquerones crudos que luego complementaría con los fritos.

Apenas volvió a sentarse, no le di tregua.

—Suelta de una vez lo que pasó, abuela, que esto parece un serial por capítulos.

—Tómatelo con calma, que hay tiempo para todo. Los jóvenes de hoy en día no tenéis paciencia para nada. Lo que pasó es que yo estaba loca, Nuria...

Los compañeros de Jorge habían conseguido convencerle de la conveniencia de que se apartara de las acciones que implicaban mayor riesgo. Necesitaban su colaboración en la guerrilla, sí, pero sabían que tenía mujer y nueve hijos, un lastre que podía hacerle vacilar en cualquier momento, no fuera a ocurrir que la nostalgia por la lejanía de los suyos, tan humana por otra parte, le llevara a descentrarse o precipitarse en sus actos.

Por mediación de alguno de sus contactos, se pusieron en comunicación con su esposa para transmitirle que alguien le iba a hacer entrega de nueva documentación para Jorge. Por razones de seguridad no era factible recogerla personalmente, así que debía ser ella a quien se la pasaran, para entregarla a su vez, se le haría saber día, hora y lugar. Juana vio el cielo abierto al conocer que en aquellos papeles se encerraba la llave para que su esposo iniciara una nueva existencia.

El día 5 de diciembre del año 46 recibió lo acordado. Sin poder contenerse, abrió el abultado sobre, asombrándose con regocijo de la personalidad que iba a adoptar Jorge a partir de ahora: Sergio Fuentes Arribas, la ficticia identidad que debería asumir en el futuro, además de una buena cantidad de dinero, suficiente como para vivir una buena temporada. La nota que le adjuntaban explicaba que debía entregarlo el día 9, a las 12 de la mañana, a un hombre vestido de ferroviario que estaría esperando en la plaza de Oriente, con la gorra en la mano, junto a la estatua de Felipe IV.

Ni la guerrilla ni Juana contaban con los sucesos que el destino les deparaba en Madrid ese 9 de diciembre.

El bloqueo internacional al franquismo, tildado de régimen fascista, aumentaba; ya no cabía un estado en el que los derechos se estrangulasen con tanta saña, colocando a España en el disparadero. La frontera con Francia se cerraba, muchos países retiraban a sus embajadores asfixiando el margen político del Generalísimo. Pero Franco no se amilanó. Él era España, y España no se rendía a las presiones del extranjero.

Como en otras ocasiones, debía demostrar al mundo que los ciudadanos le respaldaban. Por tanto, nada mejor que reunir una multitud enfervorizada, exteriorizando su apoyo hacia su persona, su gobierno y su política.

Por mala ventura para Jorge y Juana, el escenario escogido para llevar a cabo la manifestación fue la plaza de Oriente.

Por si eso fuera poco, Juana se puso de parto aquella misma mañana. Todo conspiraba para desgracia del matrimonio.

Auxiliada por otras dos vecinas, la abuela se hizo cargo de la situación, no era la primera vez que ayudaba a alumbrar a una parturienta. A pesar de haber tenido ya nueve hijos, Juana estaba en un grito porque la criatura llegaba de nalgas. Mi abuela no quiso arriesgarse, enviando a uno de los chicos en busca de la comadrona del barrio, a unas pocas calles de allí. Salieron las dos mujeres, por un barreño de agua una, por toallas limpias la otra, momento en que quedaron ambas a solas. Inmediatamente, ésta tomó la mano de la abuela con ojos suplicantes que se cerraban entre gemido y sollozo para decirle:

—Abre el cajón de la cómoda, Emilia. Mira ese sobre. Hay que llevarlo hoy mismo, sin falta, a la plaza de Oriente.

—¿Qué hay dentro?

—La salvación de mi familia.

—¿No será algo ilegal? —Juana asintió y ella soltó el sobre como si quemara.

—¡Por favor!

—Yo también tengo una hija.

—Lo sé, pero no confío en nadie más, Emilia. Tú y yo nos conocemos desde hace mucho, sé de qué pasta estás hecha. Sé que puedo poner mi vida y la de mis hijos en tus manos. ¡Qué más me gustaría a mí que poderlo hacer personalmente! Ya ves que no estoy en condiciones.

—¡Unos cojones! ¿De qué se trata? —quiso saber, a pesar de todo.

—Son papeles para Jorge.

Emilia volvió a tomar el sobre, revisando su contenido. Se le fue el color de la cara al comprobar una documentación tan falsa como el alma de Judas a nombre de un tal Sergio. No le hizo falta hilar mucho para comprender lo que su vecina se traía entre manos.

Una nueva contracción tensó el rostro de Juana, aferrándose aún más a mi abuela en una súplica muda que espantaba el dolor y demandaba su ayuda. Pasos apresurados certificaban la vuelta de las otras vecinas. Instintivamente, se guardó el sobre en el bolsillo del delantal.

—Poneos a calentar más agua, que las contracciones cada vez son más seguidas y la comadrona debe de estar al caer.

De nuevo a solas, se acercó a la cabecera de la cama para limpiar el sudor de la frente de Juana, que se retorcía de dolor agarrándose el vientre. Solidaria y cómplice de una situación tan excepcional, acuciada por la inmediatez de las circunstancias, mi abuela dejó a un lado toda resistencia diciéndose que no podía hacer otra cosa que ayudarla.

—Dime dónde y cómo hacerlo.

La otra le puso al tanto de los antecedentes. La abuela miró la hora. Eran las once. Sacó el sobre, separó un par de billetes y volvió a guardárselo.

—Para un coche, yo no tengo ni una perra y el tiempo apremia. —Juana asintió exhausta con las pocas fuerzas que le quedaban.

—Dios te lo pague.

—Sí, con un buen novio, ¡no te jeringa! —refunfuñó—. Cálmate, todo irá bien, la comadrona no tardará en llegar.

Encontrar un coche libre no resultó muy complicado, pero atravesar Madrid sí lo fue. Grupos de cientos de personas conformaban serpientes humanas que ocupaban las calles portando banderas; muchos de ellos entonando los himnos de Falange mientras agitaban la enseña nacional. En las cercanías de la plaza de Oriente resultó ya imposible avanzar, el gentío que se iba congregando lo impedía.

Con el alma en un hilo, viendo que la hora se le echaba encima, despidió al coche a notable distancia del lugar en el que un Francisco Franco exultante desgranaría poco después uno de sus discursos patrióticos que inflamaría a una multitud fanatizada. Poco importaba al gentío la baja temperatura, los empellones e incluso la mano ligera de más de un ratero que aprovechaba esos actos de fervor para aligerar los bolsillos de algún desprevenido. Franco llamaba y los madrileños acudían. A empujones, haciéndose notar como impedida, castigando como el que no quiere los tobillos de los más reacios, consiguió abrirse paso hasta distinguir la estatua donde sabía la estaban esperando.

Buscó una mirada entre la barahúnda de cuerpos, maldiciendo la aglomeración que la confundía. Gracias al Cielo, avistó a un hombre vestido con uniforme de ferroviario que se aupaba agarrado al pedestal con una mano, llevando la gorra en la otra, oteando sobre el gentío como si esperara a algún colega. Clavando el codo, sin consideración, en la espalda de cuantos le cortaban el paso, la abuela fue acortando distancias, haciéndole señas.

El hombre la vio. Calándose la gorra, se soltó del pedestal y fue a su encuentro.

Paso a paso, hueco a hueco, con esfuerzos ímprobos frente a un vendaval humano que les zarandeaba, se fueron acercando hasta casi tocarse.

No llegaron a conectar.

Justo entonces, el general de todos los ejércitos hizo acto de presencia, la mano derecha en alto como solía aparecer. Alrededor de ellos medio millón de almas congregadas en la plaza estalló en una salmodia enardecida que expandía por el cielo de Madrid un grito que el eco multiplicaba: «Franco, Franco, Franco.»

Pero no todos se habían reunido por la misma razón. Emilia tuvo tiempo de ver el destello criminal de una puñalada hundiéndose en el costado de su contacto. Después quedó aprisionada entre los cuerpos, la riada humana la arrastró, el hombre con el que tenía la cita fue engullido por la febril marea que necesitaba acercarse a su dirigente...

En su impotencia, Emilia gritó como nunca antes lo había hecho. Gritó de rabia, de frustración, gritó de miedo. Pero fue en vano porque su voz se perdió entre el rugido de la muchedumbre. Luego, el tumulto volvió a jalar de ella.

Medio aturdida, conmocionada por lo que acababa de presenciar, bamboleada por los embates de la masa, se dejó llevar intentando mantener la muleta a su costado para no caer y ser pisoteada.

Acababa de ser testigo de un asesinato y ya nada se podía hacer. Todo se había ido a la mierda.

—¿Por eso dices que no llegaste a tiempo, abuela? —pregunté yo cuando hubo acabado su relato, no sin captar en su rostro curtido un cierto gesto de abatimiento, una desazón amarga a causa de una situación que no pudo controlar y que, a pesar de los años transcurridos, reabría circuitos de su memoria que aún escocían.

—Si no se hubiera formado aquel atasco en las calles —se lamentó, enhebrando con pulso quebradizo hilo rojo en una aguja para coser el bajo de una falda—. Sólo con cinco minutos antes que hubiera llegado... Ese hombre habría cogido el sobre, se habría marchado y quién sabe hasta dónde hubiera cambiado el destino de Juana y su familia. Desde luego, el que lo mató no hubiera podido hacerlo.

—Eso no lo sabes. Lo más probable, si nos atenemos a lo que cuentas, es que le hubieran seguido; sospecharían de él seguramente, quizá porque sabían de qué lado estaba.

—Durante meses no se me iba de la cabeza cómo boqueaba, agrandados sus ojos por el efecto traidor de una cuchillada que marcó en su cara dolor y asombro a la par. No se me va del todo.

—¡Vaya historia! Parece de espías.

—¿Verdad que sí? —De pronto rompió a reír, como si así arrojara al infierno tan lúgubres recuerdos.

A mí no me engañaba, yo sabía que era una salida fícticia, un escudo para esconder que seguía doliéndole el suceso.

—Casi deberías dar gracias por no haber contactado con ese hombre, abuela —le dije palmeando sus hombros—. De haberlo hecho, igual os habría matado a los dos, o hubieras acabado, como dice mamá, en Yeserías, por conspiradora.

—Todo es posible.

—¿Qué pasó con Juana?

—Le entregué el dinero y quemamos la documentación falsa. Días después se marchó. A Portugal. Había parné suficiente para que montara un pequeño negocio, es lo que decidió. Los maquis se portaron bien a la postre.

—Entonces, no todo salió tan mal.

—Supongo que hay que verlo de ese modo —convino conmigo—. Seguro que Juana encontraría a algún hombre con el que emprender una nueva vida, ya te digo que era muy guapa, tanto que ni siquiera la caterva de chiquillos echaba para atrás a los tíos. Oye, ¿tú no habías quedado esta tarde con los de la pandilla?

Eché un vistazo al reloj y me levanté como si me hubieran colocado un puercoespín en el asiento.

—Llego tarde. —Tomé el bolso, me incliné para darle un beso en la mejilla y salí disparada hacia la puerta.

Antes de abrir me volví para preguntar:

—Abuela, ¿qué tuvo al final Juana, niño o niña?

—Niña.

—¿Qué nombre le puso?

—Jacinta, era lo que tocaba.

40

La abuela no sólo acudió a votar por aquel político guapo, moreno y repeinado —como ella decía—, sino que aguantó hasta que, el 6 de diciembre del 78, los españoles hubimos de decantarnos en referéndum por la Constitución.

Después, como si ya hubiese cumplido su rol en esta vida, se dejó llevar.

La última vez que la internaron en el hospital, su afección parecía de tan poca importancia como las anteriores y mandaron a mis padres a casa, invitándoles a visitarla al día siguiente.

Esa misma noche, le falló el corazón.

La abuela había muerto.

Pero Emilia Larrieta era mucha Emilia, por eso urdió su última y macabra broma incluso después de morirse, hasta el punto de que su incontinencia verbal nos jugara una muy mala pasada a la par que macabra. Desde el Otro Lado seguía metiendo cizaña.

Recibieron mis padres una llamada del hospital citándolos para una entrevista. Acudieron sin demora convencidos de que se trataba de ultimar algún formulismo en relación con su fallecimiento.

El médico empezó a interrogarlos sobre las enfermedades de la abuela. Mi madre, que acababa de quitarse un peso de encima, liberada de la presencia agobiante de la abuela, aunque un dolor sordo la acompañaba por su ausencia, pormenorizó las vicisitudes por las que la anciana había pasado. Su cojera a los trece años, el intento frustrado de implante, la intervención en la que descubrieron su feto, la pérdida del oído... Al acabar su relato el facultativo dejó a un lado la libreta en la que había ido tomando notas. Sacó un puro, ofreció otro a mi padre, que lo rechazó, y comenzó a dar vueltas al habano entre los dedos.

—Miren, no sé cómo empezar.

—¿Qué pasa, doctor?

—Su madre, señora, ha fallecido aparentemente de un paro cardíaco.

—¿Aparentemente? —preguntó mi padre—. ¿Es que no lo saben a ciencia cierta?

—Anoche, en la última ronda, confesó a una enfermera que estaban intentando envenenarla.

¡Ahí estaba la última putada de mi abuela!

De las más gordas.

Sembrando la sospecha, nada menos, que de su muerte incierta.

El pasmo caló en la expresión de mi padre en tanto a mi madre la sangre se le iba del rostro. El médico dejó que la información penetrara en ambos antes de hablar.

—Ustedes comprenderán que...

Como por ensalmo, afloró el temperamento de mi madre. Lo saca pocas voces a flote, pero cuando lo hace enseña sus garras de leona para defender a los suyos.

—No nos estará acusando de nada, ¿verdad, doctor?

—Yo no acuso a nadie, señora, pero no podemos hacer oídos sordos a las últimas palabras de un enfermo.

—Pues usted dirá qué hacemos. —Lo miró sin pizca de temor.

—Tendremos que hacer la autopsia...

—Cuanto antes, mejor. ¿Dónde hay que firmar?

Durante meses, cavilamos qué fue lo que pretendió la abuela con aquella última charada que sólo sirvió para que no la enterraran como ella siempre quiso, entera. ¿Jugársela una vez más a mi padre? ¿Tal vez hacerle purgar de esa forma los desplantes que, según ella, había recibido de él en vida? ¿O fue simplemente una fijación extemporánea y postrera? Claro que a ella, a esas alturas, poco podía importarle lo que hicieran con su cuerpo, estaba ya más allá del bien y del mal, había abandonado un mundo tremendamente cruel con ella, del que solamente recibió sufrimiento, apenas sin pizca de alegría.

Por descontado, del supuesto veneno no se encontró ni rastro. Aun así, el facultativo solicitó todo el historial de la abuela a los distintos hospitales, muy interesado, según explicó a mis padres, en el seguimiento de sus avatares médicos.

—No he visto un caso como el de su madre, señora —confesó.

Sin motivo aparente flotó sobre mí un sentimiento de culpa. Como si nadara en un mundo irreal, como si no estuviera pasando, me vi envuelta en una sensación etérea, en la que un cúmulo de pensamientos encontrados chocaban con la visión de su cadáver envuelto en un sudario blanco que sólo mostraba su rostro cerúleo, sin vida, los ojos cerrados, la nariz más afilada taponada con algodones, los pómulos hundidos, vencida en un ataúd oscuro y sencillo.

—No has sido buena, abuela —le susurré pasando un dedo por su frente, fría como el hielo.

No iba a contestarme y mandarme al infierno como solía hacer siempre. No podía ya sonreír de esa forma ladina a la que me tenía acostumbrada. Ya no tendría oportunidad de volver a explicarle cuánto más grande era Rusia que España, discutir si el hombre había llegado de veras a la Luna o todo era un tongo de la televisión y de los americanos; no volveríamos a jugar al cinquillo, ni al tute, ni al parchís en otras tardes de invierno al calor de la estufa de butano.

Creo que, sobre todo, me sentía culpable porque había muerto sola. Nadie debería morir solo.

Compré unas flores, el ramo más vistoso que encontré. No sé quién se encargó de arrojar las flores sobre su cuerpo. A solas, escribí un corto poema para ella, que deslicé entre su cuerpo y la pared de la caja. No quería que nadie lo encontrara, era un secreto entre ella y yo, el último de todos nuestros secretos.

No recuerdo si recé, seguramente no.

Una vez de vuelta a casa, después del entierro, ayudé a mi madre a reunir los pocos objetos que le habían pertenecido a ella. Sólo nos quedamos con la fotografía del abuelo Rafael. Debajo de sus pañuelos, un sobre cerrado rezaba: «Para mi hija.» Dentro, diez mil pesetas y una nota escrita con innumerables faltas de ortografía:

«Para que digáis misas por mí. Ojalá se me perdone todo el mal que os he hecho.»

Epílogo

De mi abuela sólo quedan un par de fotos, ninguna de su juventud, aunque yo recuerdo una en particular en la que miraba airosa a la cámara, sonriendo irónica, vestida con un traje blanco de chulapona, los brazos en jarra y el cabello negro como el carbón. Tal vez por eso, porque apenas quedan recuerdos tangibles de su paso por este mundo, me he decidido a contar sus andanzas, puede que algunas disparatadas, pero no por ello menos ciertas, con la pretensión, acaso vana, de que si alguien que la conoció lee sus vivencias, la recuerde, si no con cariño, al menos con benevolencia.

Así debía recordarla el hombre al que encontré, dos meses después de su muerte, junto a su tumba.

Era viejo. Muy viejo. Se apoyaba con ambas manos en un bastón gastado con empuñadura de plata que hacía más pronunciada una espalda que habían encorvado los años. Su rostro cetrino era un conjunto de surcos que el tiempo había horadado en la superficie de su cara, coronada por un cabello ralo muy corto, blanco como la nieve.

Estábamos a mediados de diciembre.

Un viento racheado se colaba por entre los búcaros que sostenían rosas marchitas o gladiolos de plástico deslucido en la base de soporte de la cruz de las tumbas, haciendo gemir el silencio del camposanto enmarcado en un cielo plomizo que acechaba con romper a llover.

Aquel anciano, sin embargo, parecía no percibir el hálito helado en el que estaba envuelto Madrid ese día. No se movía, fija su mirada en las letras negras grabadas en la lápida de mármol blanco:

EMILIA LARRIETA

1892-1979

DIOS TE ACOJA EN SU GLORIA

Sobre este frío guión con que se cerraba el telón de una vida, una fotografía del rostro de mi abuela nos miraba desde el Más Allá con el mismo sarcasmo que desplegaba cuando aún respiraba, como si se burlara de su propia muerte.

No me atrevía a acercarme. ¿Quién era aquel hombre? ¿Por qué su fijación ante la tumba de mi abuela? Permanecí estática donde estaba, a unos metros de la lápida, conteniendo la respiración apenas sin darme cuenta. Él no parecía dispuesto a alejarse y a mí me parecía que acercarme e interrumpir sus pensamientos era poco menos que un agravio. Así que decidí esperar. Me subí el cuello del abrigo, recoloqué el bolso en mi hombro y metí las manos, que se me estaban quedando heladas, en los bolsillos.

Poco después, el anciano exhalaba un suspiro profundo. Cambió de postura y se volvió, cruzándose nuestras miradas. No sé el motivo pero acabé por desviar la mía hacia la tumba porque había sufrido un sobresalto. De pronto, el corazón me palpitaba muy deprisa. En esos ojos cansados, escoltados de mil arrugas, de párpados caídos, encuadrados en una cara acanalada por surcos que la vida había ido pintando año tras año, se adivinaba el trasluz amargo de su vejez marchita.

Él se retiró un paso apoyándose en su bastón, haciéndome hueco. Avancé despacio, como si necesitara su visto bueno, clavando mi mirada en la suya, azul como el mar, como el cielo en un día de verano.

Azul, azul, azul...

Cohibida y extrañada esperé. Una lenta y triste sonrisa se fue perfilando en sus labios cuarteados, abriéndose a una dentadura mellada y amarillenta.

De repente me sentí como una estúpida. Me encontraba al lado de un hombre al que no conocía, ante la tumba de mi abuela, con el proceder reservado de una intrusa. No estaba siendo yo. ¿Por qué mi vacilación? Carraspeó y me atreví a preguntar:

—Perdone, ¿conoció usted a mi abuela?

Él tardó un momento en responderme.

—La conocí, sí —era una voz cascada a la vez que aterciopelada, de tono decidido—. Pero de eso, hace ya mucho tiempo.

Nos quedamos en silencio, sin perdernos de vista. Yo permanecía observando el azul intenso de sus ojos que, por alguna razón, me mantenían rígida, intrigada, esperanzada... Todo a la vez. Las palabras se me atascaban en la garganta y él no parecía dispuesto a decir nada más, sólo bebía mi imagen, como si estuviera viendo a otra persona.

Cuando se movió, viniendo hacia mí, tuve un sobresalto. Apoyando todo el peso de su cuerpo flaco en el bastón, levantó un brazo tembloroso posando la yema de su dedo en mi sien derecha. Su tacto fue más frío aún que el persistente viento que nos azotaba.

—Tienes su mismo lunar —dijo.

¡Ahí estaba! ¡Era él! La realidad, por más que esperada, no dejó de golpearme.

Era cierto. No mentía afirmando haber conocido a mi abuela. ¿Cómo si no podía saber que ella tenía esa peca, con la que yo bromeaba asegurando que era la herencia de su locura?

—¿Podrías tú decirme si fue feliz? —preguntó, volviendo a tomar distancia y dirigiendo su atención de nuevo a la lápida.

—A su manera, quizá.

La cara del anciano se contrajo y rompió a reír, una risa débil pero intensa que agitaba sus hombros en espasmos.

—Sí, todo lo hacía siempre a su manera, muchacha. Todo.

Por el camino de gravilla se acercaba presuroso un chico joven, guapo, embutido en un abrigo oscuro. Me miró un instante, pero se olvidó de inmediato de mí para tomar al anciano del brazo.

—¿Nos vamos ya, abuelo?

El viejo asintió y así, con un último vistazo a la tumba, se colgó del brazo de aquel joven.

—Adiós —fue todo lo que dijo.

No supe reaccionar a tantas preguntas bullendo en mi cabeza que ya no iba a responderme. Los vi alejarse a pasitos cortos, amoldándose el joven al andar cansino del viejo. El cielo se oscureció aún más presagiando la tormenta y desdibujando las dos figuras con que la penumbra abarcaba el cementerio.

—¡¡Alejandro!!

Grité su nombre que brotó impetuoso, como una llamada de socorro.

Él se frenó y con sus pasos livianos se fue dando media vuelta hasta encararme, sin soltarse de su nieto.

—Dile que falta poco para que me reúna con ella —me pidió en un susurro—. ¿Querrás hacerlo, hija?

Asentí, boqueando en las angustias de un pasado que no me pertenecía, liberando un aire de recuerdos muertos que aspiraba frente a mí un alma de facciones marchitas, a quien también había dejado la vida su burla en la piel.

BIBLIOGRAFÍA

REVILLA, FIDEL, HIDALGO, RAMÓN y RAMOS, ROSALÍA, *Historia breve de Madrid*, Ediciones La Librería, Madrid, 1994.

RÍO LÓPEZ, ÁNGEL DEL, *Viejos oficios de Madrid*, Ediciones La Librería, Madrid, 1993.

SÁNCHEZ, ANTONIO y HUERTAS, PILAR, *La posguerra española. Crónica de una sociedad rota*, Editorial LIBSA, Madrid, 2005.

Language	Spanish
Author	Hidalgo, N.
Title	La página rasgada
Type	Fiction
ISBN	9788415420095